dtv

»Jochen Osthaus wurde zweimal in seinem Leben verlassen. Heute war das zweite Mal. Wieder stand er vor offenen Schranktüren und sah leere Schubladen.« Er ist ein anerkannter Veterinärmediziner an der Münchner Universität, verheiratet, Vater zweier Kinder. Jochen Osthaus scheint am Ziel seiner Wünsche, da verlässt ihn seine Frau Lili von heute auf morgen – wie es schon einmal eine Frau vor ihr getan hat. Warum? – »›Der Austernmann‹ ist das Porträt eines kontaktgestörten, schizoiden Mannes, der sich nicht mitteilen, nicht emotional äußern kann und damit seine Frau zur Verzweiflung treibt. (Viele Frauen kennen einen solchen Austernmann!) Behutsam, Schicht um Schicht legt Asta Scheib die psychische Beschaffenheit dieses Mannes frei, spürt den Gründen für sein gestörtes Verhalten in seiner Kindheit nach. Zum Schluss kommt es zu einem erlösenden Wendepunkt ... Dieser Austernmann bleibt im Gedächtnis und vor allem im Herzen haften. Nie wieder wird man über so einen im wirklichen Leben vorschnell urteilen.« (Carna Zacharias)

Asta Scheib, geboren am 27. Juli 1939 in Bergneustadt/Rheinland, arbeitete als Redakteurin bei verschiedenen Zeitschriften und lebt heute als Schriftstellerin und Drehbuchautorin in München.

Asta Scheib

Der Austernmann
oder
Die Sprache des Schweigens

Roman

Deutscher Taschenbuch Verlag

Von Asta Scheib
sind im Deutschen Taschenbuch Verlag erschienen:
Kinder des Ungehorsams (12231)
Das zweite Land (13401)
Langsame Tage (13420)
Beschütz mein Herz vor Liebe (20779)
Schwere Reiter (25125)

Ungekürzte Ausgabe
April 2006
Deutscher Taschenbuch Verlag GmbH & Co. KG,
München
www.dtv.de

Umschlagkonzept: Balk & Brumshagen
Umschlagbild: mauritius images/age fotostock
Gesetzt aus der Garamond 10,5/12,5·
Gesamtherstellung: Druckerei C. H. Beck, Nördlingen
Gedruckt auf säurefreiem, chlorfrei gebleichtem Papier
Printed in Germany
ISBN-13: 978-3-423-13454-5
ISBN-10: 3-423-13454-2

I

Jochen Osthaus wurde zweimal in seinem Leben verlassen. Heute war das zweite Mal. Wieder stand er vor offenen Schranktüren und sah leere Schubladen. Auf einer Kleiderstange bewegte sich lautlos ein Bügel. Die Wirtschafterin lehnte im Türrahmen des Schlafzimmers. Jochen spürte, dass sie empört war.

»Einer hat sie abgeholt. Mit einem Pick-up. Sie hat alles hintendrauf geworfen. Kleider, Mäntel, Schuhe, Taschen.«

Sophie kam zögernd ins Zimmer. Sie blieb neben Frau Jakobsen stehen.

»Mama weg.«

»Ich habe gesagt, nehmen Sie doch wenigstens Söphchen mit, sie ist noch so klein.«

Jochen wusste, er müsste jetzt etwas sagen. Alle Gerüchte waren tausendfache Wahrheit geworden. Doch er sagte nichts. Schon immer war er schweigsam gewesen. Hatte bereits als Kind unsichtbare Hände gefühlt, die seinen Mund verschlossen. Dahinter sich alles zurechtgelegt, Worte auswendig gelernt, ihrem Klang in seinen Ohren gelauscht, in seiner Kehle. Nur immer wieder auswendig Gelerntes konnte er aussprechen, nie Spontanes. Er brauchte lange, bis die widerspenstigen Worte ihm gehorchten und er sie ablesen konnte wie von einer Tafel. Sein Leben war deshalb von einer Einsamkeit geprägt, die er sich keineswegs wünschte. Im Gegenteil, er liebte die Menschen, und er liebte die Liebe, wollte seiner Einsamkeit und Verzweiflung entkommen.

Jochen hatte geglaubt, in seinem neuen Münchner Leben würde alles anders sein als in Berlin. Er hatte seine alte große traurige Straße verlassen. Der Park, der Paule und ihm früher so groß vorkam, schien ihm kalt und leer, seit er von Paule und Georgia betrogen worden war. Die Stimmen der spielenden Kinder und ihrer rufenden Mütter klangen wie aus einer fernen Zeit. Der Lärm Berlins – war es seit Georgias Tod, dass er ihn rau und feindlich fand?

In München, im süßen Lärm seiner Heimatstadt wollte er endlich glücklich werden! Und als er Lili traf, fragte er sie nicht: Wer bist du?, denn diese Frage hätte er niemals herausgebracht. Dabei hätte er so gerne gewusst, wer dieses Mädchen war mit dem ungezähmten Blick, von der die anderen sagten, dass sie mühelos jede Gesellschaft unterhalten könne, überall auffalle mit ihren Kleidern, die sie verknotete und zerschnitt, wie es ihr passte. Man schien von ihr zu erwarten, dass sie plötzlich einen Kopfstand machte oder sonst wie ihre Gefühle auslebte, jeden momentanen Einfall in die Tat umsetzte. Jochen war sich erst jetzt darüber klar, dass er erwartet hatte, Lili würde ihn von seiner Sprachlosigkeit erlösen, sein Leben in Schwung bringen. Ja – er hatte gehofft, mit Lili könne er unabhängig werden von der oftmals bedrohlichen und rätselhaften Umwelt. Mit Lili wollte er sich eine eigene Realität schaffen, in der sie nach ihren Wünschen und Bedürfnissen leben könnten.

Nun war er mit den kleinen Kindern allein, und er warf sich vor, dass er sich nicht genug angestrengt hatte.

Es war ihnen nicht einfach passiert, dass sie sich verloren. Jochen wusste, dass er Lilis Flucht, oder was immer es war, heraufbeschworen hatte. Obwohl er es nicht wollte, nicht wirklich wollte. Schon wegen Anton und Sophie nicht. Er war ein Versager. Wie schon vor zwanzig Jahren in Berlin, als er es nie geschafft hatte, sich gegenüber dem Vater durchzusetzen. War er auch diesmal nicht stark genug gewesen, mit den drei Menschen, die er ersehnt hatte, endlich so etwas Ähnliches wie Glück zu empfinden? War seine Frau der Grund für sein Scheitern? Oder er selber? Sie beide? Was wusste er von Lili? Sie war in seinen Augen eine so ungewöhnliche Frau, dass er von der ersten Stunde an in einer gewissen Furcht lebte, andere Männer, eloquentere und lässigere als er, könnten ihm Lili wegnehmen. Wieso sollte sie sich ausgerechnet ihn aussuchen? Inzwischen war ihm klar geworden, dass er Lili mit der gleichen, unausgesprochenen Sehnsucht liebte wie Georgia, wie seine Mutter. Alle drei Frauen waren in ihrem Wesen weit entfernt von ihm. Waren so anders in ihren Neigungen, ihren Wünschen, in ihrem Lebensrhythmus. Heute erschienen sie ihm rechenschaftslos und ungebändigt. Keine von ihnen konnte er erreichen, obwohl ihm jede wichtig war. Besonders Lili war ungestüm, voller Freiheitsdrang. Er und die Kinder waren ihr lästig geworden wie Kletten. Wann hatte das begonnen mit Axel, ihrem neuen Freund, bei dem sie jetzt vermutlich wohnte? Jochen hatte keine Ahnung, wie es passiert war, es widerfuhr ihm einfach.

Es war so, dass er und Lili es nie geschafft hatten, sich zu vertragen. Sich zu verstehen. Lili kritisierte ständig, dass er niemals wahrnehme, wenn sie sich mit ihrem Aussehen Mühe gab. »Du siehst mich doch gar nicht mehr an! Als wir zum Filmpreis gingen, als ich mein neues Schwarzes anhatte, hast du bloß auf die Uhr geschaut. Ich konnte mich nicht einmal anständig abpudern. Und im Auto hast du dir eine Zigarette angezündet, obwohl du weißt, dass es mir dann schlecht wird! Du bist uncharmant und rücksichtslos. Siehst nur noch andere Frauen an. Du würdest es nicht einmal merken, wenn ich im Bikini mit dir ausginge! Aber wenn Danda sich dir auf den Schoß setzt, starrst du sie an wie ein verliebter Kater!«

Jochen konnte sich schon daran erinnern, dass er bei der Preisverleihung zur Eile gedrängt hatte, aber nur, weil sie sonst nicht ins Theater hineingekommen wären, das wegen der Fernsehübertragung pünktlich geschlossen wurde. Und Danda? Stimmt, er hatte sich gefreut, dass sie sich auf seinen Schoß setzte, vor allem deshalb, weil er sich in Lilis Freundeskreis fremd fühlte und Dandas vertrauliche Geste ihn erwärmt hatte. Vor sich selber gab er zu, dass er Dandas Parfüm und die Weichheit ihres Körpers schön gefunden hatte, aber das durfte Lili nicht erfahren, sie war unglaublich eifersüchtig. Jochen konnte das gar nicht fassen. Sie konnte doch jeden haben, war immer im Mittelpunkt. Er wunderte sich jeden Tag, dass es ausgerechnet er war, den sie geheiratet hatte.

Doch ihre häufigsten und heftigsten Vorwürfe machte sie ihm, weil er ihrer Meinung nach zu viel Zeit im Institut verbrachte. Das stimmte, aber er konnte nun einmal nicht um fünf Uhr eine Versuchsreihe abbrechen und heimgehen wie ein Beamter der Bahn. Deshalb verlangte er von Lili auch nicht, dass sie ein Abendessen vorbereitete. Wenn er dazu Lust hatte, begann er abends noch selber zu kochen. Wie in der letzten Woche. Er wusste, auf Frau Jakobsens Vorratshaltung war Verlass. Spaghettini, Tomaten und Käse waren da, auch eine Melone und Kopfsalat. Also wollte er sein Lieblingsessen zubereiten und Lili einladen. Während seiner Fahrt mit dem Rad nach Hause legte er schon die Reihenfolge seiner Handgriffe fest. Er wusste, dass die Kinder im Bett waren, deshalb rief er kein »Hallo« in die Diele, wie sie sich das angewöhnt hatten, sondern machte sich gleich in der Küche an die Arbeit. Wasser aufstellen,

Salat putzen, Melone und Tomate würfeln – keine zehn Minuten würde er brauchen. Er wollte heute die Tomaten nicht brühen und abziehen, dazu war er zu hungrig.

Lili kam in die Küche. Als er ihr Gesicht sah, starr, leer und kalt, fragte er sich, warum er überhaupt nach Hause gekommen war. Warum bin ich bloß hergekommen in mein blödes Haus zu meiner blöden Frau, fragte er sich wütend. Wer war er eigentlich! Ein Idiot in einer idiotischen Küche! Warum war er nicht gleich zu McDonald's gegangen?

»Wir wollten heut Abend zu Schirmer Mosel in den Show Room«, sagte Lili. Es klang drohend, und Jochen wusste wieder einmal nicht, ob er sich vor Lili fürchtete oder ob es Wut war, die ihm das Blut in den Ohren rauschen ließ. Jedenfalls schaute er nach unten. Damit er nicht ihr erbostes Gesicht ansehen musste, starrte er auf ihre Schuhe, die gelb waren, aber nicht sanftgelb, sondern bösartig gelb, schrill, mit Plateausohlen und dünnen Bändern um die Knöchel, und er fragte sich, warum seine Frau, die so viel von Unabhängigkeit redete, von Autonomie, die ihm neulich noch erklärt hatte, dass man sie mitten in der Wüste aussetzen könne, sie hätte keine Sorge, heil nach München zurückzukehren – er fragte sich, warum diese Frau nicht allein in ihren gottverdammten Show Room ging. Warum er immer mitlatschen musste, obwohl sie genau wusste, dass er zu müde war, um sich auf Leute einzulassen, die dort prächtige Fotos von sich selber vorstellten und über ihr Leben redeten. Oder vielmehr über das, was sie ihrem Publikum davon zur Kenntnis geben wollten.

»Ich hab dich was gefragt!«, zischte Lili jetzt, und Jochen wusste, sie würde ihn in den nächsten Minuten mit ihrem raschen Mundwerk fertig machen, seine dürren

Worte zerbröseln, zertreten, so dass er wieder abstürzte und sich gerade noch davonmachen konnte, ehe er Lili misshandelt hatte. Wie gern würde er ihr das Sieb mit den Spaghettini über den frisch geföhnten Kopf stülpen, ihr durch die Nudeln zubrüllen, dass sie nichts weiter wolle als ihren Singlefreundinnen einen Ehemann vorführen wie einen Bullen am Nasenring, und dazu habe er nicht die geringste Lust; schon gar nicht nach acht Stunden konzentrierter Arbeit.

Doch Lili hatte wieder mit ein paar kleinen Worten große Arbeit geleistet, und Jochen begnügte sich damit, Nudeln, Salat, Melonen, Tomaten und Käse in den Mülleimer zu schütten und an Lili vorbei die Küche und das Haus zu verlassen. Doch Lilis Augen, von zehn Pfund Kajal umrandet, folgten ihm. Und ihre Vorwürfe schrillten in seinen Ohren.

Wer hat Angst vor Virginia Woolf? Es war noch in Berlin, lange vor seiner Zeit mit Lili gewesen, da hatte er Liz Taylor und Richard Burton spätabends im Fernsehen zugeschaut, wie sie sich zerfleischten. Jochen erinnerte sich an seinen Abscheu vor der Brutalität und Schamlosigkeit, mit der das alternde Ehepaar sich immer wieder mutwillig verletzte. Dennoch mochte er sich nicht vom Bildschirm trennen, denn die beiden erinnerten ihn an seine Eltern. Und was das Schlimmste war, was er sich nie hätte vorstellen können – es erging ihm mit Lili nicht anders.

In letzter Zeit konnten sie sich nicht einmal mehr verständigen, obwohl Lili ihn bereits mit Haut und Haaren gefressen hatte. Sie hätte alles von ihm haben können, er hätte sie, wie es hieß, auf Händen getragen, doch sie schien das alles nicht zu spüren. Sie fuhr ihm über den Mund, selbst wenn er ihn noch gar nicht aufgemacht hatte. Im Haus riss sie das Kommando an sich. Manchmal glaubte

Jochen, dass auch die Kinder ihre Köpfe einzogen, wenn Lili herumkommandierte. Er wurde ihr gegenüber immer verschlossener. Hatte ja doch keinen Zweck, sich zum Reden durchzuringen. Sie begriff ja nichts von ihm. Wollte ihn dominieren, er sollte so sein, wie sie sich ihren Mann wünschte. Nach außen den strahlenden erfolgreichen Helden geben und daheim Männchen machen.

Lili begriff nicht, dass Jochen kein Gefühl dafür hatte, wie sehr sie von ihm abhängig war. Wie sehr sie seine Aufmerksamkeit brauchte. Warum konnte er ihr nicht einmal sagen, dass sie schön war? Musste sie dazu immer nackt im Bett liegen? Offenbar wollte Jochen nicht glauben, dass Lili auch am Tag hören musste, dass er sie liebte, oder wenigstens, dass es schön war mit ihr. Sie hungerte danach, und je mehr sie es einforderte, desto mehr verschloss Jochen sich. Lili fühlte sich zurückgesetzt. Behandelt wie ein Gebrauchsmöbel, das man nicht anschaut, sondern einfach benutzt. Wo war der Jäger, der sich Lili in ihrer ersten Nacht wie eine Beute über die Schulter geworfen hatte? War er ihr nur im Traum erschienen? Herzlich und liebevoll war er nur noch mit den Kindern, so viel stand fest. Mit ihnen spielte er in jeder freien Minute. Wenn er sie ansah, leuchteten seine Augen auf, wurde sein Gesicht weich, zeigte sich das Grübchen am Mundwinkel, das Lili im Anfang so gern geküsst hatte.

So bauten sich Barrieren zwischen ihnen auf, spielten sie immer neue Rollen. Lili, die Souveräne, Kühle, Unabhängige. Er, der Unzugängliche, Missbilligende, Beleidigte. Lili, die Heulende, Verzweifelte, Wütende. Er, der Kaltherzige, Abgebrühte, Verächtliche. Lili, die Schrille, Partysüchtige, Mondäne. Er, der Zurückgezogene, Arbeitende, Spießige.

Und dann war Lili gegangen.

»Was sollen wir machen?«, fragte Frau Jakobsen. Jochen holte tief Luft, hob die linke Schulter. Frau Jakobsen wusste, dass sie die kopflose Skulptur aus Bronze, die im Wohnzimmer stand, eher zum Reden bringen würde als ihren Arbeitgeber. Seine Gesichtszüge wirkten gefasst, die dunklen Augen verschleiert und ruhig. Auch nicht die leiseste Erregtheit war ihm anzumerken. Manchmal, wenn Frau Osthaus ihn angeschrien hatte, dass er nichts Menschliches an sich habe, einen mit seinem Schweigen zur Raserei bringe, dann konnte Frau Jakobsen ihr höchstens widerwillig zustimmen, denn sie selber hatte einen Mann, der schon zu reden begann, wenn er am Morgen die Augen aufschlug. Und meistens teilte er Frau Jakobsen mit, was ihm an ihr nicht gefiel. Und sie hatte nie die Chance, sich in seinen Redefluss einzuklinken, sooft sie auch »Wuff« rief, »Wuff, Wuff, Wuff«, seinen Spitznamen. Herr Jakobsen war nämlich ein geborener Herr Hund, er wurde seit seiner Kindheit »Wuff« genannt, und Frau Jakobsen hatte den Spitznamen übernommen. Frau Hund wollte sie jedoch nicht heißen, und daher hatte Frau Jakobsen ihren Mädchennamen behalten, und Herr Hund ließ sich sogar in Jakobsen umbenennen. Vielleicht war er seiner Frau aber unbewusst gram, dass sie nicht so heißen wollte wie er, denn von seiner Hund-Familie hatte er kräftig Gegenwind gekriegt. Vielleicht war er deshalb ständig beleidigt und hatte an allem, was sie tat und ließ, etwas auszusetzen, und das verkündete er lautstark und offenbar ohne zwischendurch Luft zu holen.

Eines Morgens hielt sie es nicht mehr aus, griff ihre Tasche mit dem Kittel und ging schon zwei Stunden vor ihrem Dienstbeginn zur Familie Osthaus, so sehr sehnte sie sich nach ihrem schweigsamen Doktor. Seine teilnahmsvolle Frage wegen ihres frühen Erscheinens ließ sie dann alle Fassung verlieren, und sie berichtete ihm schluchzend, dass doch normale Menschen in der ersten Morgenstunde wortkarg seien und zurückhaltend, während ihr Mann –

Jochen erklärte ihr behutsam, es gebe eben Menschen, die hätten so eine Art Sprechdurchfall, das nenne man scherzhaft Logorrhö, und darunter würden nicht die Betroffenen leiden, sondern ihre Umgebung.

Frau Jakobsen staunte. Eine so ausführliche und spontane Erklärung war ihrem Arbeitgeber noch nie ausgekommen. Offenbar machten ihm ebenfalls einige unaufhaltsam redende Menschen zu schaffen, und er hatte darüber lange nachgedacht. Wenn Frau Osthaus loslegte, schwiegen nämlich auch alle Flöten. Der Herr Doktor stand dann meist auf, um zu flüchten. Ins Kinderzimmer oder so. Einmal hatte Frau Jakobsen gesehen, wie das Ehepaar nach dem Essen stritt. Der Doktor wollte, wie immer, abhauen, doch die Frau Osthaus stellte sich ihm in den Weg, sie war ja genauso groß wie er, oder fast, und sie ließ ihn einfach nicht weg. Handgreiflich wurde er ja nie, das musste man ihm hoch anrechnen. Frau Jakobsen machte daheim andere Erfahrungen, aber wenn der Doktor seiner Frau dann endlich auskam, rannte sie ihm nach und schrie weiter.

Frau Jakobsen hatte nicht studiert wie Frau Osthaus, aber sie wusste, wenn der Doktor in seinem Gesicht alle Türen zumachte, konnte man eher aus einem Knödel Funken schlagen, als ihn aus seiner Erstarrung herausholen. Auch wenn sie selber etwas wissen wollte, musste sie oft ihre Frage wiederholen. Das war für sie genauso irritierend. Es war aber so, dass der Herr Doktor sie immer wieder rührte und entwaffnete, weil er ihre Kümmernisse mit Herrn Jakobsen und auch ihre Sorgen, den Haushalt betreffend, teilnahmsvoll anhörte, wenn auch oft ohne Kommentar. Dafür erhielt sie von der Bank die Nachricht, dass ein Konto eingerichtet sei, von dem sie nunmehr nach

Bedarf das Haushaltsgeld abheben und damit wirtschaften könne. Frau Osthaus hatte nämlich das Geld mit vollen Händen ausgegeben, und dann war für den Haushalt nichts mehr übrig gewesen.

Seit heute Morgen fragte sich die Wirtschafterin, ob Frau Osthaus überhaupt etwas taugte. Hätte sie sonst die Kinder von einem auf den anderen Tag zurücklassen können? Vor allem das dreijährige Söphchen. Aber Anton war schließlich auch erst vier, ging seit einem Jahr in den Kindergarten. Frau Jakobsen, die in ihrer Ehe vergeblich auf Kinder gewartet hatte, konnte eine solche Mutter nicht verstehen. Dann fiel ihr ein, dass unter diesen Umständen die Kinder weiter in ihrer Obhut bleiben würden, und somit fand sie den Auszug von Frau Osthaus gar nicht mehr so tragisch. Wie es ihrem Herrn Doktor dabei erging, das mochte sie sich nicht ausdenken. Obwohl sie mitten im Hausputz war, nahm sie Söphchen an der Hand und ging mit ihr in den Garten, steuerte die Sandkiste an. Söphchen jedoch sagte ruhig: »Jakob. Schaukel.« Sie setzte das Kind behutsam auf das breite Holzbrett und spürte ihre Zuneigung zu der seltsamen Kleinen, die ein strahlendes Lachen hatte, eher wie ein Junge aussah und sich auch so betrug in ihrem ungezügelten Temperament, ihrer kämpferischen Kraft und überlauten Lebensfreude. Keine Spur von der schönen Mutter, dachte Frau Jakobsen, wer weiß, wofür es gut ist. Dass aber Toni seinem Vater ähnlich sah, war vollkommen klar.

Schade – nun ging alles den Bach runter. Dabei war Frau Jakobsen doch so stolz gewesen auf ihre Bilderbuch-Familie.

Es gibt keinen größeren Raum als den Schmerz, hatte Jochen in einem Gedicht gelesen. Warum hatte Lili ihn verlassen, ihn und die Kinder? Wofür wollte sie ihn bestrafen? War zu den zahllosen Kränkungen, die Lili ihm vorwarf, der letzte Tropfen, der das Fass zum Überlaufen brachte, die Tatsache gewesen, dass er Frau Jakobsen ermächtigt hatte, das Wirtschaftsgeld von der Dresdner Bank abzuholen? War er der üble Karrierist, weil sich im Institut die Arbeit immer mehr häufte? Nun ja, die Bemerkung, die ihm beim gestrigen Streit herausgerutscht war – das war ihm doch nicht wirklich ernst gewesen. Hätte er Lili glauben sollen, als sie ihn anschrie, dass sie ihn verlassen werde? Sie redete oft derartigen Unsinn, und er hatte sich angewöhnt, darüber hinwegzuhören. Er erinnerte sich deutlich, dass er die linke Schulter gehoben hatte. Lili musste das übersehen haben.

2

Nun war es passiert. Wie damals, als seine Eltern ohne ihn nach München umgezogen waren, saß er allein in einem leer geräumten Zimmer. Das war 1980 gewesen, und er hatte sich ausdrücklich dafür entschieden, alleine zurückzubleiben. Niemand hatte ernsthaft widersprochen. Das alte Haus der Eltern, in dem sie alleine wohnten, sollte irgendwann abgerissen und als größeres Haus neu errichtet werden. Sie lebten in Berlin. Seine Mutter, sein Vater, seine Schwester und er. Sein Vater, ein Bankdirektor, wurde nach München versetzt. Die Mutter, aus München stammend, jubelte, dass sie zurückdürfe »zu den Menschen«. Auch seine Schwester Beatrix versprach sich von München Partys, Skifahren und jedes Wochenende Gardasee. Einzig Jochen wollte sein Arndt-Gymnasium und seine Stadt nicht verlassen. Er war zwar in München geboren, aber mit seinen Eltern schon als Baby nach Berlin gekommen, das so groß war, dass München dreimal hineinpasste. Jedenfalls sagte das Jochens Schulfreund Paule.

Am ersten Schultag in der Erich-Kästner-Grundschule hockte Jochen fremd und verwirrt in seiner Bank. Er fürchtete die ganze Zeit, dass der Lehrer ihn womöglich etwas fragen würde, was er nicht auswendig gelernt hätte oder wenigstens nicht sofort auswendig lernen könnte, und hinten stand seine Mutter, und Jochen würde sie wieder blamieren. Schon im Kindergarten hatten die Erzieherinnen getuschelt: »Der spricht nicht, der ist vielleicht taub, der müsste dringend untersucht werden.« Doch schließlich gewöhnten sie sich an ihn, so wie er sich in dem Geschnatter um ihn herum einrichtete. Zumal die Kinder ihn bei den Doktorspielen mitmachen ließen.

Heute, an seinem ersten Schultag, fiel ihm der Kindergarten wieder ein. Lauter Babys, die sich auch so aufführten. Er dagegen war groß, ein Schuljunge. Er bemühte sich, dem blonden Lehrer zuzuhören, der sehr lang und dürr war und seinen Kopf immer wieder zwischen die Schultern zog, als fürchtete er sich, was Jochen auf unbestimmte Weise beruhigte. Noch einer, dem es bange war. Der Lehrer stellte einen großen Wecker auf sein Pult und sagte, wenn der losrattern würde, wäre die erste Schulstunde zu Ende. Es schien, als wartete der Lehrer so sehnlich darauf wie Jochen. Plötzlich wendete sich der Junge, der neben ihm saß, ihm ganz entschieden zu. Er warf praktisch seinen Körper nah heran an Jochen, sah ihm eindringlich in die Augen und erklärte ihm, dass sie Jesus ans Kreuz genagelt hätten. »Du, stell dir vor, die haben den Herrn Jesus ans Kreuz genagelt!« – »Wer?«, fragte Jochen verblüfft. Er begriff zwar kein Wort, aber er wollte unbedingt, dass der Junge weiterredete, mit ihm redete, und als Paule zögerte, fragte er rasch: »Wann war das?«

»Freitag«, rief Paul, »es war am Freitag, sie haben es in der Kirche gesagt, und die lügen da nicht.« Jetzt fiel Jochen ein, dass er auch schon mal davon gehört hatte. Irgendwie um Ostern herum war die Rede davon gewesen. Aber er wollte Paule die Freude an seiner Entdeckung nicht nehmen, und es interessierte ihn auch nicht besonders. Viel wichtiger war ihm, dass Paule ihn ansah wie noch niemand bisher, dass er seinen Blick in Jochens Augen hineinbrannte, dass er die Geschichte von diesem Herrn Jesus nur Jochen erzählen wollte und nicht den anderen Kindern, von denen es ja nur so wimmelte. So viele Kinder. Fürchterlich. Jochen fand sich nicht wieder in ihnen, jedes schien ihm wie ein Stein, der den Sack noch schwerer machte, der ihm um den Hals hing.

Mit Paule an seiner Seite gelang es Jochen, Ordnung in seinen Kopf hineinzubringen, mit ihm kam in sein Kinderleben etwas Gutes, Ernsthaftes und Wortloses, von dem er nichts wusste. Ein Duft wie nach Sommerregen, etwas, das ohne Worte mit ihm sprach. Jochen begriff, dass Paule ihn gesucht hatte. Und er selber hatte auf ihn gewartet. Sie machten kein Aufhebens davon, aber sie wussten, dass sie zusammengehörten.

Jochen und Paule durchstreiften täglich ihr Berlin. Von der Podbielskiallee, wo Jochen wohnte, bis zur Hundekehlestraße, wo Paule mit seiner Mutter lebte. Durch Paules Mutter, die im Restaurant »Hundekehle« verkehrte, waren sie dort bekannt und bekamen ihre Cola, die sie in einem Zug austranken. Zu ihrer Welt gehörte nun auch der helle Klinkerbau ihrer Schule, und darüber hinaus entdeckten sie immer neue, nur ihnen sichtbare Welten. Da Paules Mutter tagsüber in Friedenau arbeitete, durfte Paule gleich nach der Schule mitgehen zu Jochen, der ein geräumiges Kinderzimmer besaß, in dem außer Jochens Schreibtisch noch ein weiterer Arbeitstisch für Paule bereitgestellt wurde.

Nach den Schularbeiten rannten sie den Pechüler Pfad hinunter, überquerten die Miquelstraße und waren rasch im Park, vornehmlich am Teich, wo sie sich im Gebüsch einen Platz eingerichtet hatten, der so unauffällig war, dass sie ihn manchmal erst suchen mussten. Hier hockten sie, sahen den Teich durch die Blätter schimmern, und wenn es kühl war, tauchten Eisberge in der Ferne auf, und sie sahen, wie Pinguine im ewigen Eis des Südpols ihre Eier ausbrüteten oder sich vor der Kälte schützten, indem sie sich eng im Kreis aneinander drängten.

»Ich möchte mal an den Südpol«, flüsterte Paule, »oder in die Antarktis. Muss schön sein, all die Eisberge.«

»Hm. Ja.«

Ein andermal sahen sie am Rand ihres Teiches große zerklüftete Felsen mit zahlreichen Höhlen. In einer, die weit in die Felsen hineinreichte, saßen Jochen und Paule. Sie entfachten ein Holzfeuer, und darüber hatten sie in zwei Astgabeln einen Stecken gelegt, an dem ein Kaninchen schmorte, das sie immer wieder umdrehten. Doch plötzlich hörten sie ein Geräusch. Ein großer Bär, wohl angelockt durch den Geruch des Fleisches, richtete sich vor ihnen auf. Doch Paule und Jochen besaßen starke Speere. Sie besiegten den Bären, teilten das Fleisch mit den anderen Höhlenbewohnern, und das Bärenfell würde ihnen im Winter gute Dienste leisten.

Ganze Nachmittage verbrachten sie in ihrem Blätterhaus, und als sie Jahre später im Fernsehen Pinguine sahen oder eine Sendung über Höhlenmalerei, hatten sie plötzlich wieder das Bild vor Augen, wie sie in ihrem Gebüsch saßen, sie hörten die Stimmen der Mütter, die mit ihren Kindern vorbeigingen, hörten den Wind, der in den Bäumen rauschte, und wussten nicht mehr, wann sie ihr Blätterhaus aufgegeben hatten.

Doch Jochen erinnerte sich schmerzhaft daran, wie er einmal spät nach Hause gekommen war, weil sie in ihrem Traumhaus die Zeit vergaßen. Als er die Haustür aufschloss, hörte er schon die Stimme des Vaters: »Dem werde ich es zeigen, dem unverschämten Lümmel. Nicht einmal zum Abendessen kann er pünktlich sein!« Der Vater stand in der Esszimmertür, als Jochen sich mit klopfendem Herzen im Bad die Hände gewaschen hatte und sich an den

Tisch setzen wollte, wo seine Mutter und Bea schon saßen. Plötzlich trat ihm der Vater in den Weg, gab ihm mit hassverzerrtem Gesicht eine Ohrfeige, so dass Jochen fast zu Boden ging. Da sprang seine Mutter auf, ging auf den Vater los und schrie, dass sie sich scheiden lassen werde, wenn er Jochen noch einmal anfasse.

»Wenn er daheim ist, nennst du ihn Stubenhocker, Langweiler. Und jetzt, nur weil er ein paar Minuten zu spät vom Spielen kommt, traust du dich, ihn zu schlagen. Beim nächsten Mal sorge ich dafür, dass Jochen dich anzeigt!«

Jochen saß auf seinem Stuhl, er fühlte, wie sein Gesicht brannte, er sah den schrägen Blick seiner Schwester. Es war ihm egal, was sie dachte, sie war hässlich wie sein Vater, vielleicht wurde sie deshalb von ihm so abgöttisch geliebt. Selbst wenn sie schlechte Zeugnisse hatte, schnippische Antworten gab oder in ihrem Zimmer ein Chaos herrschte – sie wurde nie bestraft. Bea bekam auch immer teure Klamotten. Sein Vater ging selber mit ihr zum Einkaufen. Jochen dagegen sollte die Pullover und Hemden des Vaters auftragen. Doch das ließ seine Mutter nicht zu.

Sie hatte das Zimmer verlassen, und Jochen wusste, dass sie sich im Gästezimmer das Bett herrichtete. Er löffelte Tomatensuppe und aß Brot dazu, denn er war hungrig, trotz der Schläge. Er hasste seinen Vater, er hasste Bea, er hasste das Esszimmer und hätte gern gesehen, wie die Wände von tiefen Rissen aufgebrochen und die Fensterscheiben zerbrochen würden. Stattdessen schlug nur die Wanduhr, und Jochen dachte daran, dass er morgen mit Paule einen neuen Tag anfangen würde.

Die Welt der Erwachsenen erschien ihnen nicht interessant, doch als sie begannen, ›Oliver Twist‹ und ›David Copperfield‹ zu lesen, dachte Paules Mutter, sie müsse den

Jungen einen Teil ihrer Welt ans Herz legen. Die Welt der Literatur. Sie schrieb für Zeitungen. »Sie dichtet auch«, sagte Paule bescheiden.

Jochen wusste lange Zeit nicht, woran er mit Paules Mutter war. Am liebsten war es ihm, wenn sie unter dem Dach saß und dichtete. Dabei durfte sie nämlich keiner stören. Paules Mutter war zu ihrem Sohn und auch zu Jochen eher mürrisch, das kam vielleicht daher, dass sie tagsüber Geld verdienen musste und nur am Abend dichten konnte. Manchmal schrie sie Paule an, weil er schlechte Noten heimbrachte, doch dann wieder war sie friedlich und gab ihnen Geld fürs Kino. »Sie meint es gut«, sagte Paule entschuldigend, »aber sie ist Vegetarierin.«

Zu Erwachsenen konnte sie allerdings ziemlich verbiestert sein. Vor allem zu Jochens Mutter. Wenn die Frauen sich trafen, bei Schulfesten oder Elternabenden, maß sie Jochens Mutter mit abschätzendem, verächtlichem Blick. Doch die fragte ihn fröhlich: »Was hat sie denn? Ich kann doch nichts dafür, dass sie so hässlich ist!« Jochen schaute daraufhin Frau Kurzmüller, so hieß Paules Mutter, genauer an. Sie trug ihr Haar in der Mitte gescheitelt und eng an den Kopf zum Pferdeschwanz gebürstet, blinzelte streng durch eine runde Brille, hatte immer so was Schwarzes an – na ja, direkt hässlich fand er sie nicht, sie war Paules Mutter.

Einen Vater gab es im Hause Kurzmüller nicht mehr, darum beneidete Jochen seinen Freund. Auch darum, dass seine Mutter Dichterin war. Wenn Paule am frühen Abend nach Hause musste, saß Jochen oft im Dunkeln auf dem Balkon, sah auf die Podbielskiallee, hörte die Autos, die vorbeifuhren, und fragte sich, was der Autofahrer wohl für ein Mensch war, was er fühlte, was er träumte, was er sich wünschte. Jochen hatte nämlich seit einiger Zeit den Wunsch, ebenfalls Dichter zu werden. Einer wie Erich

Kästner, nach dem seine Grundschule hieß, oder wie Charles Dickens. Im Laufe der Zeit kam es Paules Mutter zu Ohren, dass Jochen sich für Dichter interessierte. Noch nie hatte sie ihn so strahlend und liebevoll angesehen. Sie bestand darauf, Jochen an einem freien Tag durch den Stadtteil Friedenau zu führen. Sie war dort geboren, wohnte erst seit ihrer Heirat in Dahlem, aber ihre Heimat blieb offensichtlich Friedenau. Sie redete in vielen Gremien und Verbänden dieses Quartiers mit, kannte angeblich alle wichtigen Leute, und daher wusste sie auch über jeden Schriftsteller Bescheid, der in Friedenau wohnte oder einmal gewohnt hatte. Als Paule und Jochen später im Deutschunterricht ›Homo Faber‹ von Max Frisch lasen, zählte sie Jochen auf, dass ebendieser Max Frisch, außerdem Uwe Johnson und Günter Grass sowie Hans Magnus Enzensberger dort gelebt und auch miteinander diskutiert oder gefeiert hatten. In den Ceciliengärten habe im Eingangsturm der bekannte Maler Hans Baluscheck gewohnt. Zu den Büchern großer Autoren wie Gerhart Hauptmann und Richard Dehmel habe der die Illustrationen gemalt. Außerdem habe er auch selber geschrieben. Er sei ein sehr kritischer Beobachter seiner Zeit gewesen und gehörte mit Käthe Kollwitz und Heinrich Zille zu den »Rinnsteinkünstlern«. So habe sie Kaiser Wilhelm II. genannt, weil ihre revolutionären Ideen ihm nicht passten.

Im Gegensatz zu Paule, den das alles entsetzlich langweilte, hörte Jochen gespannt zu, auch wenn ihm nicht alle Namen etwas sagten. Doch Paule zog ihn immer fort, wenn seine Mutter Jochen wieder mit neuen Informationen über »ihre« Dichter füttern wollte. Paule wollte mit Jochen um die Häuser. Jochen wollte nicht, denn in der »Hundekehle« fühlte er sich nicht mehr willkommen. Er war kein Kind mehr, das man mit Coca-Cola beglücken konnte, und schon gar kein Erwachsener. »Nicht Fisch, nicht Fleisch«, »Teenager« oder sonstigen Blödsinn gaben die Erwachsenen von sich. Bei »Luise« am Bahnhof Dahlemer Dorf sortierten die Gäste ihn ebenso aus. Die Blicke der Erwachsenen sagten ihm, dass er nicht dazugehörte. Lokale, wo Jugendliche etwas Eigenes gehabt hätten, gab es nicht.

Jochen ging zu Spielen von Hertha, oder er donnerte selber mit dem Fußball ans Garagentor. Oder er und Paule fuhren auf den Fahrrädern herum, viel zu schnell, sie schossen den Pechüler Pfad hinunter, konnten auf der Miquelstraße gerade noch einem Auto ausweichen. Überhaupt fuhren sie gern gefährlich nah an die Autos heran, sie rasten Böschungen hinauf und hinab, völlig sinnlos, als suchten sie etwas auf den Straßen, auf den Wiesen. Manchmal hatten sie ein Ziel, rasten um die Wette zur »Domäne« oder zum »Dorfkrug«, wo sie Buletten und Bratkartoffeln aßen. Chaotisch lebendig schien ihnen ihr Berlin, dann wieder diffus, eher feindlich. Sie glaubten, dass die Dinge so waren, wie sie von ihnen wahrgenommen wurden, dann wieder glaubten sie nichts, setzten sich ihre Welt zu stets wechselnden Bildern zusammen.

Die Diplomatenkinder im Arndt-Gymnasium, die Shit kauften und anboten, definierten sich nur über Äußerlichkeiten. Mit ihnen konnten Paule und Jochen kaum etwas anfangen, höchstens mal für eines der hübschen Mädchen schwärmen. Doch die standen auf reiche alte Säcke.

Jochen stand völlig im Banne Berlins. Irgendwann hatte er begriffen, dass er in einer geteilten Stadt lebte. Im Westen. Dass es eine Mauer gab, die den Westen Berlins vom Osten trennte. Von der DDR. Wo gab es das überhaupt – eine Stadt, von einer Mauer geteilt. Jochen fand es großartig, in so einer Stadt zu wohnen. Richtig stolz zu sein, traute er sich nicht. Er hatte von Trennungen gehört, von Leid, von Toten an der Mauer. Von tollkühnen Fluchten. Manchmal fuhr er mit Paule hin, schaute über ein Stück Mauer und sah drüben Stacheldraht und Türme und Niemandsland. Oder Naturschutzgebiet. Jochen las in einem Gedicht von Sarah Kirsch, dass sich auf dem Potsdamer Platz die weltstädtischen Kaninchen austobten. Sie hatte es gar nicht glauben können, als der Großvater ihr erzählte, hier sei früher der Nabel der Welt gewesen. Und er habe in seinen jungen Jahren ein schönes Mädchen in seinem Automobil herumchauffiert. Und jetzt flögen die Mauersegler durch das verschwundene Hotel. Die Nebel stiegen aus wunderbaren Wiesen und Sträuchern. Kaum sperre man den Menschen den Zugang, mache die Natur, was sie wolle. Sie wüchse selbst durch die Pflaster der Straßenbahnschienen.

Das gefiel Jochen. Die ungebärdige Natur war ihm sympathisch. Die Dichterin auch.

Paule sagte, es sei gut, dass es die DDR gebe. West-Berlin werde mit Millionen subventioniert, weil es ein Bollwerk sei gegen den bösen Osten. Jochen glaubte manchmal, so eine Angst zu spüren, eine Art Weltuntergangsstimmung. Er hörte, wenn die Eltern sich über Verwandte lustig machten, die es gefährlich fanden, in Berlin zu leben. Wegen der Bedrohung durch den Osten. Jochen sah nur an jeder Ecke eine Kneipe. Er war froh, in Berlin zu sein. War er mit Paule drüben, sahen sie verkommene Landstraßen, aufgerissene Gehsteige, Trabants auf holperigen Straßenpisten, über die sie sich mit schlechtem Gewissen lustig machten. Ständig einer mit Plattfuß oder sonstigem Gebrechen am Straßenrand. Zu Hause schlug Jochen im Lexikon nach. Trabant heißt Mitzügler, unselbständiger Begleiter. Nicht zu fassen!, dachte Jochen. Die hatten doch nicht alle Tassen im

Schrank, die in der DDR. Die konnten ihrem Volk doch nicht im Ernst derart lächerliche Autos zumuten. Taten die aber. Honecker oder die andern hässlichen alten Männer des DDR-Staates fuhren in großen ausländischen Karossen.

In der Nacht träumte Jochen, wieder auf der Fahrt in die Deutsche Demokratische Republik zu sein, in einem Ödland voller Trabis, alles grauer Zement und Trostlosigkeit, er war ein Gefangener, wurde in einen Trabant gestoßen, fühlte sich darin wie ein Affe in einem viel zu engen Käfig, und die anderen, die mit ihm in das unbequeme Auto eingesperrt waren, brüllten und sangen auf Russisch und gaben ihm Wodka, der ihm weich und heiß durch die Kehle rann, und sein Vater, der einen gewaltigen Kopf hatte mit einem großen Trachtenhut darauf, riss die Tür des Trabi auf mit Wut im Gesicht.

Dann war er wieder in seinem Berlin, Regen fiel, bei Luise war geschlossen, die Gartentische und die Stühle hörten der Sintflutmelodie des Regens zu, die Gaslaternen schwankten steif, als wären sie betrunken, als hielten sie die Einsamkeit zwischen den Häuserburgen nicht mehr aus. Zwischen zwei Autos prügelten sich Betrunkene, sie kamen auf Jochen zu, eine Frau war sehr schön, aber sie schlug auf ihn ein – und Jochen wachte auf mit stark klopfendem Herzen.

3

Langsam zogen die Jahre vorüber, es schien Jochen, als stampften sie mit schweren Beinen voran. Ein Jahr, es war 1974 gewesen, schien ihm als weißer Fleck, wie ein ständiger Regen, dem auch Paule nicht Einhalt gebieten konnte. Jochen musste mit den Eltern und Bea nach München fliegen, zur Beisetzung des Großvaters, des Vaters seiner Mutter.

Durch das große leere Haus am Biederstein schienen ihm graue Vögel zu flattern, und Jochen sehnte sich nach den lustigen Schwalben, die ihm der Großvater einmal gezeigt hatte. Er war Professor für Veterinärmedizin gewesen. Das war schon längere Zeit her, doch einmal nahm er Jochen mit in die Universitätsklinik für Pferde, wo unter der weiß getünchten Decke eine Vielzahl von Schwalben nisteten, die ständig hin und her flogen. Aus einem Schwalbennest konnte Jochen deutlich vier Köpfchen mit weit offenen Schnäbeln erkennen, die hungrig auf die Mutter warteten. Dort oben unter der Decke war die Freude, die pure Lebenslust, das verstand Jochen, und die kranken Pferde in den Boxen standen stumm, wenn der Veterinär sich den armlangen Handschuh überstreifte, die Hand in Vaseline tauchte und dann mit Hand und Arm in ein erstauntes Ross hineinfuhr. Der Tierarzt sprach mit dem Großvater über Austrocknen und Infusion, und Jochen fragte, ob der Großvater auch unter dem Schwanz in ein Pferd hineinlange. Das habe er früher natürlich gemacht, aber meistens habe er in der Forschung gearbeitet. Doch nun sei er alt und kränker als all die Pferde hier zusammen, erklärte der Großvater, und Jochen, erschreckt, hatte verstohlen seine kühle, mit großen Adern bedeckte Hand geküsst. Er war froh, dass der Großvater nicht sprach, nur fest Jochens Hand drückte. Auf dem Weg zum Biederstein sagte der Großvater zu Jochen, er sei ihm sehr ähnlich. »Mich fanden die anderen wohl auch plump und unbeholfen, beim Reden gehemmt, ich konnte es auch niemandem recht machen, mein Leben lang nicht. Selbst meine Studenten mochten mich nicht, obwohl ich mir unendliche Mühe gegeben hab, ihnen was beizubringen.« Der Großvater sagte das leise und mehr zu sich selbst, doch dann schien es so, als wolle er Jochen damit nicht belasten, und er wandte sich ihm zu. »Lass uns von dir reden, Junge. Ich sehe, dass dein Vater nichts mit dir anfangen kann.«

Jochen sah auf seine Füße, die neben denen des Großvaters langsam den Gehsteig entlanggingen. Jochen hatte für sein Alter sehr große Füße, seine Schuhe waren Kähne. Mit Füßen, und schon gar nicht mit so plumpen, großen, konnte man nicht fliegen, höchstens mal hochspringen oder hüpfen. Dann musste man wieder zurück auf die harte Erde. Aber es gab Orte, da hätte Jochen Füße gebraucht, die sich abstoßen konnten vom Boden, hochfliegen, entkommen. Wenn er vor seinem Vater stand, nach links weglaufen wollte, nach rechts, doch die Hände hielten ihn grob an den Schultern fest, das wütende Gesicht mit Augen hart wie Nagelspitzen kam näher, so dass Jochen nur noch die Zähne sah, dieses gelbliche, aufeinander gepresste Gebiss. Erst schlugen Worte auf ihn ein, dann die Hände. Jochen hatte sich immer wieder vorgesagt in seinen Gedanken, dass sein Vater in der Bank groß und elegant war in seinem weißen Kragen, geachtet von den Leuten in den vornehmen Büros. Warum war er anders, wenn er mit Jochen alleine war? Niemand hatte ihn das je gefragt, und er selber fragte erst recht niemanden. Doch der Vater hatte neben seinem lächelnden Bankgesicht noch ein fremdes, kaltes, hartes, und davor fürchtete sich Jochen.

Aber heute war der Großvater da, und Jochen wollte bei ihm bleiben, doch er wusste, dass er wieder zurückmusste nach Berlin und dass dann keiner mehr da war, der etwas von ihm wissen wollte. Daher zählte er dem Großvater alles auf, was ihn kränkte: »Er haut mich, wenn ich zu viel Salami aufs Brot tu, und die Bea darf Nutella nehmen, so viel sie will.«

Der Großvater zog Jochen zu einer Bank. Er setzte sich schwerfällig, stellte seinen Stock zwischen die Beine und stützte sich mit beiden Händen darauf.

»Bua«, sagte der Großvater schwer atmend, »Bua, du sagst mir jetzt alles. Alles, hörst du?«

Und Jochen sagte es auf wie ein Gedicht, dessen Worte wie Regen immer wieder in sein Gedächtnis hineinstürzten:

»Tintenpatrone zerbrochen
Teppichklopfer
Flurwand besprüht
Teppichklopfer
Tote Maus in Beas Puppenwagen
Teppichklopfer
Zündeln am Rosenbeet im Ceciliengarten
Teppichklopfer.«

»Und deine Mutter, hat sie mal wieder mit offenen Augen geschlafen?«, fragte der Großvater zornig, doch Jochen musste erst einmal tief durchatmen, ausruhen von seinem entfesselten Vortrag. Dazu noch die Sichtweise des Großvaters auf seine Mutter überdenken, den Sinn erfassen. Mit offenen Augen schliefen seines Wissens nur bestimmte Tiere. Waren es Kühe? Der Großvater müsste das am besten wissen, aber egal. Warum seine Mutter ihn nicht verteidigt und beschützt hatte, mit dieser Frage war er noch nicht fertig. Doch es gab Gründe, auch mit dem Großvater darüber nicht zu reden. Also hob er leicht die linke Schulter, und der Großvater fragte nicht weiter. Er hatte seinen Kopf auf die über dem Stock zusammengelegten Hände gestützt und sah stumm auf den Weg.

Plötzlich lächelte er, sein Gesicht schien aufzuleuchten. »Einmal, du warst noch klein, vielleicht anderthalb Jahre alt, da rief mich deine Mutter an: ›Vater, stell dir vor, Jocki steht neben mir. Er wippt in den Knien und singt *Hoppe hoppe Reiter,* wie du es mit ihm gemacht hast, als du bei uns warst. Und weißt du, wie er das singt? *Opa opa Raita!* Ganz deutlich! Und weil ich darüber lache, hört er gar nicht mehr auf damit.‹

Vielleicht kannst du dir vorstellen, wie sehr ich mich darüber gefreut hab, dass du in Berlin an deinen Opa denkst!«, sagte der Großvater zu Jochen. Hin und wieder strich er ihm zärtlich durchs Haar und meinte, dass Jochen ein richtiger Osthaus sei und dass es ihm auch bekannt vorkäme, wie er die linke Schulter hebe. Das habe sein eigener Vater auch immer so gemacht. »Also dein Urgroßvater. Wir drei heißen alle Anton Otto Osthaus, nur du heißt vorne noch Jochen, nach deinem anderen Großvater, der Joachim hieß.«

Jochen hörte seine Worte, er spürte die Liebe seines Großvaters, aber in Gedanken war er noch bei seiner Mutter. Er wusste, dass sie ihn vielleicht nicht beschützt, aber auf andere Art gerächt hatte. Jedenfalls sah er das so in seiner Erinnerung, wenn er an die Zeit dachte, als er mit der Mutter am Kurfürstendamm spazieren gegangen war, in der Mommsenstraße oder am Savignyplatz – jedenfalls da, wo es viele Leute gab. Wenn seine Mutter am Abend mit dem Vater ausging, trug sie ihr langes Haar hochtoupiert und hinten zu einer Banane eingeschlagen. Ihre Augen waren schwarz ummalt und mit türkisfarbenem Lidschatten betont, von dem Jochen lange gedacht hatte, er hieße Gliedschatten. Doch manchmal an frühen Nachmittagen, mit Jochen an der Hand, schminkte sie sich nicht und ließ ihr Haar lose und noch feucht vom Waschen über die Schultern fallen. Das roch nach Aprikosen und Zitronen, und Jochen durfte mal kurz sein Gesicht hineindrücken. Der Duft stürzte aus dem Bad heraus und zerfloss in der Wohnung. Auf den Spaziergängen nahm Mama nur Jochen mit, Bea blieb bei dem Aupairmädchen.

Sie gingen niemals lange durch die Straßen, aber Jochen sah die Blicke, die seiner schönen Mama galten, und er drückte sich stolz an ihr enges Kleid. Er wusste, dass ihm nur noch wenige Minuten gehörten, dann würde ihnen ein junger großer Mann mit dunkler Brille entgegenkommen, der Jochen kurz durch die Luft schwenkte, Mama leicht beim Arm fasste, und dann gingen sie in eine kleine Seitenstraße, wo sein Motorrad stand, das schwarz war und silbern und *Moto Guzzi* hieß. Seine Mutter trug ein hellgraues, leichtes, sehr enges Kleid mit einem weißen Stehkragen. Jochen wusste das noch so genau, weil sie, um auf die *Moto Guzzi* zu kommen, sich das Kleid bis zu den Schenkeln hochziehen musste. Sie setzte eine große Sonnenbrille auf, und der junge Mann hob Jochen hoch zu seiner Mutter. Dann fuhr er los, und Jochen dachte an Achterbahn und Schiffschaukel mit Überschlag und dass seine Mama ihm das alles schenkte. An einem Platz, an dem Trauerweiden tief ins Wasser hingen, machten sie meistens Halt, und Jochen sah voller Freude, wie der Mann und die Mama einander umarmten, einander küssten, damit nicht aufhören konnten.

»Woran denkst du? Du lachst ja endlich einmal«, sagte der Großvater neben Jochen, der sich die Augen rieb, so sehr versunken war er in die Glücksmomente mit der Mutter gewesen.

»Lach nur, das tut deinem alten Großvater gut. Ich bin im Übrigen sehr glücklich darüber, dass deine Eltern meinen Namen angenommen haben, auch wenn ich deinen Vater abgelehnt habe. Und nach dem, was du mir heute gesagt hast, möchte ich ihn hassen, aber ich habe nicht mehr die Kraft dazu. Ich wäre gern dein Vater gewesen, du bist mir ähnlich, und du magst mich, das spüre ich. Glaub mir, ich habe in meiner Fantasie mit dir gelebt, seit du auf der Welt bist. Deshalb will ich das tun, was ich immerhin für dich tun kann. Du bekommst das Haus, es ist viel wert, und mein Geld, das ich auf der Bank habe, bekommst du auch.«

Sie gingen langsam miteinander weiter. Jochen wusste, dass es wichtig war, Geld zu haben. Möglichst viel Geld. Sein Vater sprach ständig davon. Klar, er arbeitete ja auch bei einer Bank. Jochen hörte oft, wie der Vater zu seiner Mutter sagte, sie solle zu ihrem Vater nach München gehen, wenn sie Geld brauche, der habe genug davon, sei aber ein elender Geizkragen. Und nun wollte der Großvater alles, was ihm gehörte, Jochen schenken. Tut ein Geizkragen so etwas?

Inzwischen waren sie in der Keferstraße angekommen. Der Großvater atmete schwer und bat Jochen, noch einen Moment stehen zu bleiben und zuzuhören. Es sei sehr wichtig. Jochen blieb stehen und schaute blinzelnd zu seinem Großvater hoch, denn sie standen in der Vormittagssonne, es war warm, und Jochen freute sich auf die Kühle des alten Hauses.

»Jochen«, sagte der Großvater, und sein gehetzter Blick suchte rasch die Umgebung ab, dann schaute er wieder Jochen an. »Bub, ich werde bald sterben. Es kann noch heute sein, morgen oder in der nächsten Zeit. Wenn du einige Jahre älter bist und man dir schlimme Dinge über mich erzählt, dann höre dir das gelassen an. Und dann setzt du dich in einer ruhigen Stunde hin und liest in meinem Nachlass. Ich werde dafür sorgen, dass du ihn bekommst. Denn du sollst wissen, dass ich Fehler gemacht habe. Aber ich habe niemals einem Menschen etwas zuleide getan.«

Der Großvater hatte sich Jochen so vehement zugewandt wie Paule damals am ersten Schultag. Großvaters dunkle Augen waren trübe, von Äderchen durchzogen, aber Jochen schienen sie wie dunkle Blitze, Messer, die Jochen an die Geschichte seines Großvaters anhefteten. Er sprach mit niemandem darüber, nicht einmal mit Paule. Aber lange Zeit sah er die Augen seines Großvaters vor dem Einschlafen, sah seinen Blick voll unendlichem Schmerz, und er fragte sich, was denn die Schuld seines Großvaters sei, wenn er keinem Menschen etwas zuleide getan hatte. Wenn er groß war, schwor sich Jochen, wollte er Licht in diese Dinge bringen.

Und nun war der Großvater tot. Nur wenige Monate nach dem Spaziergang hatten sie die Nachricht erhalten. Das mit alten schönen Möbeln gefüllte Haus schien Jochen so leer, dass es wehtat. Sein Vater zog im Arbeitszimmer des Großvaters alle Schubladen auf, er schien etwas zu suchen, war übel gelaunt.

Während der Beisetzung hielt Jochen die Hand seiner

Schwester Bea, wie es die Eltern von ihm verlangten. Die Kinder hatten noch nie an einem Grab gestanden. Ihre Großmutter war ein Jahr vor Jochens Geburt gestorben, die Eltern des Vaters hatten sie auch nicht gekannt, da sie in jungen Jahren bei einem Zugunglück umgekommen waren.

Weder Bea noch Jochen verstanden etwas von der Grabrede, in der von einem Professor Anton Otto Osthaus die Rede war, dem bereits 1913 von der Königlich Tierärztlichen Hochschule in Berlin die Doktorwürde verliehen worden war und dem man im Juli 1930 von der Tierärztlichen Fakultät München Titel, Rang und akademische Rechte eines ordentlichen Professors zuerkannt hatte. Alle hierzu erforderlichen Prüfungen habe er mit Auszeichnung bestanden. Von der Schuld des Großvaters sprach der Redner aber nicht, und Jochen wünschte sich, dass er aufhören solle. Warum mussten die Erwachsenen auch noch reden, wenn sein Großvater in dieser braunen Kiste lag, konnten die nicht mal eine Sekunde still sein? Jochen wollte fühlen, wie weh das tat, dass der Großvater runtergelassen wurde an den Seilen und er nicht mehr seine kühle Hand spüren konnte. Er zählte gerade mal bis zwölf, und dann fing schon wieder einer der Männer mit einer Rede an.

Jochen war verwundert. Seine Mutter sagte oft, die Bayern würden nicht so gerne reden wie die Berliner. Das weckte in Jochen Vorstellungen von einem schweigsamen Volk, das sich durch gelegentliches Nicken oder Kopfschütteln verständigte. Wie glücklich mussten die Bayern sein. Doch am Grab seines Großvaters, wo viele Leute versammelt waren, wollten die Reden kein Ende nehmen. Rätselhaft.

4

In der ersten Zeit nach ihrer Rückkehr aus München war der Großvater fast ständig um Jochen herum. Jochen träumte von ihm. Einmal glaubte er beim Aufwachen seine Stimme zu hören. »Bua«, rief der Großvater, und Jochen sehnte sich für Minuten so stark nach ihm, dass es wehtat.

Doch der Alltag mit Paule und den anderen in seiner neuen Schule legte sich besitzergreifend über ihn, und er brauchte seine Kraft und Fantasie, sich zu behaupten. Die Zeiten, als er in der Schule mitkam, ohne sich sonderlich anzustrengen, waren vorbei. Es gab so vieles, was ihn überraschte. Der Stoff im Arndt-Gymnasium wurde immer komplizierter und anspruchsvoller. Ehe sich Jochen alles eingeprägt hatte, was die Lehrer vermittelten, wollte es schon wieder verschwinden. Jochen begriff, dass er fleißig sein musste, immer wieder musste er sich vorbereiten, seine Kräfte sammeln. Brennend beneidete er die anderen, die in kurzer Zeit ihre Übersetzungen fertig hatten, die mühelos Formeln, Vokabeln und unregelmäßige Verben parat hielten.

Nur in Geschichte war er gut. Besonders wenn es um die Zeit des Nationalsozialismus ging, arbeitete er hellwach mit. Wenn Deutsch und Geschichte kombiniert wurde, war er doppelt gefesselt. Sie hatten sich lange damit beschäftigt, welche Rolle die deutsche Exilliteratur im Kampf gegen die Hitler-Diktatur spielte und welche Wirkung sie hatte. Die Tschechoslowakei hatte damals das liberalste Asylrecht in Europa. Zwischen 1933 und 1939 nahm das Land um die zehntausend deutsche Emigranten auf, darunter zahlreiche Schriftsteller und Publizisten. Jochen hörte Namen wie Stefan Heym, Bertolt Brecht, Heinrich Mann oder Ödön von Horváth. Sie alle mussten vor Hitler flüchten, und in Prag waren sie nicht bloß teilnahmslos geduldet, sondern wurden wie Verwandte aufgenommen.

Jochen war so gut vorbereitet, hatte sich alles zurechtgelegt, dass er sämtliche Fragen der Schulaufgabe richtig beantworten konnte. Warum flohen so viele Deutsche gerade in die ČSR? Welche Bedeutung hatte die deutsche Exilliteratur für die deutsche Literaturgeschichte? Wer hat das Münchner Abkommen unterzeichnet? Insgesamt waren es achtzehn Fragen, und Jochen hatte noch Zeit, für Paule einige Antworten zu formulieren. Das brachte ihm Ansehen in der Klasse, und Jochen war froh, dass er sich im Laufe der Schuljahre durchgesetzt hatte. In der ersten Zeit war es ihm schlecht ergangen. Die meisten der Mitschüler meinten es nicht gut mit ihm, spotteten über die verschlossene Auster. Dieser Name war von der Grundschule mitgewandert ins Gymnasium. Jochen bemühte sich auch nicht sonderlich, die anderen für sich einzunehmen. Er hatte ja Paule.

Paule war alles, was gut war, alles andere war schlecht. Schlecht war, dass sie ihm seinen Schulranzen aus dem Fenster im dritten Stock warfen und er im Schulhof unter den Blicken und Zurufen aller den ganzen Mist einsammeln musste. Leider hatte er den teuren Füller seiner Mutter dabei, und der war ebenso unbrauchbar geworden wie der Schulranzen. Schlecht war auch, dass eine ganze Clique ihn fertig machen wollte und er nicht mit fünf Idioten auf einmal abrechnen konnte. Gut war, dass er das tornisterartige Teil ohnehin nicht mochte und endlich eine Ledertasche bekam.

Die war von dem Moto-Guzzi-Mann, und Jochen hätte fast geheult vor Freude. Der Moto-Guzzi-Mann schenkte ihm eine Tasche! Das bedeutete doch, dass er ihn mochte! Oder hatte er sie ihm gekauft, weil er Jochens Mutter liebte? Es war egal, wenigstens für den Moment war es egal! Jochen kannte niemanden, der eine solche Tasche besaß. Sie war aus weichem braunem Leder und sah so ähnlich aus wie eine Kuriertasche. Am liebsten hätte Jochen sie gestreichelt, vor allem, weil er sah, dass Bea es nicht fassen konnte, als die Mutter die Wahnsinnstasche auspackte, und dass sie Jochen gehören sollte. Sein Vater schritt auch sofort ein. Wollte wissen, ob Jochen noch dafür belohnt werde, dass er seine Sachen versaue und verschlampe. »Wieso kriegt der so eine sündhaft teure Tasche, der wirft sie doch nur wieder in den Dreck. Der soll erst einmal von seinem Taschengeld den Füller bezahlen, den er dir kaputtgemacht hat. Wenn du nur einen Funken Verstand hättest, würdest du Bea die neue Tasche geben, und Jochen könnte dann ihre haben. Ich weiß, was eine solche Tasche kostet! Das ist doch wie Perlen vor die Säue!«

Seine Mutter hatte geschwiegen, und Jochen sah ihr Lächeln, das seinem Vater zu sagen schien: Geh weg, du hast mir gar nichts zu sagen, ich bin fröhlich und du wirst ohnehin an mir scheitern.

Jochen mochte dieses Lächeln, es beruhigte ihn, und er hatte bald auch andere Sorgen. Im Laufe der Zeit wurden seine Füße bedrohlich groß, die Adidas-Schuhe der anderen sahen bei ihm blöde aus, doch Paule und er fanden dann im KaDeWe welche von Converse, die gingen so einigermaßen. Paule hatte seine Turnschuhe absichtlich mit Schmutz und Kugelschreiber versaut und seine Jeans mit

Steinen an den Knien durchgescheuert und zerrissen. Er war mit seiner Mutter in den Ferien in London gewesen. Dort hatte er zum ersten Mal eine Punkband gesehen und Punkrock gehört. Seitdem war Paule nicht mehr derselbe.

»So was haste einfach noch nicht erlebt! Wie die aussehen! Die Haare wie die Irokesen, grün gefärbt oder lila und dann so in Zacken abstehend. Ketten hatten die überall, super Klamotten aus Mülltüten oder Gummi. Sicherheitsnadeln im Mund, in der Backe, und die sind nur auf der Bühne rumgetobt und haben gebrüllt. Die haben auch keine Musik gemacht, bloß Rhythmus, Krach. Mannomann. Die müssen eine Wut im Bauch haben.«

Und dann begann Paule damit, sich die Haare zu schneiden. Genauer, er schnitt einfach hinein in sein dichtes Haar wie ein Gärtner in eine Thujahecke. Jeden Tag ein bisschen mehr. Und Jochen fragte sich, ob er auch nach London müsse. Hatte er ebenfalls Wut im Bauch, die er herausbrüllen wollte? Er verwarf den Gedanken wieder. So tief mochte er nicht nachdenken. Dann lieber mit Paule nach London. Den anderen beim Außersichsein applaudieren. Aber damit wollte er warten, bis die Eltern in München waren und er daheim nichts erklären musste.

Zu Hause traf man die Vorbereitungen für den Umzug, und nicht einmal die Mutter fragte Jochen, ob er nicht doch mitkommen wolle. Jochen hatte als Grund für seine Weigerung angegeben, er wolle auf keinen Fall zur Bundeswehr. Doch seine Eltern und vielleicht sogar Bea wussten, dass das nur ein Vorwand war. Sein Vater war froh, ihn loszuwerden, da er in ihm jeden Tag die Herren Osthaus vor sich sah, die er immer noch verabscheute, obwohl sie längst verblichen waren. Und seine Mutter? Hatte sie keine Bedenken, ihn mit seinen fünfzehn Jahren allein zurückzulassen? Liebte sie ihn nicht oder nicht genug, um ihn zu vermissen? Jochen hatte immer mehr den Eindruck, als habe seine schöne, stets etwas schläfrig wirkende Mutter einen Plan, bei dem sie die Ellbogen freihaben musste.

Bei der Testamentseröffnung nach Großvaters Tod hatte sich herausgestellt, dass der Großvater seiner Tochter doch eine stattliche Summe Geldes hinterlassen hatte, und Beatrix war auch bedacht worden. Seine Mutter erbte die zum Teil wertvollen antiken Möbel ihrer Eltern, lediglich die Einrichtung des Arbeitszimmers samt der Bibliothek sollte Jochen bekommen. Als sie vom Münchner Notar zurückkamen nach Berlin, stellte die Mutter ein Foto ihrer Eltern im Wohnzimmer auf den Kaminsims. Es zeigte den Professor Anton Otto Osthaus und seine Frau Katharina geborene Haagen. Jochen konnte in dem hübschen schlanken Mann mit dem dichten schwarzen Haar und dem kurzen Schnauzbart kaum seinen Großvater wiedererkennen, aber die Großmutter im eleganten weißen Hochzeitskleid, auf dem Kopf einen eng anliegenden Hut aus weißen Federn, lächelte ebenso geheimnisvoll, mit der gleichen schläfrigen Freundlichkeit wie seine Mutter.

Die hatte Beatrix schon seit Monaten im Münchner Max-Josef-Stift angemeldet, einem Internat, in dem sie selber und ihre Mutter das Abitur gemacht hatten. Bea freute sich. Fern vom Elternhaus in Gauting, wo man weit weg von der Münchner Szene war. Wenn es auf einer Party gerade Spaß machte, musste sie heimfahren. Sie war überzeugt, dass es überall besser sei als bei den Eltern, wo besonders der zwar zärtliche, aber überbehütende Vater ihr auf die Nerven ging. Der war nicht dafür, dass die Tochter ins Internat kam. »Damit habe ich nichts zu tun. Das zahlst du alles von deinem Konto«, sagte er des Öfteren zu seiner Frau, die rätselhaft heiter und friedfertig schwieg.

Als der Umzugsrummel vorbei war, als die Eltern mit der Schwester abgereist waren, saß Jochen in der Küche, in der es nur noch den Herd gab, einen Tisch und vier Stühle. Für einen Moment wollte ihm etwas bange werden, aber er sagte sich, dass sein Großvater als alter Mann alleine in seinem Haus gelebt habe. Dann würde er das auch können. Er war alleine, konnte tun und lassen, was er wollte. Er durfte jetzt nicht schlappmachen. Er war kein Kind mehr. Außerdem gab es ja Paule.

Jochen sah aus dem Fenster, auf die Bäume, die sich im Wind bewegten und immer wieder den Blick freigaben auf das Haus gegenüber, von dem Jochen wusste, dass es einmal Herrn Kaiser von Kaiser's Kaffeegeschäft gehört hatte. Der war gestorben, und seine Villa sollte abgerissen und durch ein modernes Haus ersetzt werden. Doch noch war es nicht so weit, und Jochen sah im Garten Frauen, die mit unzähligen Blumentöpfen und bunt bemalten Tischen und Stühlen die Terrasse dekorierten.

Eines der Mädchen sah aus wie Nena. Natürlich sah sie nicht wirklich so aus, aber sie erinnerte ihn an die Popsängerin, die er so schön fand wie eine exotische Blume. Lange Zeit hatte er ein Poster von ihr an der Wand gehabt, bis Bea es nach einem Streit heruntergerissen hatte. Doch Nenas Aussehen hatte schon Wurzeln in ihm geschlagen. Anders als die anderen Mädchen trug sie ihr Haar wie eine enge, tief in die Stirn gezogene Kappe, unter der ihre dunklen, weit auseinander stehenden Augen ins Ungewisse sahen. Was sie mit ihrer schwermütigen Kleinmädchenstimme sang, Balladen von Träumen und Luftballons, nahm er weniger wahr. Mit Popsongs konnte man ihn im Allgemeinen jagen. Vor allem mit denen von Leuten wie Boy George oder Limahl.

Nena dagegen hatte sich unversehens einen Weg in seine

Seele gebahnt. Mit ihrer Gruppe war sie in einem Lokal am Ku'damm gewesen, der Andrang um sie hatte ihn auf sie aufmerksam gemacht. Er erkannte sie sofort, jeder kannte sie, sie hatte Erfolg, war auf Tournee, in den Charts. Hunderttausende Fans, Millionen verkaufte Red Balloons alleine in den USA und so weiter. Doch Jochen hatte niemals ihr Gesicht lebendig vor sich gesehen, und deshalb traf es ihn vor dem Lokal wie ein Geschoss: ein Mädchengesicht, das ihm schön und rein und glühend zugleich erschien. Das Poster war nicht retuschiert gewesen. Eine vollkommene Überraschung. Die Haut aus heilem Porzellan. Ihr Blick war ihm schwermütig erschienen, so als wüsste sie nicht, ob sie wirklich da war oder in einem Traum. Für Jochen war sie unerreichbar, und damit war er einverstanden. Seine wunschlose Bewunderung entsprach ihm vollkommen.

Das Mädchen im Garten ähnelte Nena also nur ein wenig. Außerdem sah sie jeden Tag anders aus und so, wie Frauen eigentlich nicht aussahen. Sie trug Jeans, aber nicht die üblichen, sondern eher wie die von Paule. Sie waren überall zerrissen und bemalt, und in ihre T-Shirts waren Löcher reingeschnitten. Offenbar liebte sie Blumen. Jochen sah sie pflanzen und gießen. Sie beugte sich zu den Pflanzen wie zu Kindern. Manchmal hob sie ihr weißes leuchtendes Gesicht zu Jochens Fenster und lächelte ihm zu. Jochen sah in die Scheibe des geöffneten Fensters, sah sein Spiegelbild, hochmütig düster und mit gekrauster Stirn. Ich bin fünfzehn, alle nennen mich Auster. Dass dieses Mädchen mich anlächelt – nicht zu fassen, dachte er. Doch sie lächelte ihn am nächsten Tag wieder an, und auf dem Weg zur Schule traf er sie, und er sah, dass sie ungefähr in seinem Alter war.

Sie hieß Georgia und besuchte leider nicht so wie er das

Arndt-Gymnasium, sondern fuhr in die Steiner-Schule. Georgia lernte durch Jochen bald Paule kennen, und auch er gefiel ihr. Paule und Jochen wechselten sich bald damit ab, Georgia zur Schule zu bringen und wieder abzuholen, denn Georgia wurde oft wegen ihrer ungewöhnlichen Aufmachung angepöbelt. Einerseits wollte sie anders sein als die anderen, aber es machte ihr manchmal Angst, wenn sie an der Clay-Allee auf den Bus wartete und die anderen sie mit verächtlichen Blicken aussonderten. Trotzdem wollte Georgia sich nicht dazu verurteilen lassen, so auszusehen wie alle.

Georgia sagte von sich, dass sie ständig von daheim abgehauen wäre. Obwohl sie ein renoviertes altes Haus am Viktoria-Luise-Platz hatten, in dem jeder ein geräumiges Zimmer besaß. Im Winter seien sie in die Berge gefahren, im Sommer ans Mittelmeer zum Surfen. Drei Mädchen seien sie gewesen und ein Junge, den die Eltern adoptiert hatten. Trotzdem seien sie nie eine richtige Familie gewesen. Zuerst seien ihre beiden älteren Schwestern von daheim ausgezogen. Auch sie selber habe den Streit nicht ausgehalten. Es sei nicht nur gebrüllt worden, sondern auch geprügelt. Vor allem wären die Eltern aufeinander losgegangen. Und dann sollten die Kinder als Zeugen Stellung beziehen. Ihre Mutter, eine reiche Erbin, habe gemalt und getrunken. »Sie war wohl ständig frustriert. Obwohl eine Putzfrau da war und eine Büglerin. Ärger mit mir und meinen Geschwistern kann es nicht gewesen sein. Wir gingen nach der Schule meistens zur Großmutter, die in der Nähe wohnte. Mein Vater ist Zoologe. Der rannte immer um irgendwelche Fischteiche herum. Für uns hatte er keine Zeit.

Als ich vierzehn war, blieb ich mit meinem Vater allein. Er hat mich auch manchmal geohrfeigt, ich habe zurückgeschlagen. Dann wollte er wieder bei mir im Bett schlafen. Er fühlte sich wahnsinnig allein. Ich mich auch. Ich hab das verstanden. Aber dann wurde mir das zu eng, ich bin wieder abgehauen. Er hat mich vermisst gemeldet bei der Polizei, die haben mich aufgegriffen und zu ihm zurückgebracht. Das ging so hin und her, bis er eine neue Freundin hatte. Mit deren jüngster Schwester kam ich unheimlich gut aus. Da haben sie uns erlaubt, in die Wohngemeinschaft zu ziehen, wo ich jetzt bin. Die waren froh, dass sie uns losgeworden sind.«

Jochen wollte wissen, wie viele Leute in der Wohngemeinschaft lebten. Und ob es dort nur Frauen gäbe. »Natürlich – was denkst du denn?«, lachte Georgia, »wir sind vier junge und jüngere und zwei Omis von vierzig.«

Jochen sagte, früher, als er Georgia noch nicht kannte, habe er mal einige Frauen mit einem Spruchband weggehen sehen. »Gehst du auch auf Demos oder so?«

»Klar gehe ich auf Demos. Alles – Frieden, Atomwaffen, Ausländer, Umwelt. Auch zur Startbahndemo bin ich gefahren. Wenn es auch lahmarschig war. Wir müssen doch zeigen, dass es Widerstand gibt. Oder?«

Jochen schniefte kurz und ein wenig verlegen. Georgia sah schön und nachdenklich aus in ihrem Eifer, und er schämte sich etwas, dass er so wenig engagiert war. Wenn er ehrlich sein sollte, musste er zugeben, dass er nicht nur wenig, sondern überhaupt nicht politisch engagiert war. Auch nicht in der Startbahnsache. Aber wie hätte er das Georgia erklären sollen, die ganz erfüllt war davon, dass sie etwas verändern könnte. Er dagegen glaubte nicht daran, dass die Politiker durch Demos zu beeindrucken waren. Er fand auch vieles nicht gut, ärgerte sich wie damals bei der Sache in Nürnberg, im Jugendtreff KOMM. Da hatte ihm das Herz vor Wut bis in die Ohren geklopft, er hatte sich aufgeregt, wie die Polizei da mit den Jugendlichen umgesprungen war. Und dann das Urteil: Sechs Tage Knast!

»Aber deshalb demonstrieren?«, dachte Jochen endlich laut. »Da musst du dich doch nur mit Bullen rumschlagen. Oder mit besoffenen Punks –«

»Mann! Was hast du denn gegen Punks? Du hast doch nicht allen Ernstes was gegen Punks, oder?«

Georgia kam so nah zu Jochen, sah ihm so eindringlich in die Augen, als könnte sie darin lesen, was mit ihm los sei. Jochen wollte sie provozieren und zitierte, was Punk für ihn bedeutete: »›Unsere Kleidung ist so schwarz, unsere Stiefel sind so schön. Links den roten Blitz, rechts den schwarzen Stern. Unsere Schreie sind so laut. Unser Tanz ist so wild. Ein neuer böser Tanz. Alle gegen alle.‹ Ist von DAF.«

»Immerhin kennst du die«, sagte Georgia, »aber sonst muss ich wohl bei null anfangen.«

5

Es war schon komisch, so ganz alleine zu sein. Keine Stimme war zu hören. Kein Mensch steckte den Kopf in sein Zimmer und rief ihm etwas zu. Er sehnte sich doch nicht etwa nach dem ewigen Nölen von Bea, nach der dunklen Stimme der Mutter und schon gar nicht nach dem meist schneidenden Offizierston, mit dem der Vater ihn gern herumkommandierte? Nein. Schon wegen Georgia, wegen Paule und vor allen Dingen seinetwegen bereute er es kein bisschen, nicht mit den Eltern nach München umgezogen zu sein. Doch seine Gedanken kreisten trotzdem immer wieder um die Zeit vor dem Umzugstag, die ihn sehr nervös gemacht hatte. Wenn die Eltern nun doch ihren Entschluss bereuten, ihn alleine in Berlin gelassen zu haben?

Er erinnerte sich daran, wie alles, was mit nach München reisen sollte, nach und nach in Umzugskartons verschwunden oder durch Schutzbezüge auf den Transport vorbereitet worden war. Der Vater war federnden Schritts durch die Räume geeilt und hatte seine Anordnungen gegeben, wie er es vermutlich in der Bank tat. Die Mutter und Bea hatten im Kinderzimmer gestritten, weil Bea das schmuddlige, zerfranste Monchichi einpacken wollte. Deshalb verdrückte sich Jochen und fuhr zu Paule, um auch noch den letzten Nachbeben seines Familienlebens zu entkommen. Leider brachte ihn Paules Mutter schwer in Verlegenheit. Sie wusste vom Umzug seiner Eltern und bot ihm an, künftig in der Hundekehlestraße zu wohnen, sie hätten das leere Zimmer von Herrn Kurzmüller, und es wäre doch ideal für Paule und ihn …

Jochen brachte kein Wort heraus. Zumal Paule ihn ansah und dann wieder seine Mutter. Als Jochen nicht antwortete, schaute Paule weg und legte seiner Mutter den Arm um die Hüfte. Eine Sekunde nur, dann wandte er sich ab, ging in sein Zimmer. Warum konnte Jochen nichts erklären, sich nicht wenigstens bedanken? Da war wieder etwas, das hielt ihm den Mund zu und schnürte seine Kehle zusammen. Er wusste, Frau Kurzmüller meinte es gut mit ihm und Paule. Sie nahm jetzt wortlos einen Strauß aus der Vase und begann, jede einzelne Blume unten sorgfältig abzuschneiden. »Damit sie besser Wasser saugen können«, sagte sie freundlich zu Jochen, und da brachte er endlich ein idiotisches »Danke – aber ich muss unser Haus hüten« heraus und ging.

Es war nach elf, als er in die Podbielskiallee zurückkam. Er wollte nicht am letzten Abend noch mit seinem Vater streiten. Daher war er schon auf der Außentreppe leise, öffnete behutsam die Haustür und stieg auf Strümpfen die Treppe hoch. Als er in sein Zimmer gehen wollte, hörte er aus dem Schlafraum der Eltern laute Stimmen, die sich bemühten, trotz aller Wut nicht herauszubrüllen. Es ging um ihn, »den Herrn Sohn, der es nicht einmal am letzten Abend nötig hat, bei den Eltern daheim zu bleiben«. Der Vater warf seiner Mutter vor, dass sie es aus reiner Trägheit versäumt habe, den Jungen zu irgendetwas zu erziehen, »er ist ja nicht einmal ein richtiges Arschloch!«.

»Dafür bist du ein umso echteres«, sagte die Mutter entschieden und verkündete, dass sie jetzt schlafen werde. Nachdem sie den Umzug praktisch alleine an der Hacke gehabt habe, sei sie todmüde.

»Die drei Teller, die du eingepackt hast!«, höhnte der Vater und fuhr dann fort, sich über Jochen auszulassen. »Ich bin froh, dass ich den Lümmel nicht mehr sehen muss. Der geht derart in die verquere Osthaus'sche Linie, dass ich manchmal denke, dass er gar nicht von mir ist.«

»Sondern?«, fragte die Mutter kühl und gähnte dabei. Jochen hörte, wie sie ihre Kopfkissen klopfte. Das tat sie immer, bevor sie sich hineinkuschelte.

»Du bist ja gar keine richtige Ehefrau. Bist du nie gewesen«, zischte der Vater jetzt erbost. »So wie du deinen Vater angehimmelt hast! Auf den warst du doch richtig fixiert. Immer hast du mich mit ihm verglichen. Dein vornehmer Herr Vater, dein Ein und Alles, der mich immer von oben herab behandelt hat. Ausgerechnet der. Dieser alte Nazi. Der hatte ja so viel Dreck am Stecken, dass er sich nach dem Krieg gar nicht mehr zurück an die Uni getraut hat.«

»Jetzt halt aber mal die Luft an, du verdammter Idiot!«, schrie die Mutter, und zumindest Jochen im Flur tat es auf der Stelle, denn er hörte, wie die Mutter aus dem Bett sprang und offenbar auf ihren Mann losging. Außerdem – wieso beschimpfte der Jochens Großvater? Und da hörte er auch schon, wie der Vater zufrieden sagte, dass seine Mutter ja nicht die geringste Ahnung habe, an wem sie so hänge und auf wen sie so stolz sei. Ihr Vater habe sich nämlich im Dritten Reich als einer von Hitlers Professoren mit Rassenhygiene beschäftigt. »Wenn ich mal im Ruhestand bin, das dauert ja keine zehn Jahre mehr, dann werde ich ein Buch über deinen Vater schreiben, das nichts auslässt.«

Jochen hörte seine Mutter sagen, dass sein Vater keinen blassen Schimmer von der Situation an der Münchner Universität nach dem Krieg habe. »Und schon gar nichts weißt du von den Veterinären! Mein Vater war Anatom, mit Rassenhygiene hatte der gar nichts zu tun.«

Jochen dachte an den Großvater. An den letzten Spaziergang, den er als Kind mit ihm gemacht hatte. Wie es dem Großvater offenbar ein großes Bedürfnis gewesen war, Jochen zu erklären, dass er Fehler gemacht, selbst aber keinem Menschen etwas zuleide getan habe. »Wenn man dir schlimme Dinge über mich erzählt.«

In dieser Nacht schlief Jochen nur sehr wenig. Die Verleumdung seines Großvaters ließ ihm keine Ruhe. Schließlich suchte er im Lexikon nach dem Begriff Rassenhygiene und fand, dass es da um Erbgesundheitslehre ging, um Eugenik. Nach der Machtübernahme durch die Nationalsozialisten vertrat die Eugenikbewegung einen dezidierten Rassismus. Die lange Beschreibung der Gesetze zur Verhütung erbkranken Nachwuchses bis hin zur praktizierten Züchtung reinrassiger Arier ermüdete Jochen, und er schlief über seinem Lexikon ein.

Als er am nächsten Morgen verspätet zum provisorischen Frühstück erschien, war sein Vater schon mit dem Auto nach München gefahren, ohne sich von ihm zu verabschieden. Jochen wusste, dass sein Vater schon immer alles Mögliche an ihm auszusetzen gehabt und ihn vor allem ständig als unsportlich abgetan hatte. Wünschte Jochen sich Schlittschuhe oder wollte er in den Schwimmverein, redete ihm sein Vater das aus mit der Bemerkung, dass Jochen doch für alles Sportliche zu lahm sei. Er solle sich das am besten gleich aus dem Kopf schlagen. Er werde sich nur blamieren. Jochen dachte manchmal, dass sein Vater schon in den ersten Lebensjahren Jochens beschlossen habe, dass dieser Sohn eine Enttäuschung sei, denn Jochen lief erst mit anderthalb Jahren, und auch da erst nach Schimpfen und Drohen des Vaters, der ihn am Heizkörper aufstellte und ihm sagte, dass die Familie jetzt ohne ihn verreise, wenn er nicht endlich loslaufe. Offenbar hatte Jochen die Drohung verstanden, er war losgelaufen, und zwar völlig sicher, ohne zu wackeln oder hinzufallen. »Seht ihr«, hatte sein Vater wütend ausgerufen, »seht ihr, der kann es, aber er hat keine Lust!«

Völlig fassungslos war der Vater über Jochens großväterliches Erbe! »Das gibt's doch auf keinem Schiff. Diesem bleichen Engerling hat der Alte alles vermacht. Der Kerl muss nie einen Finger rühren, und ich kann mein Leben lang weiter ackern«, hatte der Vater nach der Testamentseröffnung zu Jochens Schwester Bea gesagt und dass er bereue, den Namen Osthaus angenommen zu haben. Er selbst stammte aus Garching und musste schon in seinen Schulferien und danach in den Semesterferien bei der Dresdner Bank in München arbeiten, um nach dem Studium der Volkswirtschaft dort mit Sicherheit eine Anstellung zu bekommen. Es schien, als gäbe der Vater Jochen die Schuld, dass er nie sorglos jung sein durfte. Nicht einmal das Erbe seines Sohnes durfte er verwalten, auch nicht das seiner Frau, womit er im Stillen gerechnet hatte. Alles lag in den Händen des Münchner Steuerberaters, der bis zuletzt das Vertrauen seines Schwiegervaters besaß. Er würde auch die monatlichen Zuwendungen für Jochen überweisen.

Deshalb verlor der Vater keine Zeit mit dem Abschied von Jochen. Seine Gespräche mit Jochen waren immer so karg gewesen wie die Zuneigung zu seinem Sohn. Jochen sah immer wieder die Bilder, wie sein Vater mit Beatrix im Arm über eine abschüssige Wiese rollte, wie er seine blondlockige Tochter auf den Mund küsste. Ihr im Schwimmbad mit zärtlicher Geduld Schwimmflügel überstreifte. Das Fahrradfahren, das Jochen mit vielen Stürzen alleine erlernen musste, brachte der Vater seiner Schwester spielerisch bei. Die fast täglichen Herabsetzungen wurden Jochen früh zum Symbol der Trauer und durchtränkten ihn förmlich mit Einsamkeit. Einmal radelte er allein mit dem Fahrrad die Podbielskiallee entlang. Er hatte zu spät bemerkt, dass ein Reifen ziemlich platt war. Der Vater sah das sofort, er jagte den Sohn die Straße entlang, brüllte und schlug, bis Nachbarn Jochen in Schutz nahmen. Er hatte die Melodie der väterlichen Zornesausbrüche unauslöschlich im Ohr. Auch im täglichen Umgang mit der Mutter war der Vater hochfahrend und verächtlich. Doch sie lächelte meist nur abwesend.

Jochen nahm sich vor, sich von seinem Vater künftig nichts mehr sagen zu lassen. Dass er aus dem Hause war, darüber war Jochen besonders froh. Jetzt konnte er jeden Tag und jeden Abend machen, was er wollte. Das war doch herrlich! Er würde sich bald daran gewöhnen, dass seine Familie nicht mehr in der Wohnung war.

Die letzten gemeinsamen Tage hatten ihn manchmal richtig angeekelt, gelangweilt. Er sah sich widerwillig Umzugskartons schleppen. Er hatte der Mutter beim Einpacken des Porzellans geholfen. Sie erwähnte den nächtlichen Streit mit dem Vater nicht, und Jochen schwieg ebenfalls. Schweigend hüllten sie Teller, Tassen und Schüsseln in die Seiten der ›Süddeutschen Zeitung‹, die sie abonniert hatten. »Weißt du, Jochen«, sagte die Mutter einmal, und Jochen bewegte sich für einen Moment nicht, weil er dachte – ach was! Das Telefon klingelte, die Mutter rannte hin. Wahrscheinlich ihr Moto-Guzzi-Fahrer. Jochen wusste, dass sie ihn immer noch traf.

Jochen sah, wie die Umzugsleute Tische, Stühle, Schränke und Kommoden mittels breiter Bänder davontrugen.

Seit sie einen Korb mit Hüten der Mutter gefunden hatten, die für den Müll bestimmt waren, trugen sie jeder einen davon, und der kleinste, dickste Mann hatte Mutters Federboa um den Kopf gewickelt. Die Männer kreischten und tanzten miteinander, bis die Mutter freundlich zum Weiterarbeiten mahnte. Jochen hätte ihnen am liebsten gesagt, sie sollten seine ganze verdammte Kindheit mit einpacken.

Schließlich war er allein, alle Türen standen offen, der Zugwind kühlte seinen verschwitzten Nacken. Jochen schloss die Augen, er spürte, dass er müde war vom Packen, vom Abschied, vom Tanz der Möbelpacker, die er beneidete. Er hatte schon lange nicht mehr so ausgelassene Männer gesehen. Nur kurz versank er in Schlaf, in einen Traum, sah sich durch die leere Wohnung laufen, prüfend, ob er auch tatsächlich alleine sei. Da hörte er ein Geräusch wie einen Luftzug. Er öffnete die Augen und sah Georgia, die ihn spöttisch anlachte. »Na, du Auster?«

»Hm.«

Jochen drehte den Kopf zum Fenster und sah das Sonnenlicht auf der Fensterbank und dem kleinen Küchentisch, der darunter stand. Mit Georgia schien die Sonne gekommen zu sein, denn der Tag war bislang eher grau und dunstig gewesen. Er musterte das Mädchen von gegenüber, und es war, als sähe er sie zum ersten Mal richtig an. Sie hatte langes glattes Haar, und es war sehr schwarz. Dazu die weiße Haut – wie Schneewittchen. Bei den Augen war sich Jochen nicht klar, ob Schneewittchen oder nicht – jedenfalls waren sie blau. Oder lila. Oder blaulila. Heute hatte sie Löcher in ihre Strümpfe geschnitten. Sie trug eine Art Abendkleid mit großem Ausschnitt, dazu Fahrradschläuche als Kette, wild ineinander verwickelt. Doch wichtiger als ihr grotesker Auftritt schien Jochen die

Frage, warum sie gerade jetzt heraufkam zu ihm? Wer hatte sie geschickt?

Warum war sie wieder derart kostümiert? Auf dem Schulweg heute Morgen hatte sie irgendwas aus schwarzem Lack angehabt. Von oben bis unten so was Schwarzes. Dazu Fahrradketten um den Hals, und die Leute sahen kopfschüttelnd hinter ihr her. Ein alter Mann rief: »Zu meiner Zeit hätten se dir verjast!«

Der Alte war gaga. Trotzdem hatte Jochen Angst um Georgia. Er konnte verstehen, dass sie nicht so aussehen wollte wie alle. Doch sie war allzu anders als die anderen. Und dennoch, oder war es gerade deshalb – in ihrer Gegenwart fühlte er sich lebendig, lebendiger sogar als mit Paule. Oder anders lebendig. Er spürte, dass ihre Verkleidung eine Frage war. Vielleicht sogar ein Hilferuf. Sie war schöner als jedes Mädchen, das er kannte, und rief trotzdem um Hilfe. Was sollte er nur tun? Er wollte nicht, dass sie wieder fortging, und das hätte er ihr gerne gesagt. »Bleib bei mir, bitte, da, wo du bist, ist es schön.« Aber wie sollte er das wagen? Selbst wenn er Zeit hätte, sich die Wörter ins Gehirn zu schreiben, wenn er sie aus seiner Seele wie aus einem Buch ablesen könnte, es würde ihr blödsinnig vorkommen. Das waren seine Gedanken ja auch – Blödsinn.

»Sind deine Leute wirklich weg, für immer?«, fragte Georgia. »Und du bist freiwillig hier geblieben?« Jochen zog die linke Schulter hoch, und Georgia wischte mit dem Finger über den dunklen Rand der hellen Fläche, den ein Bild hinterlassen hatte. Es gab viele solcher hellen Flächen mit schmutzigen Rändern, Lücken, eine hässliche Leere, an die er sich erst gewöhnen musste. Bevor Georgia gekommen war, wollte sich gerade Beklemmung in ihm breit machen. Abscheu vor den leeren, fleckigen Wänden, vor der Stille, die auf ihn wartete. Jochen fürchtete sich davor, Angst zu bekommen. Er wollte sich unter keinen Umständen fragen, ob seine verzinkte Familie nicht besser sei als gar keine.

Als Georgia durch die leere Wohnung lief, folgte er ihr erleichtert, und der heftige Geruch ihres Parfüms erinnerte ihn an den Duft, der dem Bad immer entströmte, als er mit seiner Mutter geheimnisvolle dunkle Wege gegangen war.

Georgia drehte sich zu ihm um. Sie lachte, ihre weißen Zähne ließen das gesunde Zahnfleisch sehen. Sie kam ganz nahe, er spürte ihren Atem, der nach Erdbeerkaugummi roch. »Warum bist du so eine Auster, immer so verschlossen, alle sagen das. Warum redest du nichts?«

Sie sollte ihn so nicht fragen. Er wollte auch nicht von ihr wissen, warum sie so schräg angezogen war, dass alle sich aufregten. Wissen wollte er es schon, aber fragen würde er sie nie. Und was ihn anging, wusste er gar nicht, was sie von ihm wollten, was Georgia wollte. Er lebte so, er sprach so und er schwieg so wie immer. Seine Familie war vollauf mit sich selbst beschäftigt und an Gesprächen mit ihm nicht interessiert gewesen.

Jetzt, wo er alleine war, wollte er mal aus tiefster Seele gar nichts sagen. Tagelang. Wochenlang. Auch wenn es zu den Berlinern nicht passte. Weil die pausenlos reden. Nicht reden – sprechen. Jochen konnte das inzwischen schriftlich beweisen. Sein Deutschlehrer war ein Fontane-Spezialist. Der kannte alle Texte des Dichters auswendig, auch Essays über die typische Berliner Luft. In einem solchen Text hatte sich Fontane darüber Gedanken gemacht, dass die Berliner am »Sprechanismus« leiden. Weil der Text Jochen mitten aus dem Herzen sprach, hatte er ihn wieder und wieder gelesen. Er hoffte, zumindest den einen oder anderen Satz zitieren zu können, wenn die anderen ihn mit seinem Spitznamen »Auster« nervten. Irgendwann würde er den Fontane-Text einrahmen. Er ging so: »Überall gibt es plauderhafte Menschen, aber jene Form der Plauderhaftigkeit, die Sprechanismus heißt, gibt es nur in Berlin. Eigentlich ist es gar keine Plauderhaftigkeit. Plaudern ist etwas Gemütliches, es lässt die Möglichkeit einer Unterbrechung zu, ja, wenn es echt ist, ist es etwas auf Gegenseitigkeit Begründetes, jedenfalls ist es etwas Harmloses, Gemütliches, was man vom Sprechanismus nicht sagen kann. Der Sprechanismus ist hart und unerbittlich, und sein charakteristisches Zeichen ist nicht das einfache, gewandte Sprechenkönnen, sondern der fanatische Belehrungstrieb, das fanatische Verlangen, dem andern zu dem einzig richtigen Standpunkt zu verhelfen. Der Sprechanismus hat immer ein Müssen, er ist nicht zum Spaß da, er arbeitet beständig an Aufklärung, an Prinzipiensieg.«

Schade, dass Fontane tot war. Für diesen Essay würde Jochen zu Fuß zum Potsdamer Platz gehen und dem Dichter einen Blumenstrauß bringen oder besser einen erstklassigen Wein. Aber so musste er alleine sehen, wie er mit dem Sprechanismus der Berliner zurechtkam, selbst wenn sie so unergründliche Augen hatten wie Georgia.

Sie hatte sich fürs Erste damit zufrieden gegeben, dass Jochen die linke Schulter hob, die Neugierde trieb sie durch das Haus, denn sie wusste, dass nicht nur Möbel von Berlin nach München gebracht wurden, sondern dass aus München auch eine Fracht in die Podbielskiallee gekommen war. Möbel für Jochen. Man hatte auf sein beharrliches Drängen hin schon jetzt das Arbeitszimmer seines Großvaters nach Berlin schaffen lassen. Jochen dirigierte alles in das frühere Wohnzimmer, den größten Raum des Hauses, der schon eine Woche vor dem Umzug völlig ausgeräumt war. An allen Wänden wurden die Mahagoniregale installiert, die Bücher eingeräumt. Eine solide, reich geschnitzte Trittleiter ließ auch die Sicht auf die Bücher in den oberen Reihen zu.

Vor dem Fenster stand der Schreibtisch des Münchner Jugendstilarchitekten Bruno Paul. Das hatte der Vater in respektvollem Neid Jochen erklärt. Georgia ging um den Schreibtisch herum, beäugte ihn, strich sanft mit der Hand über die weichen runden Formen. Sie öffnete jede Schublade, jedes tiefe Fach, jede Tür, fragte vorher Jochen, ob sie das dürfe. Erstaunt bejahte er. So gründlich wie Georgia hatte er selber noch nicht nachgeschaut. Er wollte eigentlich damit warten, bis er alleine war in der Wohnung. Nun sah er Georgia bis zu den Hüften in Großvaters Schreibtisch verschwinden, sie klopfte hier, drückte da, er sah nur den Hintern eines schönen Kobolds im Abendkleid. Plötzlich glitt sie prustend zurück aus einem Fach, hielt zwei dunkelgrüne Kartons in der Hand, mit metallenen Schließen. Die gab sie Jochen, glitt zurück, ertastete auch einen kleinen, flachen Schlüssel.

Wo hatte sie gelernt, in fremden Schreibtischen Dokumente zu finden, die allen anderen entgangen waren? Plötzlich fiel Jochen ein, dass sein Großvater vor seinem Tod gesagt hatte: »Ich werde dafür sorgen, dass du meinen Nachlass bekommst.« Hatte der Großvater ihm am Ende Georgia geschickt? Jochen glaubte das nicht im Ernst, aber der Gedanke verwirrte ihn, er spürte, wie seine Finger bebten, als er die beiden Schatullen öffnete. Es ging leicht, und trotzdem zitterte er wie nach einer Kraftanstrengung. Georgia hatte sich auf dem dicken Orientteppich niedergelassen. Aus ihren Fahrradschläuchen sah sie wartend zu ihm hoch, und sie war Jochen noch nie so schön erschienen mit dem glänzenden schwarzen Haar, das sie heute in der Mitte gescheitelt trug und ganz schlicht auf den Rücken fallen ließ. Am schönsten waren ihre blauen Augen, die in aufrichtigem Interesse zu ihm hochschauten. Jochen setzte sich zu ihr, sie nahmen ein Dokument nach dem anderen heraus, lasen, bis ihre Köpfe übervoll und die Gesichter glühend waren, und sie hörten nicht auf zu lesen, bis sie begriffen, was sie gefunden hatten.

Ehe er schlafen ging, stand er in seinem T-Shirt am Fenster und sah in den alten Garten hinab, der mit seinen knorrigen Bäumen und dem alten Gartenhäuschen früher sein liebster Spielplatz gewesen war. Im Vergleich zum Haus war der Garten groß, und Jochen sah die Villa seiner Nachbarn, die an der Miquelstraße wohnten, durch die Bäume hindurchschimmern. Auch ein Licht glaubte er zu sehen. Vielleicht stand da auch einer am Fenster und sah zu ihm herüber. Der Gedanke gefiel ihm, denn er kam sich plötzlich klein vor, wenn er daran dachte, wie unermesslich groß der Himmel über ihm war und die Welt und überhaupt alles. Ich glaube an Gott den Allmächtigen, Schöpfer des Himmels und der Erde … so hatte er beten gelernt. War schon ein paar Jahre her, und er dachte selten daran, aber vergessen hatte er es nicht. Es passte eigentlich gut zu dem unendlichen Himmel über ihm – Allmächtiger oder Schöpfer. Seine Mutter hatte irgendwann aufgehört mit dem Nachtgebet an seinem und Beas Bett: Lieber Gott, nun schlaf ich ein.

Als er noch sehr klein war, er konnte sich nur vage erinnern, sang sie ihnen vor. *Guten Abend, gute Nacht.*

Jochen öffnete das Fenster. Es kam ihm plötzlich so vor, als sei er allein in Berlin. Niemand fragte nach ihm. Wie schön. Nicht einmal Vögel sangen. Nachtigallen – warum hießen die eigentlich so, wenn sie nachts gar nicht sangen. Soweit er wusste, gab es nur in Italien welche, das hatte er in ›Romeo und Julia‹ gelesen. Lerchen müsste es eigentlich auch hier geben, denn er hatte Gedichte und Lieder lernen müssen, in denen sie vorkamen. Manchmal hörte er einen Specht klopfen, ja, warum hämmerte der in so wildem Stakkato? Auch das hatte er wohl mal in Bio gelernt, aber er wusste es nicht mehr.

Das Geschrei der Vögel früh am Morgen, dies Zetern und Streiten in den Bäumen hörte er oft. Aber in der Nacht war nicht viel los an der Podbielskiallee. Ab und zu hörte er, wie ein Auto vorbeirauschte, irgendwo musste eine Katze schreien. Vielleicht war es auch ein Baby.

Jochen fröstelte, doch er wollte noch nicht ins Bett. Es war ihm, als wäre er dann hilflos, ausgeliefert. Überfiel ihn jetzt, was er am Nachmittag gefürchtet hatte – die Beklemmung, die Angst? War es immer schon so still gewesen im Haus? Jochen lauschte, er hörte seinen Pulsschlag oder was das sonst war in den Ohren. Er musste niesen. »Natürlich«, würde seine Mutter sagen, »du hast ja wieder keine Strümpfe an!« Für einen Moment wünschte er sich, dass seine Eltern und Bea wieder in ihren Zimmern schliefen.

Jetzt hörte er mit einem Mal seltsame Geräusche. Kamen sie aus dem Keller? Leider fiel ihm die Sendung ›Aktenzeichen XY ungelöst‹ ein, wo häufig die Einbrecher aus dem Keller kamen. Jochen wäre es gar nicht so unlieb gewesen, wenn ein Mensch aufgetaucht wäre, ein junger Verbrecher, den er hinwegtrösten könnte über die leere, schmutzige Wohnung, in der so gar nichts zu rauben war.

Jochen lauschte wieder nach unten, aber diesmal hörte er nichts. Nur sein Herzklopfen. Er könnte sich Simon & Garfunkel auflegen. *The Sound of Silence.* Paule hörte es ja nicht.

Das nächtliche Gespräch der Eltern fiel ihm wieder ein. Der Großvater. Er war tatsächlich in der Partei gewesen. Einer dieser widerlichen Nazis. Jochen fasste es nicht, aber er wusste es seit heute. Sein Vater hatte also nicht gelogen. Aber es musste darüber hinaus etwas geben, was den Großvater lebenslang belastet hatte.

Jochen ging in sein Arbeitszimmer, er sah die Bücher in den Regalen, und mit einem Mal dachte er, dass der Großvater seine Bücher mit ihm reden lassen wollte, wenn er es selber nicht mehr tun konnte. Vielleicht hatte er sie ihm auch deshalb geschickt. Jochen war fast bange geworden, als Kiste um Kiste im Arbeitszimmer abgestellt wurde. Paule war gerade da, und der rief seine Mutter an. Die kam am nächsten Tag mit einer Studentin, und gemeinsam mit Georgia hatten sie die Kisten in zwei Tagen geleert und in die Regale eingeräumt. »Das sind die wahren Reichtümer, die werden uns überleben«, hatte Paules Mutter gesagt.

Jochens Blick glitt über die Buchrücken. Die meisten waren bunt und prächtig mit orientalischen Mustern. Wenn Jochen die Augen zusammenkniff, verschwamm alles zu einem Perserteppich. Doch er wollte ja mit seinem Großvater reden, und so suchte er die Bücher mit seinen Augen ab. Aus einem Fontane-Band schaute ein Lesezeichen heraus, und Jochen setzte sich mit dem Band in den Sessel, froh, einen Anfang zu haben. Es waren Gedichte, und eines, ›Im Garten‹, hatte der Großvater angekreuzt. Es war ein Liebesgedicht und es schloss mit dem Wunsch: »Ach, schrittest du durch den Garten/Noch einmal im raschen Gang,/Wie gerne wollt' ich warten,/Warten stundenlang.«

Wie gut er dieses Gedicht verstand. Die Großmutter war es, die noch einmal durch den Garten kommen sollte, heim zum Großvater, der sich nach ihr sehnte. Jochen hätte selber viel darum gegeben, wenn er noch einmal mit dem Großvater spazieren gehen könnte.

Er nahm den nächsten Band. Klaus Mann, ›Der Vulkan‹.

Jochen wusste, dass Klaus Mann der Sohn war von Thomas Mann, dass er sich das Leben genommen hatte. Jochen blätterte, bis er eine Stelle fand, die angekreuzt war wie das Fontane-Gedicht – plötzlich klingelte das Telefon. Es war seine Mutter. »Ich weiß, dass du nicht schlafen kannst. Ich bin auch wach, ich denke an dich bis um sieben, wenn du aufstehen musst. Ich ruf dann wieder an. Und jetzt schlaf gut.«

6

Aus den kühlen Zimmern seines Münchner Hauses trat Jochen hinaus in den flirrenden Sommertag. Für einen Moment musste er blinzeln. Die Luft umfing ihn wie ein Riesenbausch heißer Watte. Als er mit dem Rad in den Englischen Garten einbog, wurde es ein wenig kühler. Auf dem Weg zurück ins Institut glaubte Jochen immer noch, den Duft in Lilis Schlafzimmer zu riechen, über ihrem Bett, auf dem ein kleiner hässlicher Berg ihrer teuren Klamotten lag, die sie offensichtlich nicht mitnehmen wollte.

Das Institut schien in der Sonne zu braten. Im flimmernden Licht über den Gehsteigen verschwanden junge Frauen und Männer im Schatten des Englischen Gartens, auf der anderen Straßenseite, schräg vor ihm, sah er seinen Kollegen Merck mit einer Studentin im angeregten Gespräch. Alles war wie jeden Tag. Nur jetzt, nach der Überraschung zu Hause, die er wechselweise furchtbar oder lächerlich fand, jetzt fühlte er sich müde, fragte sich, wieso er an Lilis verdammte Parfüms dachte. Er musste sich zusammennehmen, damit er nicht wie ein kompletter Idiot zurück ins Institut tappte, wo jeder ihm anmerkte, dass er gerade noch vor dem offenen, leeren Kleiderschrank seiner Frau gestanden hatte. Am Tatort. Oder hatte Lili das Verbrechen nicht in ihrem Bett begangen? Es musste wohl eher bei ihrem Liebhaber geschehen sein, denn meist waren Frau Jakobsen und die Kinder im Haus. Doch was machte das für einen Unterschied, in welcher Wohnung, mit welchem Kerl Lili ihn verriet? Wie billig, wie banal das war! Dagegen erschien ihm Georgias und Paules Betrug nach all den Jahren wie ein holpriges Kammerspiel, wenn auch mit tragischem Ausgang, der freilich nichts mit ihrem kindlichen Dreiecksverhältnis zu tun gehabt hatte. Oder doch?

Jochen holte tief Luft. Betrug, Untreue, Verrat. Er wollte damit Lili in Zusammenhang bringen, sie dadurch nichtswürdig machen. Untreu war sie, eine Betrügerin und Verräterin. Er sagte sie sich vor, diese Wörter, die tagtäglich den Umgang der Menschen miteinander beschrieben und auch dafür nicht taugten. Ihm, der von Lili verlassen worden war, halfen sie jedenfalls nicht. Er wollte nicht an Lili denken, die vielleicht in diesem Moment mit dem anderen auf einem zerwühlten Laken lag. Sie war seine Frau, verdammt. Er liebte Lili. Und sie hatte ihn verdammt noch mal doch auch geliebt. Wenigstens im Bett. Sie kam immer sehr schnell. Es brauchte nur wenige Berührungen, und ihr wich das Blut aus dem Gesicht, alle Kraft und Energie schien sich in den Augen zu sammeln. Und nach der ersten Explosion war sie nur noch offen, weich, lüstern und rechenschaftslos. Auf ihm, unter ihm, neben ihm, voller Fantasie und in dem ständigen Begehren, außer sich zu geraten und ihn mitzureißen.

Herrgott. Nein. Scheiße! Er wollte nicht dran denken, sonst würde er am Ende noch in Axels Wohnung rennen, nicht aufhören zu klingeln und Lili an den Haaren aus dem Bett dieses Typen zerren – nein, das war alles viel zu blöd und beschissen, das machten doch alle. Zumindest im Film. Er wollte an was anderes denken, aber an was bloß, was hatte er denn beim Rasieren in den Nachrichten gehört, ja, dieser Hund aus Kentucky, ein offenbar mieser Typ hatte ihn angefahren in der Dunkelheit, sich nicht darum gekümmert, dann war die arme Sau von Hund die ganze Nacht verletzt an der Straße entlanggehumpelt, bis er an eine Tierklinik gekommen war. Solche Hunde gab es auch bloß in Kentucky. Hier, an der Münchner Tierärztlichen Fakultät, kamen die besorgten, höchst aufgeregten und oft auch mörderischen Herrchen und Frauchen mit ihren Pferden, Hunden, Katzen und Vögeln in die Tierklinik, und manchmal wünschten sich die Kollegen, das Tier wäre alleine zur Untersuchung gekommen. Wie der Hund aus Kentucky.

Verdammt. Vor das Bild des humpelnden Hundes schob sich schon wieder das Riesenbett mit dem zerwühlten Laken. Warum tat das nur so weh, Scheiße, das war es doch gar nicht wert. Doch. Schließlich waren sie Mann und Frau, Lili und er, sie waren in der Mandlstraße gewesen auf dem Standesamt. Wie oft kam er an dem Tempel vorbei. Jedes Mal mit anderen Gefühlen. Er war sich meist nicht so recht darüber im Klaren, was seine Verliebtheit in Lili von früheren Verliebtheiten unterschied. Dann wiederum wusste er es für Sekunden, Minuten genau. Wenn er Lili ansah, seine Wahnsinnige mit den sorgfältig zerzausten Haaren, seine Schöne mit den unendlichen hellblauen Augen, seine Riesin mit Beinen wie Türme ... Sie hatten ungezählte Male miteinander geschlafen und waren rasch Eltern geworden. Anton kam sechs Monate nach der Heirat und Söphchen nur elf Monate nach dem Bruder. Hatten sie nicht herrlich gelebt? Zählten die Kinder nicht? Jochen konnte es nicht begreifen, dass Lili gegangen war. Er wünschte sich glühend, Lili zu verstehen. War seine Attraktivität erloschen? Er hatte immer ihr vieldeutiges Lächeln vor Augen, er wollte es zurückhaben, ihn sollte Lili anlächeln, ihn! Wie konnte sie so einfach davonrennen! Wie eine Katze oder ein Hund tagelang wegbleiben! Lili war Jochen so fremd, als sei sie ein Wesen aus einer fernen Galaxie, das wegen Treulosigkeit auf unsere Erde verbannt wurde. Glaubte sie denn, dass er ungefährlich sei, harmlos, dass er sich alles gefallen ließ? Sich nicht rächen könnte?

Jochen winkte dem Pförtner zu, stellte sein Rad ab und lief die Treppen hoch in sein Büro, vorbei an einer größeren Anzahl junger Frauen, die im Flur saßen und sich besprachen. Es waren jetzt wochenlang Prüfungen. Auch in Berlin war die Anzahl der weiblichen Studenten sehr hoch gewesen. Um die siebzig Prozent. Die Frauen waren pragmatisch, hart. Jochen hatte noch von keiner Studentin gehört, die es abgelehnt hätte, ein Tier zu töten. Ein Student schon. Es war vor Jochens Zeit gewesen, da hatte ein Student sich geweigert, einen Frosch zu köpfen. Trotz aller Erklärungen und Warnungen hinsichtlich der Folgen blieb er bei seiner Weigerung und musste die Universität verlassen.

Jochen bewunderte den Studenten. Er war sich nicht darüber im Klaren, ob er selber wirklich tierlieb war. Was bedeutete eigentlich Tierliebe? Die meisten Menschen, auch er, lebten so, als seien sie die Herrscher über die Tiere. Menschen beuten Tiere als Arbeitskräfte aus, mästen sie unter oft brutalen Umständen und essen sie. Bei vielen Tierversuchen werden Tiere sogar gefoltert. Lebenden Schweinen entnimmt man Organe, um sie kranken Menschen zu transplantieren. Jochen hatte gehört, wie ein Kollege Albert Schweitzer zitierte: »Ich bin Leben, das leben will, inmitten von Leben, das leben will.«

Mit leisem Schauder dachte Jochen manchmal an Berlin, an die ersten Semester, die Präparierübungen, Anatomie, Pathologie, Embryologie – die Wissenschaft machte sich ganz selbstverständlich die Tiere untertan. Und er arbeitete, wenn auch mit anfänglichen Skrupeln, mit. Außerdem stank er immer nach den Materialien seiner Forschungsarbeit, vor allem nach der Anatomie. Er musste endlos viel lernen, während Paule für sein Jurastudium viel weniger Zeit brauchte und natürlich auch nicht stank. Irgendwann, als er sich bei Paule mal wieder über seine stinkenden Forschungsarbeiten beschwerte, fragte der, warum sich denn Jochen ausgerechnet diesen Beruf ausgesucht habe.

Diese Frage konnte Jochen leicht beantworten, schließlich hatte er das immer wieder mit sich selber besprochen. Er sagte das inzwischen auswendig Gelernte mühelos her und nicht einmal ungern, denn er hatte beim Reden das Gefühl, als könne er den Großvater und den Urgroßvater zur Wiederkehr in das Leben bewegen: »Weißt du denn nicht mehr – ich wollte doch eigentlich Geschichte studieren –«

»Stimmt. Hast ja auch nur historische Bücher gelesen. Lord Hornblower und so –«

»Eben. Alle achtzehn Bände.«

»Hast du dich nicht auch mal für die Weltreligionen interessiert?«

»Siehst du, jetzt dämmert es – aber dann hab ich mich entschieden, Tierarzt zu werden, wie mein Großvater und sogar mein Urgroßvater!«

»Na klar«, sagte Paule, »jetzt erinnere ich mich, war doch gleich nach dem Abi, da sind wir rausgefahren nach Düppel.«

»Und weißt du noch – aus einem der ersten Gebäude, der Kleintierpraxis, kam uns einer entgegen, der hatte sieben Windhunde an der Leine.«

»Genau! Sieben! Zwei kleinere und fünf ziemlich große, ein Tier edler als das andere.«

»Und du warst so schwer begeistert, hast den Typen ausgefragt, als ob du Tierarzt werden wolltest.«

»Stimmt. Der war aber richtig geschmeichelt, glaube ich,

der hat uns erklärt, dass seine Hunde Salukis seien, die älteste Hunderasse der Welt.«

»Sie jagen ohne Blutvergießen, hat der behauptet, weißte noch?«

»Ja, und das geht so: Die lösen bei dem Opfer durch ihre Schnelligkeit einen Schock aus.

Ich wollte dann noch wissen, welcher der Hunde krank sei; und er zeigte auf eine junge Hündin, die Durchfall hatte, das sei für diese Rasse besonders gefährlich.«

»Daran kann ich mich nun nicht mehr erinnern«, sagte Jochen. »Ich weiß nur noch, dass diese Begegnung in Düppel für mich ein Schlüsselerlebnis war. Eigentlich wollte ich ja Anatom werden. Wie meine Altvorderen. Aber dann dachte ich, lebende Tiere zu heilen ist besser, als an den toten herumzuforschen.«

Paule wollte dann auch noch wissen, was denn ein Anatom so mache; und Jochen sagte, auf den kleinsten Nenner gebracht sei die Anatomie die Grundvoraussetzung für die tierärztliche Berufsausbildung. »Nur hier kannst du dir ein Bild machen, wie ein Tier von innen aussieht. Und du darfst Hunderte von Knochenteilen auswendig lernen.«

»Musst du denn auch an toten oder lebendigen Tieren experimentieren?«, fragte Paule; und Jochen erzählte, wie er eine Ziege in Formalin präparieren musste, das hieß, sie vier Wochen lang täglich sukzessive zu zerlegen. Oder es war ein Tierauge zu präparieren. Einem Rind das Horn abzusägen. Wurde ein Blutgefäß an der Basis verletzt, spritzte das Blut einen von oben bis unten voll. »Dabei konnte ich früher kein Blut sehen!« Oder bei der Geflügelausbildung – eine ältere Professorin tötete mit einem Handgriff ein Küken, auf sein Schaudern reagierte sie empfindlich: »Wenn Sie Tierarzt werden wollen, müssen Sie das können.«

Jochen holte tief Luft, seufzte. »Ich konnte bald junge Hähne töten oder Frösche mittels einer kleinen Guillotine köpfen, die reinsten Initiationsriten. Das Schlimmste war, im Operationssaal eine Schäferhündin zusammenzuflicken, die sexuell misshandelt worden war. Ich hab mich da immer gewundert, wie pragmatisch und kühl meine Kommilitoninnen am Werk waren. Sie fanden es natürlich besonders toll, den Kühen beizustehen, ihre Kälber auf die Welt zu bringen. Sie taten alles in dem brennenden Wunsch, Tierärztin sein zu dürfen! Du müsstest die Professoren erleben! Die sind zu den Studentinnen äußerst liebenswürdig. Uns trösten sie damit, dass die Frauen zwar in der Überzahl seien, aber mit Sicherheit ein Familienprojekt starten würden, was den Arbeitsmarkt dann wieder entlaste.«

»Du hast doch sicher mit einer deiner Kommilitoninnen schon was angefangen«, mutmaßte Paule. Jochen hob die linke Schulter, eine Geste, die Paule verstand und respektierte.

Stattdessen erzählte Jochen, dass die Mädchen sehr aufwendig gekleidet seien. »Außerdem sind sie sehr gut vorbereitet, keine der Studentinnen in meinem Semester wird im Examen scheitern, da gehe ich jede Wette ein.« Jochen ächzte. »Wenn ich dran denke, dies ständige Einprügeln und Pauken, ständige Prüfungen und Testate ...«

Paule sah jetzt Jochen an, er überlegte sichtlich angestrengt, aber dann brachte er es doch über die Lippen: »Georgia hat mal zu mir gesagt, du wolltest nur Tiermedizin studieren, weil du mit Tieren nicht reden müsstest.«

»Georgia hatte keine Ahnung von mir«, sagte Jochen heftiger, als er wollte. »Ich rede mit den Tieren. Ich entschuldige mich pausenlos bei ihnen.«

Jochen fand sein Studium von Semester zu Semester spannender, er fuhr gern raus nach Düppel und fühlte sich an der Fakultät wohl. Außer ein paar arroganten Tierarztsöhnen, die alles schon wussten, waren die Kommilitonen hilfsbereit. Dass Jochen nicht gern redete, schien niemanden zu stören. Jochen fürchtete die drei Staatsexamen, die alle mündlich abgelegt wurden. Doch er war gut vorbereitet, die Professoren ließen ihm Zeit, von seiner unsichtbaren Tafel die Antworten abzulesen, so dass Jochen alle drei Examen mit guten Noten hinter sich brachte.

Das Beste und Wesentlichste jedoch war seine Begegnung mit Professor Walter R. Beck gewesen. Er lehrte an der Münchner Fakultät, und Jochen lernte ihn bei einem Kongress in Berlin kennen, wo es um neue Entwicklungen bei der Osteoporoseprävention ging. Jochen war als Postdoc mit der Organisation des Kongresses betraut, und er war gespannt auf den Vortrag des bekannten Münchner Wissenschaftlers.

Beck sprach über Tiermodelle für Humanerkrankungen, und nach dem Plenarvortrag entwickelte sich eine lebhafte Diskussion. Jochen war begeistert gewesen vom Schwung und der Eloquenz des Vortrags, doch er wollte genauer wissen, wie es mit der Übertragbarkeit des Tiermodells auf den Menschen stehe, und er meldete sich mit dieser Frage zu Wort. »Wie kann denn die Ratte mit ihrem lebenslangen Knochenwachstum und dem ganz anderen hormonellen Zyklus als Versuchsmodell dienen?«

Professor Beck lobte Jochen für diese Frage, räumte ein, dass es durchaus Kritik gebe am Tiermodell der ovariektomierten Ratte. »Da sind noch viele Fragen offen, wenn Sie Lust haben, kommen Sie nach München, da können Sie an der Klärung mitarbeiten.«

Später hatte Jochen Professor Beck angesprochen und ihn gefragt, ob sein Angebot rhetorisch oder ernst zu nehmen sei. Danach waren E-Mails zwischen Berlin und München hin und her gegangen, und bald war es für Jochen klar, dass er nach München gehen wollte.

Würde er dort daheim sein, wo er geboren wurde? Wo auch seine Mutter lebte, seine Schwester, sein Vater? Nicht einmal vor ihm, der ihn dressieren wollte, hatte Jochen noch Angst. Er lebte im Augenblick, der seine Familie ausschloss, und spürte gleichzeitig, dass er sich zum ersten Mal danach sehnte, irgendwo zu Hause zu sein. Zu Hause. Berlin war niemals seine Heimat gewesen, obwohl er die Stadt liebte. Nach wie vor. Er wollte versuchen, sein Leben in Berlin mit dem neuen Leben in München zu verbinden. Der Zusammenhang war da. In Berlin war er groß geworden, München war seine Geburtsstadt, daher würde München es leicht haben, ihn für sich einzunehmen. Schön war die Stadt. Sie hatte eine Aura, von der viel die Rede war. Sie hatte auch Jochen ergriffen, diese Aura, aber er hätte niemandem beschreiben können, was er nun, Auge in Auge mit München, spürte. Vielleicht war es Erwartung, aber wenn es etwas so Schlichtes war, dann war es eine jubelnde Erwartung. Mindestens. Manchmal war es, als verwischten sich die Länder und Grenzen, als schmölzen Berlin und München zu einer einzigen Einheit und er schwämme darin herum wie in einem See oder einem warmen Meer.

Jochen war gespannt darauf, an derselben Universität zu arbeiten wie seine Vorväter. Doch sein Tätigkeitsfeld sollte nicht Anatomie sein, sondern Tierernährung. Er fand das ungeheuer interessant und weitreichend, denn was man dem Tier als Futter gibt, landet beim Menschen. In Bayern war es wegen des Jodmangels wichtig, das Tierfutter anzureichern, auch an ungesättigten Fettsäuren war Mangel, der durch so genannte funktionelle Nahrung ausgeglichen werden konnte. Beispielsweise bei Süßwasserfischen, Schweinen, Hühnern und Kühen.

Professor Beck war auch in den E-Mails völlig unprätentiös auf Jochens Fragen eingegangen, hatte ihm seine Unterstützung zugesagt, und Jochen schätzte sich noch heute glücklich, Becks Assistent geworden zu sein. Beck hatte ihn auch persönlich durchs Institut geführt, und Jochen war fast ehrfürchtig zumute geworden in den altertümlichen Gebäuden mit den hohen Böhmischen Bögen, dem alten schmiedeeisernen Treppengeländer, und das alles in dem einmalig schönen Gelände. Auch Düppel lag im Grünen, aber es konnte nicht mithalten mit dem Charme des Englischen Gartens, und außerdem lag schließlich das Haus des Großvaters in nur einem Kilometer Entfernung vom Institut.

7

Jochen saß an seinem Schreibtisch und versuchte, sich auf seine Arbeit zu konzentrieren, doch er sah immer wieder durch das geöffnete Fenster hinüber in den Englischen Garten, sah die grünen Schleier der Bäume, roch den Duft nach Laub und Schweinen und zwang seinen Blick wieder zurück auf den Schreibtisch, doch gleichgültig, womit Jochens Gedanken sich beschäftigten, sie kehrten immer wieder zu Lili zurück. Auf irgendeine verzinkte Weise schien er in ihrer Gewalt zu sein. Seine Schwester Bea hatte ihm Lili vorgestellt. Fünf Jahre musste das jetzt her sein. Er war gerade nach München umgezogen, und Bea wollte unbedingt für ihn in seiner kleinen Junggesellenwohnung in der Schwedenstraße eine Party ausrichten. Housewarmingparty nannte sie das. Nur widerwillig gab Jochen nach. Er war nämlich mit Dingen beschäftigt, die ihm wichtiger waren. Die Mieter des alten Hauses in der Keferstraße, das er vom Großvater geerbt hatte, waren dabei, nach Amerika umzusiedeln. Jochen hatte überlegt, ob er nicht das Haus selber bewohnen und nach seinen Bedürfnissen umbauen sollte. Dieser Plan war für ihn schwerwiegend gewesen, und sein Kopf war voll davon.

Diese Gedanken und Pläne waren auch dann hilfreich, wenn ihn die Bilder Berlins überfielen, die tiefe Spuren in ihm hinterlassen hatten. Die intensive politische Atmosphäre, die er in Berlin stärker zu spüren glaubte als in München, der Mauerfall, 9. November – Daten, die in Jochens Erinnerung eher Lärm und Bilder waren: Uraltgeräusche der S-Bahn, ein Junkie, zugedröhnt, im Tragetuch ein Hundebaby. Immer, wenn er im Halbschlaf nach vorne fällt, winselt der Welpe, der Junkie richtet sich wieder auf, füttert den Kleinen mit Salzbrezeln und lässt ihn von seiner Limo schlabbern. Am Flughafen das Röhren der Düsenmaschinen. Paule hatte ihm zum Abschied ein Buch über den Mythos Bayern geschenkt. Jochen las im Flugzeug von einem »goaßlschnalzenden, haferlbeschuhten, immer brünftig-griabigen, jodelnden, wuid umananda bieselnden Naturvolk«, so beschrieben von Bruno Jonas. Dieses Klischee hat Aventinus vor fünfhundert Jahren begründet: »der baier trinkt ser, macht vil kinder, sitzt tag und nacht bei dem wein, schreit singt tanzt.« Der Journalist Herbert Riehl-Heyse fasste seinen liebevoll-analytischen Blick auf die Heimat zusammen: »Wir sind konservativ und anarchistisch, fromm und antiklerikal, sind lauthals fröhlich und im nächsten Moment wieder schwer melancholisch.«

Jochen hatte bald gemerkt, dass die Uhren in Berlin zwar anders tickten als in München, aber die Zeiten waren die gleichen. In München standen viele reiche Leute im Licht der Öffentlichkeit. Von denen, die ihnen das Geld erarbeiteten, war nicht die Rede. Wie in Berlin. In München lebten viele junge Leute von dem, was ihnen die Alten hinterlassen hatten. Wie in Berlin. In München schrieben die Zeitungen viele bestellte Wahrheiten. Wie in Berlin. In München profitierten viele Großindustrielle von der Infrastruktur Bayerns, zahlten aber keine Steuern. Wie in Berlin. Genau genommen war das Leben überall ein Albtraum. Verbrechen, politische Intrigen, Korruption und kultureller Niedergang stellten sich höchstens mal eine Zeit lang tot und dann, spätestens bei der Zeitungslektüre oder beim Blick ins Fernsehen, wurden sie wieder lebendig.

Doch es gab so etwas Erfreuliches wie das Institut. Sein Institut. Hilfsbereite Kollegen, sein Professor Walter R. Beck, der seine Arbeit über den Knochenstoffwechsel bei der Ratte förderte und begleitete – doch ob Jochen eine Zeitreise nach Berlin unternahm oder sich auf seine Arbeit konzentrieren wollte – seine Gedanken waren heute nicht zu bändigen, sie strebten immer zu Lili und ihrem gottverdammten Lover. Vielleicht waren sie schon müde von der Liebe, vielleicht hatte der Mann Lili schon im Schlaf den Rücken zugewandt, und sie, ein Bein über seine Beine gelegt, streichelte ihm den Nacken, den Rücken, so wie sie es früher bei ihm immer gemacht hatte.

Jochen atmete tief durch. Er wollte nicht ständig an Lili denken, und doch sah er ihre Beine, die lang und fast dünn an den Fesseln waren und sich um ihn geschlungen hatten. Wie hatte Lili ihre Oberschenkel verflucht, sie schienen ihr zu üppig, doch Jochen liebte sie so fleischig und fest, wie sie waren. Auch ihren Busen mochte Lili nicht, der spitz und eher klein war, doch Jochen sah in ihm zwei süße Hügel, die ihn sofort anmachten, dafür sorgten auch die großen Brustwarzen, die leicht nach oben gerichtet und nicht völlig symmetrisch waren.

Wenigstens an ihrer Taille hatte Lili nichts auszusetzen, eng und biegsam, wie sie war, auch nichts an ihrem flachen Bauch, dem die beiden Schwangerschaften nicht anzusehen waren. Jochen liebte alle diese Schönheiten an Lili, so, wie man gewisse verbotene Dinge liebt, heimlich, im Finstern. Am meisten jedoch war er verrückt nach den Härchen, die gleich einer Ameisenstraße von ihren Schamhaaren hinauf zum Nabel liefen, Kuss um Kuss zeichnete er den Weg nach, hin und zurück, bis in die Innenseiten der Schenkel, wo die Haare stoppelig wurden, weil Lili sie immer mal wieder wütend rasierte.

Verdammt, Liebhaben ist eine Achterbahn mit jähen Stürzen und Magenumdrehen. Wenn Jochen an Lilis Augen dachte, die alle Blautöne versammelten in einem schmalen braunen Rand. Und ihr Mund, man könnte getrost zwei Münder machen aus ihren aufgeworfenen Lippen. Lilis dunkle, raue Stimme, die ein aparter Kontrast war zu ihrer weißblonden mädchenhaften Erscheinung, machte ihn unruhig. Sie schien ihm am schönsten, wenn sie nackt durchs Haus lief, und wenn sie ihre Kleider trug, dann nur, um sie auszuziehen und wieder nackt zu sein. Lili war gern im Haus herumgelaufen, singend, lachend, mit den Kindern tobend oder schimpfend, zuletzt meist leise und traurig, und dann war sie fortgegangen, und es schien Jochen, als sei mitten im Sommer der Winter gekommen.

Sein Schweigen war von Lili als unzulässig empfunden worden. Das war nicht neu. Immer hatte er zu wenig gesagt, und dann war er verlassen worden. Er hätte mit diesem Ende rechnen müssen. Wie bei Georgia. Sie hatte ihn sogar gewarnt. Auster. Austernmann. Aber damals war es schon zu spät für ihn gewesen. Selbst wenn er noch einmal geboren werden könnte, würde er wieder schweigen, das hatten ihm die Gene seiner Vorfahren beschert, und er konnte es nicht ändern. Er fand sich behindert, damit musste er sich abfinden und die Küsse und die Liebe da nehmen, wo der Augenblick günstig war. Als er Lili gefunden hatte, als sie mit ihm zum Standesamt ging, glaubte er, dass sie ihn befreien, für ihn reden könne.

Doch Lili hatte selbst genug Wunden, von denen er nichts ahnte und die vielleicht durch ihn aufgebrochen waren.

Lili. Ihre Lebensläufe waren einander seltsam ähnlich. Auch Lili war von ihren Eltern allein gelassen worden, weil sie das so wollte. Lilis Vater arbeitete als Psychoanalytiker in einer Gemeinschaftspraxis. Ihre Mutter, gelernte Dolmetscherin, hatte immer mehr Freude daran gefunden, Kleider zu entwerfen und zu nähen, obschon ihr dazu jede Ausbildung fehlte. Zunächst schneiderte sie nur für Lili und für ihre engsten Freundinnen. Eine davon führte Regie am Theater der Jugend, und sie ließ von Lilis Mutter Kostüme entwerfen und nähen, weil keine andere Schneiderin eine so starke Vorstellungskraft hatte wie sie. Beide Eltern liebten Frankreich, die französische Sprache und Literatur, sie besaßen ein kleines Bauernhaus in der Nähe von Annecy. So ziemlich alle Ferien verbrachten sie dort. Auch Lili hatte sich immer auf Annecy gefreut.

Irgendwann musste Lilis Vater in seiner Praxis Schwierigkeiten bekommen haben. Die Eltern sprachen nie darüber, doch es konnte Lili nicht verborgen bleiben, dass eine Zeit lang Abend für Abend ein junges Mädchen vor ihrer Wohnungstür auf der Treppe saß und niemand sie bewegen konnte, diesen Platz zu verlassen. Lili selber war vierzehn gewesen und von brennender Neugier. Einmal hatte sie sich hinausgeschlichen auf den Flur und dem Mädchen ein Glas Himbeersaft und Schokolade gebracht. Lili sah, dass das Mädchen auffallend hübsch war. Wie Nastassja Kinski in dem Film ›Reifeprüfung‹. So einen großen vollen Mund hatte sie gehabt und einen wilden Haarschopf. Der dichte Pony hing ihr in die Augen. Sie beachtete Lili zunächst nicht. Drehte immerfort an einer dicken Haarsträhne. Dann sah sie plötzlich Lili an. Sagte: »Du bist ein Teil von ihm« und nahm Lilis Hand. Hielt sie fest. Lili wusste nicht mehr, wie lange, schließlich hatte sie sich losgemacht und war zurückgeschlichen in die Wohnung, in ihr Zimmer.

Doch so viel sie auch in der nächsten Zeit an den Türen lauschte, den Vater beobachtete, befragte, sie wurde immer damit beschieden, dass das junge Mädchen eine Patientin des Vaters und sehr krank sei und dass sie sich darauf fixiert habe, dass nur der Vater sie heilen könne. Sie weigere sich, in eine Klinik zu gehen, obwohl das dringend nötig wäre. Da sie aber neunzehn sei, könne man sie nicht zwingen. Lili ging nicht mehr in den Flur, sie hatte Angst vor dem seltsamen Mädchen. Aber auch liebevolles Mitleid mit ihr.

Eines Tages kam das junge Mädchen nicht, und es hieß, sie wäre gestorben. Mehr sagten sie Lili nicht. Aber sie spürte, dass da noch etwas war, vielleicht hatte der Vater sich verfangen in einem Gestrüpp von Leidenschaften, so etwas gab es, Lili hatte es gelesen, und sie sah, wie die Eltern mit ernster, einander zugewandter Miene die Köpfe zusammensteckten, wie sie nur noch gemeinsam das Haus verließen und dass sie, wenn sie daheim waren, ständig telefonierten.

Schließlich eröffneten sie Lili, dass sie das alte Bauernhaus verkauft und ein Stadthaus im Zentrum von Annecy erworben hätten. Sie würden schon bald dahin übersiedeln, nur noch das Ende des Schuljahres abwarten. Ich für immer in Annecy?, fragte sich Lili. Was sollte sie dort? Lili lernte zwar im Käthe-Kollwitz-Gymnasium Französisch, die Sprache gefiel ihr auch, das war aber noch lange kein Grund, sie nach Frankreich zu verfrachten. Praktisch ohne sie zu fragen. Lili war klar, dass dieser Umzug mit dem Tod des Mädchens zu tun hatte, aber wieso, das begriff sie nicht. Und da die Eltern immer noch nicht mit ihr darüber redeten, hatten sie auch kein Recht, von Lili ein Opfer zu fordern.

Lili sprach mit ihrer Freundin Charlotte. Lili und Charlotte lernten sich im Käthe-Kollwitz-Gymnasium kennen und waren bald unzertrennlich. Dazu brauchten sie nicht viele Worte, keine Beteuerungen. Charlottes Eltern waren

Anwälte, reisten viel, Charlotte blieb mit einem Aupairmädchen zu Hause. Nicht, dass sie die Eltern sonderlich vermisst hätte, aber sie ertrug die Einsamkeit nur schlecht und lud Lili pausenlos ein, sie zu besuchen. Als Lili ihr erzählte, sie solle mit ihren Eltern nach Frankreich umziehen, wolle das aber partout nicht, verlangte Charlotte von ihren Eltern, dass sie Lili in die Familie aufnehmen sollten. »Lili soll bei uns bleiben. Sie hat sonst niemanden. Und wenn sie nach Frankreich muss, hab ich auch niemanden mehr!«

So blieb Lili in München, denn Charlottes Eltern versicherten denen von Lili, dass sie ihre Tochter wirklich gerne aufnähmen. Vielleicht taten sie es, damit sie Charlotte mit besserem Gewissen alleine lassen konnten.

Lili und Charlotte machten ohne größere Mühe ein gutes Abitur, studierten dann auch beide Amerikanistik. Sie hatten von anderen Mädchen gehört, dass dieses Studium nicht allzu schwierig sei. Mit ihrer Magisterarbeit über den Untergang der Titanic im Spiegel der Medien war Lili erfolgreich, doch dann war ihr nichts mehr eingefallen. Sie fand das Leben ohne die festen Strukturen des Gymnasiums oder der Universität anstrengend und voller Tücken. In welche Richtung sollte sie sich entwickeln, woran ihre Kräfte verschwenden?

Charlotte bereitete auf Wunsch der Eltern ihre Promotion vor. Lilis Eltern sagten ihr, dass die monatliche Überweisung bald ausfallen werde, sie hätten einfach nicht mehr die Mittel, sie noch länger zu unterstützen. Lilis Vater, der seine Praxis aufgegeben hatte, schrieb Bücher über Reisen nach China, die er regelmäßig unternahm, was aber wenig Geld brachte. Die Mutter hatte mangels Kunden ihre kreativen Ideen auf Eis gelegt.

Lili musste Geld verdienen. Sofort. Doch wie sie das zuwege bringen sollte, war ihr schleierhaft. Unversehens half ihr der Zufall.

Es war in den letzten Jahren zur Gewohnheit geworden, dass Lili ihre Freundin Charlotte und deren Mutter beim Kauf der Garderobe begleitete und sie beriet, was das gesamte Styling betraf. Charlotte und ihre Mutter gaben unter Lilis Anleitung ihr mangels Mut und Fantasie biederes Äußere auf und freuten sich, dass sie nunmehr als Leuchtsignale der topaktuellen Mode herumliefen, vielfach beneidet von ihrer weiblichen Umgebung. Bald verlangten immer mehr Frauen aus dem Freundeskreis ihrer reichen Pflegefamilie modische Beratung durch Lili. Auf diese Weise war Lili umflattert vom Personal der Edelboutiquen Münchens, und manchmal ging die Reise sogar nach Paris oder London. Lili brachte es fertig, selbst unscheinbare Damen glamourös zu inszenieren, wenn sie nur reich genug waren, um die Einfälle erstklassiger Modedesigner bezahlen zu können.

Mittels ihrer Erbschaft konnten es sich auch Jochens Mutter und seine Schwester Bea leisten, Lilis segensreiche Beratung in Anspruch zu nehmen, und seitdem waren Bea und Lili so etwas Ähnliches wie befreundet. Bea, von ihrem Vater zeitlebens bewundert und verwöhnt, war dennoch keineswegs selbstbewusst, was ihr Äußeres anging. Schon im Internat hatten die Mädchen sich über ihre biederen Faltenröcke, die klassischen Blusen und den Haarreifen mokiert, doch Bea konnte nicht über ihren Schatten springen, sie fand diese Art der Kleidung standesgemäß. Hielt sie für guten Stil. Dennoch wäre sie gerne modisch tonangebend gewesen, schon damals, doch sie konnte nur davon träumen. Als sie Lili kennen lernte, als Lili ihr zeigte, dass auch sie sportiv-luxuriös oder vornehm-feminin aussehen konnte, wenn Lili ihr die richtigen Kleider,

Kostüme, Schuhe oder Stiefel aussuchte – da begann sie, Lili zu lieben, denn Lili zeigte ihr eine neue Bea, eine, die Bea selber nicht auf die Beine brachte, die ihr aber ungemein gefiel, nach der sie süchtig wurde. Nur mit Lilis Hilfe schaffte sie es, dass man sich auf der Straße oder bei Einladungen nach ihr umdrehte.

Teilweise erwiderte Lili Beas Zuneigung. Es machte ihr Spaß, aus der biederen, etwas schwerfälligen und stumpfen Bea eine Frau zu machen, die zwar nicht unbedingt schön, aber fantastisch gestylt war. Von Lili. Mit keiner ihrer Kundinnen brachte Lili eine derartige Verwandlung zustande. Keine war so unbegabt, so willig, so abhängig von ihr wie Bea. Es machte ihr eine seltsame, fast grausame Lust, Bea immer wieder neu zu erschaffen.

Keine – weder Lili noch Bea – hätte das wirklich zugegeben, denn in Wahrheit verachteten sie einander. Es zog sie aber immer wieder zueinander hin. Bea glaubte, dass ihre alteingesessene, seit Generationen akademisch gebildete Familie auf sie abfärbte, aus ihr eine Besonderheit machte, in Lili dagegen sah sie die Tochter von Zugvögeln, die man allenfalls zum Dekor brauchte.

Lili war Hierarchiedenken völlig fremd. Für sie war wichtig, ob Leute trendy waren, ob man mit ihnen spektakuläre Auftritte in Szenekneipen haben konnte. Wichtiger als die Spielregeln der Münchner Gesellschaft waren ihr die Stilregeln der Mode aus London, Mailand, Paris oder New York. Seit sie zuletzt Bea in einem goldenen Kettenhemd und mit streng an den Kopf frisiertem Haar zum Münchner Filmball geschickt und Bea in diesem Outfit sogar in die Boulevardpresse Eingang gefunden hatte, konnte Bea ohne Lili nicht mehr sein. Gleichzeitig war sie wütend auf Lili, da sie sich neben ihr trotzdem wie die Schönheitskönigin von Schneizlreith fühlte. Was war es aber, das ihnen immer kleine freudige Schreie und Küsse entlockte, wenn sie einander sahen? Lili hätte man für das Model Nadja Auermann halten können, jedenfalls sagten das ihre Freunde, Bea war eher walkürenhaft groß und stämmig. Ohne das kräftige Haar der Osthaus' wäre an ihr nicht viel Reizvolles gewesen. Nur Lili mit ihrem absoluten Geschmack konnte Bea für Stunden einen neuen, verblüffenden Touch geben.

Schon deshalb musste Bea Lili dazu bewegen, zur Party in die Wohnung ihres Bruders zu kommen, der außer seinen Kollegen am Institut noch keine Menschenseele kannte, wie Bea mehrmals betonte. Lilis helles ärmelloses Kleid aus feinstem Waschleder mit langen dünnen Fransen bedeckte gerade ihre Oberschenkel. Die langen Beine wirkten durch helle, hochhackige Pumps schier endlos, in ihr kräftiges Blondhaar waren schwarze Strähnen eingefärbt, was einige weibliche Gäste in Entzückungsschreie ausbrechen ließ. »Der Wahnsinn«, »Irre toll«, wobei sie hinterm Rücken sagten, dass Lili für diese Frisur jetzt auch langsam zu alt werde. Lili grinste wissend. Sie gab dem Affen Zucker, doch ihre tiefblauen Augen, starrend von Kajal und Mascara, sahen Bea in ihrem Hemdblusenkleid unbarmherzig an. »Wie siehst du denn aus? Ist das hier eine Veranstaltung der Inneren Mission? Los, komm, umziehen!« Bea folgte Lili wortlos ins Bad. Lili hatte in weiser Voraussicht eine lässige Satinhose für Bea mitgebracht, dazu ein bedrucktes Top, Ton in Ton zur Hose. »Und hier die Kappe, drück sie tief ins Gesicht. Deine Haare sehen heut scheiße aus!« Seelenruhig ging Lili aus dem Bad, und Bea sah ihr zornig hinterher. Nach einem Blick in den Spiegel allerdings hielt sie kurz die Luft an. Das war sie? Ja, in der Tat. Lili hatte es mal wieder gebracht. Bea atmete tief durch, ging quer durchs Wohnzimmer auf die Terrasse und fuhr die Ernte ein: »Der Wahnsinn, Bea.« – »Absolut toll!« – »Ich hätte dich fast nicht erkannt!«

Lili nahm sich vor, auf die Rechnung noch ein Schmerzensgeld aufzuschlagen, dann suchten ihre Blicke diesen Bruder aus Berlin. Beas Bruder. Ein Tierarzt. Viechdoktor nannte man das in Bayern. Kuharschastronom. Seinetwegen war sie schließlich hergekommen.

Inzwischen stauten sich in Diele und Wohnzimmer Pulks von Gästen, Jochen stand in der Küche und füllte Champagner in Flöten, die auf einem Tablett bereitstanden. Als Lili in der Küchentür auftauchte und einen Schritt auf ihn zu machte, erschrak er fast. Er versuchte, sich auf die schmalen Gläser zu konzentrieren, die so rasch voll wurden, doch es war ihm, als wäre es plötzlich hell geworden, als sähe er das große blonde Mädchen mit jäher Deutlichkeit und so, als habe er schon immer an sie gedacht.

»Hallo«, sagte Lili.

»Ja.«

»Du bist Beas Bruder.«

»Hm.«

Was ist denn mit dem los, dachte Lili, Bea hat nichts davon gesagt, dass ihr Bruder autistisch ist. Wenigstens sieht er gut aus.

Sie betrachtete ihn, er war nicht rasiert, hatte es wohl nicht für nötig gehalten, es konnte aber auch Absicht sein, denn der dunkle Anflug von Bart um Oberlippe und Kinn passte gut zu seinem Strubbelkopf. Lili beschloss, dass dieser Jochen einen weiteren Versuch wert war.

»An der Musik hier könntest du noch arbeiten«, sagte sie höflich, und er hörte endlich auf, seine Gläser zu füllen, und sah sie an. Er stellte die Flasche ab, ging ins Wohnzimmer und schob eine CD von Nirvana ein, *Heart Shaped*

Box erklang, und er ging zurück, nahm sein Tablett und bot allen Leuten seinen Champagner an, das erste Glas bekam Lili.

Immerhin, dachte sie, und im Laufe des Abends gab es einen Augenblick, an dem ihr mit sanftem Schrecken bewusst wurde, dass sie schon die ganze Zeit über an Jochen dachte. Sie wusste nicht, ob sie das wollte.

Als die Gäste gegangen waren, fragte Bea Jochen, ob er Lili nicht gesehen habe. Sie sei nirgends zu finden. Jochen räumte Geschirr in die Spülmaschine, schüttelte den Kopf, und Bea beeilte sich, zu gehen. So hatte sie das schon immer gemacht, schon als kleines Mädchen. Wenn sie irgendwo schmutziges Geschirr sah, suchte sie das Weite. Aber Partys auszurichten, das machte ihr Spaß.

Jochen grinste in sich rein. Er glaubte Bea zu kennen, auch wenn sie sich selten sahen. Bea hatte einige große, jäh erkaltete Lieben hinter sich, was sie der Bindungsunfähigkeit ihrer Verflossenen zuschrieb. Uninspiriert und absolut triebgesteuert seien sie gewesen. In Wahrheit verhielt es sich so, dass die Männer sich schöneren, zärtlicheren, anschmiegsameren Exemplaren zugewandt hatten. Oder es war Beas Schuld, die in jedem Mann ihren Vater suchte, der sie immer noch vergötterte und jeden ihrer Wünsche unterstützte. Man müsste dazu einen Analytiker befragen, dachte Jochen. Bea ließ sich die offenbar empfindlichen Kränkungen jedenfalls nicht weiter anmerken, hegte aber künftig Groll gegen jede Form von Schönheit und Liebe, so dass sie sich mit Frauen umgab, die durch ihr herbes Aussehen und ihre scharfe Zunge auch den mutigsten Latinlover vergraulten. Mit diesen Antigrazien errichtete Bea so etwas wie einen Orden, einen Staat der Tugendhaften im Staate der Schönen, denn sie glaubte, dass Frauen, die schön und bei den Männern erfolgreich waren, nichts taugten. Mit unwürdigen sexuellen Tricks brachten sie die Männer in Abhängigkeit, ja Hörigkeit.

Es schien Jochen klar, dass die unglaublich gut aussehende Lili in den Augen seiner Schwester typisch war für diese verruchte Spezies, und er war verwundert über die Freundschaft der ungleichen Frauen. Bea hatte ihn durchaus auf ihre beste Freundin vorbereitet, die offenbar auch ihre beste Feindin war.

Ging Bea mit ihr ins Theater und nachher noch auf einen Drink in eine Bar, dann blieb sie garantiert alleine, denn Lili zog mit dem coolsten Typen vom Tresen ab. »Unweigerlich«, sagte Bea.

Jochen konnte das verstehen. Wäre er ihr in einer Bar begegnet, hätte er auch den glühenden Wunsch gehabt, sie für sich zu interessieren. Doch einer wie er würde sie niemals erreichen ohne die Vermittlung anderer. Wie sollte er es anstellen? Ihr erklären, dass sie schon in ihm lebte, ehe er sie zum ersten Mal sah? Und wenn er es hundertmal auswendig lernte, käme es ihm doch nicht über die Lippen. Er war behindert, schlicht und einfach unfähig, von dem Feuer zu reden, das durchaus in ihm entbrannte, es sollte ja Leute geben, die auf den Knien ihres Herzens reden konnten. Er gehörte nicht zu ihnen. Er brauchte Mädchen, die zu ihm sagten, dass sie die Nacht mit ihm verbringen oder getröstet werden wollten, oder etwas in der Art. Er konnte sich nicht erinnern, dann versagt zu haben, gut, er kam manchmal etwas zu rasch, er hatte sich darüber belesen – es gab da Tricks, das vorschnelle Kommen zurückzuhalten, sogar eine Therapie, aber er hatte es dann wieder vergessen, denn mit Aids kamen Kondome sowieso schwer in Mode. Jochen erinnerte sich noch daran, wie er zum Test geeilt war. Fracksausen hatte er gehabt, wie alle. Paule auch. Na ja, alles war gut gegangen.

Lang war das her. Jochen sah sich in seiner Wohnung um. Türen und Fenster waren weit geöffnet, alle Aschenbecher geleert – es gab in München ebenso viele Suchtkrüppel wie in Berlin, ein schwacher Trost, denn seit seinem Umzug rauchte er wieder verstärkt. Die Spülmaschine lief schon zum zweiten Mal, morgen würde seine Zugehfrau kommen, er wollte kurz duschen und dann schlafen gehen, es war immerhin halb zwei.

Im Bad lehnte Lili mit dem Rücken am Fensterbrett und schaute ihn aus dunklen Augenschlitzen rätselhaft an. »Aus Hausmännern mache ich mir nichts«, sagte sie, und Jochen hob die linke Schulter. Die Überraschung, Lili im Bad vorzufinden, verschlug ihm auch noch sein allzeit bereites »Hm«. Er konnte überhaupt nicht mehr denken, geschweige denn, etwas auswendig lernen, um die Stille zu füllen. Wenn ihre Augen nicht die Farbe tiefblauen Wassers gehabt hätten, wenn sie ihm nicht die Luft zum Atmen genommen und der funkelnde Mond ihn nicht auch noch provoziert hätte, wenn er in Lili nicht das Lebendige hätte für sich erjagen wollen, dann hätte er sie nicht wie ein erlegtes Tier über seine Schulter geworfen, nein, nicht wie ein erlegtes Tier – wie einen Kragen hatte er sich Lili über die Schultern gelegt und ins Schlafzimmer gebracht, und sie konnten nicht aufhören, immer wieder aufs Neue flammende Augenblicke heraufzubeschwören.

Später, als sie auf dem Bett lagen und rauchten, fragte Lili irgendwann, wieso er denn eigentlich Tierarzt geworden sei. »Warum wird einer wie du Veterinär? In meiner Klasse war eine, die war verrückt auf Pferde und hat deshalb Tiermedizin studiert. Reitest du auch, liebst du Pferde?«, wollte sie wissen.

»Hm. Ja. Nein. Ich – wollte Elefantenjäger werden ...«

»Was? Wie Robert Redford in ›Out of Africa‹?«

»Hm.«

Lili lachte und wollte wissen, ob Karen Blixen nicht etwas zu alt für ihn gewesen sei? Ob er es nicht lieber mit ihr versuchen wolle?

Jochen warf sich auf Lili und riss sie mit sich in einen Strom, der sie hochhob, über sich selbst hinaus. »Einmal Milchstraße sein«, rief Lili lachend, sie hatte das gelesen und wieder vergessen, so wie sie oftmals in Romanen schöne Geistesblitze las und dann wieder vergaß – doch jetzt schien es ihr der einzig mögliche Wunsch, einmal Milchstraße zu sein.

Irgendwann waren Jochen und sie dann doch noch eingeschlafen.

8

Immer wenn Jochen auf seinen Hüften Speck auszumachen glaubte, joggte er im Englischen Garten. Seit er einen besonders schlanken Jogger beobachtet hatte, der Gewichte an den Handgelenken trug, besorgte sich Jochen auch welche. Manchmal, vor allem, wenn am Morgen die Sonne in sein Schlafzimmer schien, bekam Jochen Lust, mit aller Kraft loszulaufen. Er musste sich dann bremsen, denn er hatte gelernt, erst langsam zu beginnen, so als wollte er nie ankommen, dann vorsichtig das Tempo zu steigern, bis er in stetigem raschem Rhythmus den Weg unter seinen Füßen spürte, die Morgenluft, die noch leicht war, rein und frisch. Wenn Jochen manchmal wochenlang nicht zum Laufen kam, strafte ihn sein Rücken. Im Lendenwirbelbereich entstand ein Druck, der bei Drehbewegungen, einer Flamme gleich, in Jochens Rücken hochloderte und ihn zwang, innezuhalten, sich vorsichtig wieder in die Ausgangslage zurückzubewegen. Begann Jochen dann wieder zu laufen, verminderte sich der Druck, verschwand nach einigen Wochen regelmäßigen Trainings ganz, um aber bei der nächsten faulen Phase wieder aufzutauchen.

Als Jochen nach dem Laufen unter der Dusche stand, das heiße Wasser über seinen Rücken rinnen ließ, klingelte es. Wer könnte das sein, dachte er ärgerlich. Schließlich war es erst acht. Er beschloss, nicht zu öffnen, aber es klingelte ein zweites Mal, diesmal heftiger. Jochen schlang sich ein Badetuch um, tappte vorsichtig zur Tür. Es war Bea, die ihm aufgeregt berichtete, dass die Eltern in der vergangenen Nacht im Tegernseer Tal wegen des Nebels verunglückt seien, eine Karambolage, sieben Limousinen ineinander gerauscht, die meisten seien, wie die Eltern, von einem Fest in Rottach-Egern gekommen. Das Auto der Eltern wahrscheinlich nur noch Schrott, ihnen selber sei praktisch nichts passiert, Bea könne sie aus dem Krankenhaus in Holzkirchen abholen, aber ihr Wagen sei in der Werkstatt, sie brauche den von Jochen.

»Stell dir vor, um ein Haar die halbe Familie ausgelöscht! Mama und Papa hätten tot sein können!« Bea schien völlig aufgelöst – rote Flecke blühten an ihrem Hals, und das Haar hing ihr in feuchten Strähnen im Gesicht. Jochen dachte, dass in Beas Leben wirklich wenig passierte, und da war dieser Unfall eine Tragödie für sie. Er selber war im ersten Moment auch erschrocken, aber da seine Eltern ja wohlauf waren, mussten sie doch eher dankbar sein. Außerdem war er noch nass vom Duschen, und sein Handtuch konnte jeden Moment herunterrutschen, weil er seinen Autoschlüssel nicht von dem verdammten Ring herunterbekam.

Bea sah Jochen verständnislos an, weil er so gar keine Erschütterung über ihre Nachricht zeigte.

»Macht es dir gar nichts aus, dass unsere Eltern nur um ein Haar dem Tod entgangen sind?«, fragte sie aufgebracht, und es schien Jochen, dass sie auf eine kühle Reaktion von ihm wartete, um selber umso dramatischer ihre Gefühle zeigen zu können. Natürlich war er froh, dass den Eltern nichts Ernsthaftes passiert war, doch er hatte immer noch nicht gelernt, die Kälte und Distanz des Vaters hinzunehmen. Im Gegenteil. Seit er wieder in München war, fühlte er oftmals seinen seltsamen Blick im Nacken. Die grauen

Augen wie blankes Eis. Nicht einmal zum bestandenen Examen hatte er gratulieren können, Jochen würde es nie vergessen:

Seine Mutter hatte ihm eine schwarze Reisetasche aus Kalbsleder nach Berlin geschickt und einen Blouson. Auch Kalbsleder. Von Bea bekam er einen Kulturbeutel vom selben Hersteller und Reisepantoffel. Nun war er ausgestattet zum Verreisen. Vielleicht sollte er wegfahren und nie mehr wiederkommen? Wer weiß, was sich Mutter und Schwester bei ihren Geschenken gedacht hatten. Wahrscheinlich nur, dass sie teuer waren – eine bekannte französische Marke. Es belustigte ihn, und er freute sich über die noblen Teile und die telefonischen Glückwünsche. Von der Mutter aufgefordert, kam auch der Vater ans Telefon. »Na, wen hast du denn dieses Mal bestochen?«

Das hatte in Jochen sofort die Erinnerung an sein Abitur geweckt. Gut, er hatte es nur mit Ach und Krach und einem Canossagang zu seiner Lateinlehrerin geschafft. Einen Strauß von einundzwanzig tiefroten Dahlien hatte er zu ihr geschleppt. Rote Rosen, das wäre es gewesen, doch das hatte er dann doch nicht gewagt. Die Lateinlehrerin, ledig, von kleiner, dürftiger Gestalt, schaute ungläubig, als sie ihn hinter seinem Strauß auftauchen sah, doch er kämpfte sichtbar um die richtigen Worte, seine Behinderung, sie wisse ja – er bebte, stammelte, glühte. Der Vater, der ihn hasse, Angst vorm Scheitern. Und sie die Einzige, die menschlich sei …

Die Zwei in Latein riss ihn heraus, er bestand das Abitur, rief in München an. Seine Mutter freute sich, gratulierte, gab den Hörer rasch weiter an den Vater. Der sagte lediglich: »Man hätte es dir nicht zugetraut«, und legte auf. Jochen musste schlucken, er spürte noch heute einen Feuerball in der Kehle, wenn er an das Telefonat dachte. Und daran, wie Bea als Kind gelobt wurde, wenn sie einige Schritte aus ihrem Ballettunterricht vortanzte. Vor Verwandten, vor Freunden. Wollte Jochen dann einen Handstand machen oder das Rad schlagen, was ihm manchmal recht gut gelang, wehrte der Vater jedes Mal ab. »Lass es doch, du bist doch nur ein nasser Sack.«

Seine Mutter wollte ihn dann immer heimlich mit Schokolade entschädigen. Jahre später erzählte sie ihm, dass er einmal die Schokolade ausgeschlagen habe. Er sei nah vor sie hingetreten, die dicken Tränen seien ihm über die Wangen gerollt, er habe sie ernsthaft und entschlossen angesehen und gesagt: »Ich will meinen Vater nicht. Ich will einen anderen Vater!« Das habe ihr ins Herz geschnitten, und sie habe ihm versprochen, dass sie irgendwann mit ihm weggehen werde von seinem Vater. Das war offenbar nur ein Traum von ihr geblieben. Aber sie hatte ihn unterstützt, als er alleine zurückbleiben wollte in Berlin. Und lieb hatte sie ihn auf ihre Weise auch. Dessen war er sich sicher, und er war ihr dankbar.

Bei seiner Housewarmingparty war sie allerdings daheim geblieben. Sie hatte Jochen angerufen und sich damit entschuldigt, dass sie und sein Vater seit längerem getrennte Wege gingen und sie Jochen lieber besuchen wolle, wenn er alleine sei. Früher hatte Jochen seine Mutter hin und wieder nach »dem mit der Moto Guzzi« gefragt, den die Mutter *Monpti* nannte, und sie hatte ihm ohne Umschweife erklärt, dass sie jedes Mal, wenn sie offiziell ihre Schulfreundin besuchte, die in Paris verheiratet war, in Wahrheit ihren Freund dort getroffen habe. Er sei Besitzer einer kleinen Modeboutique in Charlottenburg gewesen, er habe in Paris eingekauft, und sie habe ihm dabei geholfen, da er kein Französisch sprach. Weil er in den ersten Jahren nur kleine Stückzahlen ordern konnte, die Pariser Großhändler aber erst ab einem Dutzend pro Größe verkauften, hatte auch sie ihr Französisch verleugnet. Von den Kleidern, die ihnen gefielen, nahmen sie von jeder Größe nur zwei, höchstens drei und taten so, als verstünden sie die Einwände der französischen Grossisten nicht. Das habe viel Streit gegeben, und teilweise seien groteske Situationen entstanden, über die sich die Mutter und ihr Freund hinterher amüsierten. Diese Parisreisen und die Einkäufe, die für Monpti wichtig gewesen seien, hätten sie beide zusammengeschmiedet.

»Er war doch attraktiv und sehr verliebt in dich, warum hast du dich nicht von Papa scheiden lassen und ihn geheiratet?«, hatte Jochen einmal gefragt, als er schon mit Georgia zusammen war und nur auf Besuch bei den Eltern in München. Da hatte seine Mutter tief Luft geholt und ihren Lieblingsspruch gesagt: »Das ist ein weites Feld.« Später berichtete sie ihm, dass ihr Freund unbedingt eine Familie und Kinder gewollt habe, sie aber nicht mehr, und dass ihre Haut immerhin schon reinster Knittermüll sei. Sie könne das in der Öffentlichkeit schon gar nicht mehr mit Schmuck verbergen, geschweige denn im Bett. Monpti dagegen sehe immer besser aus, wäre geschäftlich äußerst erfolgreich, sie träfen sich nur noch hin und wieder zum Essen im »Tantris«, ihrem Lieblingslokal. Jochen sah an vielen Geschäften das Label von Monptis Firma, er hätte seiner Mutter diesen erfolgreichen, lebhaften Mann gegönnt. Jetzt schien sie offenbar solo zu sein. Aber wusste er es? Was wusste er überhaupt von seiner Mutter?

Im Moment fragte er sich, warum sie mit dem Vater zum Tegernsee gefahren war, wo sie doch angeblich getrennte Wege gingen. Er fragte das auch Bea, und sie meinte, es habe sich um eine Einladung der Bank für ihre pensionierten Direktoren gehandelt. »Ich bin schon erstaunt, Jochen, dass du so wenig Mitgefühl für unsere Eltern hast.«

Jochen gab ihr den Wagenschlüssel: »Gefühle, die ich nicht habe, zeige ich auch nicht. Vater ist, wie er ist, und was Mutter betrifft« – Jochen überlegte kurz –, »das geht dich nichts an.«

Bea ging wortlos mit dem Schlüssel zur Tür, und Jochen rief ihr wie nebenbei zu, dass er Lili heiraten werde. »Damit mach ich dir hoffentlich eine Freude.« Bea blieb sekundenlang an der Tür stehen, mit dem Rücken zu Jochen. Es war, als schaue sie sich ganz genau den Autoschlüssel an, den Jochen ihr gegeben hatte. Ohne sich umzuwenden, ging Bea hinaus. Die Tür fiel hart hinter ihr ins Schloss.

9

In den wenigen Jahren, die Jochen am Institut für Tierphysiologie arbeitete, hatte sich sein anfangs sorgfältig eingerichtetes und penibel geordnetes Büro verselbständigt. Die Papierstöße schienen zu wuchern, bald würde sein Zimmer aussehen wie das Arbeitszimmer der Lyrikerin Friederike Mayröcker, das er jüngst im Fernsehen mit leisem Schauder bestaunt hatte. Wann wäre es bei ihm so weit? Sein Schreibtisch ließ ihm kaum noch Platz für Notizen, um den Monitor seines Computers herum stapelten sich Fachliteratur, Tabellen, Materialien, Verzeichnisse und Gastgeschenke von Dienstreisen. Er müsste endlich aufräumen, ausmisten, gründlich. Aber er schaffte es nicht.

Jochen konnte sich nicht konzentrieren. Immer wieder gingen seine Gedanken zu Lili, die nicht da sein würde, wenn er heimkam. Es war, als hätte man sein Leben von einem Tag auf den anderen eingetauscht gegen ein anderes. Ohne seine Zustimmung. Wäre es nicht so albern gewesen, hätte er sich gern vor dem Spiegel vergewissert, ob er noch aussah wie gestern und vorgestern. Er musste den Kollegen im Institut schließlich unbefangen entgegentreten. Daheim den Kindern und Frau Jakobsen. Ihm fiel Bea ein, die so vehement gegen seine Heirat mit Lili gewesen war, dass sie nicht zur Hochzeit kam. Hatte sie etwas mit dem Verschwinden Lilis zu tun? Er verdankte Bea schließlich die Begegnung mit seiner Frau. Hatte Bea das

Ende schon eingeläutet, als sie noch gar nicht verheiratet waren?

Sie waren in dem fast unglaublichen Glanz ihrer Verliebtheit umhergegangen wie im glühenden Sonnenschein. Einmal verbat sich Bea scheinbar scherzhaft ihr zärtliches Verhalten: »Wie taktlos seid ihr eigentlich? Hört mit dem verdammten Liebesgetue auf! Das erträgt ja kein normaler Mensch!«

Lili bekam Beas veränderte Haltung auch in ihrer Arbeit zu spüren. Der strenge Orden, der Staat der Tugendhaften im Staate der Schönen, den Bea errichtet hatte, wendete sich von Lili ab. Sie bekam keine Anrufe mehr von den wohlhabenden Damen aus Beas Kreisen. Lili war nicht mehr kompetent, sie zu beraten. Dabei hatten sie Lilis sicheren, exklusiven Geschmack zuletzt sogar in Fragen der Einrichtung geschätzt. Aus. Vorbei. Auch als Lili ihrer Schwiegermutter unbefangen berichtete, dass sie bei Donna Karan ein Kostüm im Stil der siebziger Jahre gesehen habe – »braunweiß gestreifter Blazer und weißer Rock, wie für dich kreiert, sollten wir nicht gemeinsam hingehen?« –, sagte Jochens Mutter, sie brauche jetzt ihr Geld für den Schönheitschirurgen. Teure Klamotten brächten nichts, wenn Gesicht und Hals die grauenhaftesten Verwerfungen zeigten. Ihr Ton war freundlich, fröhlich – aber eine Absage war es dennoch.

Na dann. Lili beschloss, sich keine Gedanken zu machen. Sollten doch die alten Antigrazien sich wieder so langweilig und unvorteilhaft anziehen wie früher. Es war schließlich gleichgültig geworden, ob Lili Geld verdiente oder nicht. Sie wohnte in Jochens schönem altem Haus in der Keferstraße, und bei der Dresdner Bank hatte sie ein Konto, von dem sie die Ausgaben für den Haushalt und für ihre eigenen Wünsche bestreiten konnte.

Allein Charlotte und ihre Mutter hielten Lili die Treue. Außerdem bekam Lili den Auftrag, im »Badrutt's Palace Hotel« in St. Moritz bei einer Modenschau zu moderieren. Charlotte wollte unbedingt mitkommen und bekam einen Platz in der ersten Reihe, wo sie, von Lili gestylt, strahlend in die Runde sah. Neben ihr hatte der Chefeinkäufer eines Modekonzerns Platz genommen, der ihr Komplimente zu ihrem Outfit machte. Charlotte trug ein kurzes enges Schwarzes. Die bunten Klunker von Dolce & Gabbana, die Lili ihr kiloweise um den Hals und an die Ohren gehängt hatte, zogen die Blicke auf sie.

»Sie müssen mir unbedingt sagen, wo Sie die Ohrgehänge und das Collier gekauft haben! Das ist ja der Wahnsinn«, raunte der Chefeinkäufer Charlotte zu. Die beiden kamen sich im Laufe des Abends immer näher, der Chefeinkäufer notierte sich neben der Mode auch Charlotte als Trophäe.

Lili, die den ganzen Abend gegen eine unbestimmte Übelkeit anzukämpfen hatte, war froh gewesen, die Moderation hinter sich zu haben. Sie sah Charlotte mit verklärten Blicken an dem Chefeinkäufer hängen und fühlte sich überflüssig. Beschloss, ins Bett zu gehen. Sie rief Jochen an, berichtete ihm von ihrer Schwäche, dass aber trotzdem alles gut gelaufen sei und dass sie schlafen wolle. Dies sei ihr Gutenachtanruf. Jochen erkundigte sich besorgt, ob es ihr auch wirklich gut gehe, und Lili sagte ihm, sie sei sicher, wenn sie jetzt schlafe, wäre morgen wieder alles in Ordnung.

Kaum dass Jochen aufgelegt hatte, klopfte es an Lilis Tür. Charlotte kam herein, und in der rechenschaftslosen Art frisch Verliebter sah sie nicht, dass Lili blass und müde war und nur schlafen wollte.

»Lili – ich glaub, ich hab mich verliebt!«

»Nein, nicht jetzt, nicht heute Abend!«, jammerte Lili, sie wollte sich zur Wand drehen, nur schlafen.

»Lili, du hast dich auch Knall auf Fall in Jochen verliebt, du musst das doch verstehen!«

»Ich hab dich aber deswegen niemals aus dem Schlaf geholt«, murrte Lili, doch Charlotte gab zu bedenken, dass sie noch nie, nie, nie in so einer wunderbaren Situation gewesen sei.

»So ein starker Typ, einer, der bei Modeschauen in der ersten Reihe sitzt, so einen treffe ich nicht jeden Tag. Und du hast ihn mir beschert. Wenn du mich nicht mitgenommen und in die erste Reihe gesetzt hättest, wäre ich dem doch niemals aufgefallen. Jetzt musst du mir auch weiterhin helfen. Lili, bitte!«

»Du lieber Himmel, Charlotte, du bist doch sonst so taff – wieso soll ich jetzt Händchen halten?«

Lili wollte nichts als in dem schneeigen Bettzeug dieses exklusiven Schweizer Hotels liegen bleiben, schlafen bis zum üppigen Frühstück und dann vielleicht mit Charlotte bei Bally oder Lindt & Sprüngli vorbeischauen.

Doch Charlotte redete erbarmungslos weiter: Dieser Chefeinkäufer, ein toller Typ, habe sie eingeladen, sie genieße die Situation unbeschreiblich, wolle aber auf keinen Fall eine leichte Beute für ihn werden. Lili müsse daher unbedingt mitkommen.

»Auch noch als Anstandswauwau? Du tickst doch nicht richtig!«

»Bitte, Lili, biiiitte!«

In der Bar war diffuses Licht und viel Betrieb, so dass Lili keine Sorge haben musste, dass jemandem ihr abgeschminktes, bleiches Gesicht auffallen würde. Sie saß neben Charlotte auf dem Barhocker, und es passierte, was Lili nie erwartet hätte: Die stets höfliche, loyale, wohlerzogene Charlotte wendete ihr schon nach wenigen Minuten den Rücken zu. Offensichtlich war bereits völlig vergessen, dass sie Lili eigens aus dem Bett getrommelt hatte. Der Chefeinkäufer schien sie in einen Vulkan von Liebe oder Wahnsinn zu stürzen, und als die beiden schließlich Hand in Hand von den Barhockern herabglitten, durch die Bar segelten, ohne jemanden wahrzunehmen, da dachte Lili, dass auch in der Seele ihrer bislang eher sachlichen Freundin Charlotte die nächtlichen Abgründe dämmerten, in denen die schlafenden Stürme jederzeit erwachen und alles hinwegfegen konnten, was Elternhaus und Erziehung an Barrieren errichtet hatten.

Lili suchte in der Handtasche nach Zigaretten und Feuerzeug, ein attraktiv aussehender Gast neben ihr gab ihr beides und sagte, Lilis Augen hätten die Farbe des Mondes, was Lili bekannt vorkam. Sicher hatte sie es in einem Gedicht gelesen, sie tippte auf Else Lasker-Schüler, und sie wäre einem Gespräch darüber mit dem Gutaussehenden durchaus nicht abgeneigt gewesen, doch bereits nach dem dritten Zug aus der Zigarette wurde ihr derart schlecht, dass sie sich mit einer mühsamen Entschuldigung vom Barhocker gleiten ließ, weil sie nur noch in ihr Bett wollte. Der Gutaussehende sprang erschrocken auf, nahm Lili fürsorglich am Arm, fragte, ob er etwas falsch gemacht habe, ob sie Hilfe brauche. Lili erklärte ihm matt, ihr fehle nichts, sie habe lediglich das ungewohnte Gefühl, schwanger zu sein. Dann bestehe er darauf, sie bis vor die Zimmertür zu begleiten, sagte der Unbekannte und bot Lili den Arm. Während er den Lift holte, erklärte er ihr, dass er Arzt sei und ihr hiermit für die restliche Zeit der Schwangerschaft das Rauchen verbiete. Im Interesse des Ungeborenen.

»Natürlich, selbstverständlich«, versprach Lili dem Arzt

und offenkundigen Raucher, der hoffentlich wusste, dass seine Samenfäden auch geschädigt wurden, und noch im Einschlafen murmelte sie ergeben: »Im Interesse des Ungeborenen.«

Bea rief Jochen am Nachmittag des nächsten Tages im Institut an. Sie wisse gar nicht, ob sie es ihm wirklich sagen solle. »Also, dann lass es«, sagte Jochen gereizt, er musste in knapp einer Stunde über neue Entwicklungen bei der Osteoporoseprävention reden und fühlte sich nicht optimal vorbereitet. Bea, die diesen rigiden Ton von Jochen nicht gewöhnt war, ging auf Grund ihrer Intrigen davon aus, dass Lili sich bei ihrem Bruder über sie beklagt hatte. Dabei war Jochen ahnungslos. Lili war bisher noch zu keinem Ergebnis gekommen, was Beas unerklärliches Verhalten anging. Sie zerbrach sich auch nicht sonderlich den Kopf darüber und hatte daher auch bei Jochen nichts erwähnt.

»Du darfst nicht glauben, dass es mir leicht fällt, es dir zu sagen. Aber zwei meiner Freundinnen haben mir – völlig unabhängig voneinander – erzählt, dass Lili im ›Palace‹ in St. Moritz nachts gegen ein Uhr mit einem Schönling aus der Bar aufs Zimmer gegangen ist. Arm in Arm. Völlig eindeutig.«

»Gestern?«, rief Jochen, »gestern? Die spinnen doch! Lili lag schon um zehn Uhr im Bett. Sie hat mich angerufen. Sie fühlte sich nicht wohl. Deine Betschwestern haben sich geirrt!«

»Du musst es ja wissen«, sagte Bea maliziös. »Ich wollte nur nicht, dass du überrascht bist, wenn du es hörst. Ganz München spricht ja davon. Ciao!«

Jochen dachte an Lilis gestrigen Telefonanruf, er fragte sich, wieso zwei Freundinnen Beas Lili nachts in der Bar gesehen haben konnten. Obwohl er Bea und ihren Informantinnen noch nicht glaubte, fühlte er sich wie vertrieben aus dem Paradies. Ihm war, als würde er von Sekunde zu Sekunde älter, seine Haare grau, seine Augen trüb wie beim Großvater. Mit einem harten, bösen Ruck zog er seine Aufzeichnungen für den Vortrag zu sich heran.

Auf dem Heimweg formulierte er schon seine Fragen. »Warum hast du mir gesagt, dass du früh schlafen gehst, in Wahrheit aber –«

Was war denn die Wahrheit? Bea wollte ihre Informantinnen nicht nennen, natürlich nicht. Aber sie schwor, sie könne deren Augen trauen, sie hätten sogar genau Lilis Kleid beschrieben, wieder unabhängig voneinander. Das weiße seidene von Donna Karan habe Lili angehabt, das so aussehe wie ein Unterrock, aber schlappe eintausendfünfhundert koste.

Sollte er damit sein Verhör beginnen? »Welches Kleid hattest du denn gestern an im ›Palace‹? Und wieso warst du noch um ein Uhr in der Bar, wo du mir doch ...«

Herrgott. Im Grunde war er misstrauisch gegen Frauen. Wenn er an seine Mutter dachte, an Georgia ...

Er spürte, wie Erinnerungen in ihm hochkamen, unfassbare Schatten von Wehmut, und er ging schnell ins Haus. Sein Herz pochte ihm bis in den Hals. Als er Lili sah, die ein paar Jasminzweige in einer Vase ordnete, als er sie so selbstverständlich in seinem Hause und Garten walten sah, spürte er panisch, dass ihm all seine vorformulierten Worte fehlten. Er fühlte eher Angst vor der Schlauheit, der Überlegenheit Lilis, ihm fiel ein, dass er in der letzten Zeit sehr viel in den Zeitungen gelesen hatte vom Übergang des Patriarchats zum Matriarchat. Eine Entwicklung, die in der deutschen Gesellschaft schon seit längerem zu beobachten sei. Im Fernsehen wären die Moderatorinnen längst prägend, und in der Friedensbewegung hätten Frauen wie Petra Kelly und Dorothee Sölle dominiert. Die waren nun tot, aber es gab schließlich noch Millionen Frauen, so hieß es, die morgen die Macht in unserer Gesellschaft übernehmen wollten.

Die Autoren dieses Artikels schienen sich ein wenig zu fürchten. Musste er auch wachsam sein?

Vor ihm lag also die Stunde der Wahrheit. Entschlossen, wie es sich für einen Mann gehört, wollte er Lili ins Gesicht sehen, doch er hatte das Gefühl, als sähe er sie durch eine dicke Wand aus Glas. Das sommerlich goldene Abendlicht lag in dem eleganten Wohnraum mit den großen Glasfenstern und fiel auf Lili, die ihm sanft lächelnd entgegensah. Doch alle Schönheiten glitten an Jochens gleichgültigen Augen vorbei. Dafür hörte er umso lauter die Worte seiner Schwester: »Ganz München spricht ja davon.«

Er musste Lili zur Rede stellen. Er musste. Als Lili ihm unbefangen und fröhlich »Hallo Jochen« zurief und ihm entgegenkam, wandte er sich schroff ab und ging zum Fenster.

»Was ist los mit dir?«, fragte Lili erstaunt, und als er nicht antwortete, fragte sie mit Besorgnis in der Stimme, ob im Institut etwas schief gegangen wäre. »Jetzt sag halt, was passiert ist, Jochen! Lass dir nicht jedes Wort einzeln abbetteln!«

Jochen kehrte ihr weiterhin den Rücken zu, denn er fürchtete sich, zu fragen, was er fragen wollte, er schämte sich auch ein wenig, obwohl es ihm andererseits richtig schien, zu fragen. Schließlich stimmte irgendetwas nicht. Lili hatte sich um zehn Uhr abends von ihm verabschiedet. Und dann war sie noch um ein Uhr in der Nacht gesehen worden. Mit einem Mann. Das war schließlich beobachtet worden. Jochen wollte Lili glauben. Unbedingt. Er wollte sie bitten, ihm zu erklären, wie es dazu kommen konnte, dass er sich jetzt fühlte wie ein verdammter Idiot. Er wollte Lili um eine Erklärung bitten. Souverän wollte er dabei sein, sachlich, höflich und gelassen. Ungefähr so: Lili, ich weiß, dass du mich nicht belogen hast. Ich weiß das, weil du fair bist, weil du Format hast und mich nie hintergehen würdest. Doch es muss ein Angriff auf deinen guten Ruf gestartet worden sein. Und nur du kannst mir die Munition geben, um die Angreifer abzuschießen. Nur darum geht es, Lili.

Doch wie so oft scheiterte er auch jetzt wieder an der großen Differenz zwischen dem, was er dachte, was er in seinem Hirn aufgeschrieben hatte, und dem, was er am Ende herausbrachte.

Diesmal stieß er grob hervor, wann Lili denn nun wirklich ins Bett gegangen sei gestern Nacht.

Er hatte sich zu ihr herumgedreht, und Lili schaute ihn zuerst überrascht, dann nachdenklich an. In der nächsten Sekunde aber hatte sie die Bestürzung ebenso abgelegt wie die Sanftheit. In ihrem Kopf fielen die Fragen und möglichen Antworten wie Müll durcheinander. Hatte Jochen ihr nicht geglaubt, als sie ihn anrief? Hatte er Spione im Hotel? Lili wusste, dass diese Vorstellung so absurd war wie die ganze Situation. Sie wollte Aufklärung. Sofort. Lili ordnete mit einer letzten, schroffen Bewegung den Jasmin in der Vase. Sie schrie Jochen an, dass er wohl nicht alle Tassen im Schrank habe. »Was geht hier eigentlich vor? Hast du mir hinterherspioniert? Was willst du mir eigentlich unterstellen?«

Da Jochen schwieg, fragte sie, was mit ihm los sei. Jochen wusste keine Antwort. Jedenfalls nicht so rasch, wie Lili sie forderte. Ja – was war los mit ihm? Er hatte geträumt, wieder einmal hatte er geträumt, dass eine Frau nur zu ihm gehörte. Nur Lili und er. Jetzt war alles verdorben worden. Am besten schien es ihm, aufzugeben.

»Was ist los mit dir?«, schrie Lili ihn noch einmal an, ohne dass er reagierte. Dann verließ sie den Raum.

Jochen hörte sie im Flur telefonieren. Er stand im Zimmer wie angepfählt. Sah die Schatten von Bildern und Skulpturen an die frisch tapezierten Wände geworfen und hörte mit einem Mal den Donner, dann den Regen, der auf die Fenstersimse trommelte und von dem langen Rohr der Regenrinne in die Tonne rauschte. Er hoffte vergeblich auf einen freundlichen Einfall, wie er Lili zurückhalten könne. Als er die Tür ins Schloss fallen hörte, hob er die linke Schulter und fragte sich, ob es immer so gewesen sei. Auch mit Georgia. War es mit Georgia auch so gewesen? Er bekam Angst, dass er sich nicht mehr genau erinnern könne. Georgias Gesicht! Er schloss die Augen, versuchte mit tiefer Anstrengung, es heraufzubeschwören. Es gelang ihm nur kurz, dann verschwammen die schönen Züge wieder. Jochens Gedanken gingen zurück nach Berlin, in die Zeit, in der er als Heranwachsender zu Georgia und Paule gehört hatte, die ihn die große Liebe, aber viel mehr noch die große Einsamkeit und Enttäuschung erfahren ließen.

10

Georgia. Sie hatte ihn auch verraten, wenn man so wollte. Sie und Paule. Und weil sie Kinderfreunde gewesen waren in Berlin, war der Verrat auch ein Kinderverrat. Zuerst waren sie zu zweit, Paule und er. Dann zu dritt, Georgia, Paule und er. Irgendwann war es auf sie herniedergestürzt wie ein Wasserfall oder wie ein Komet, das, was sie damals Liebe nannten. Jochen hatte Georgia einen Schlüssel zu seiner Wohnung gegeben. Zuerst als Verlegenheitsgeschenk, dann blieb es dabei – Jochen wusste noch genau, wie es ihn mit Stolz erfüllt hatte, dass Georgia seinen Hausschlüssel an ihr Schlüsselbund hing.

Es war Ostern in Berlin. Georgia hatte ihm ein großes Nest gebracht mit bunt gefärbten Eiern, Mars und Milky Way und einer Kassette von den Einstürzenden Neubauten. Jochen, dem erst nach einem Anruf seiner Mutter klar geworden war, dass Ostern gewürdigt werden musste, hatte nichts vorbereitet. Es war ihm peinlich, doch sein Flehen um eine Idee wurde erhört. Rasch ging er in die Küche, steckte seinen zweiten Hausschlüssel tief in die Zuckerdose und gab sie Georgia. Die überlegte kaum eine Sekunde, steckte den Finger in den Zucker und sagte, dass sie die Königin der Zuckerdose sei. Sie hielt den Schlüssel hoch wie eine Trophäe, und dann begann sie, sich auszuziehen.

Atemlos sah Jochen ihr zu. Den Rock, diesmal aus einem Müllsack, ließ sie fallen und trat ihn achtlos zusammen. Sachlich hielt sie ihm ihre groben Stiefel hin, und er zog daran, kräftig und sorgsam. In seinen Ohren dröhnte es, die ganze Wohnung schien ihm erfüllt von einem Brausen, das kein Geräusch von außen eindringen ließ. Sein Herz klopfte laut, in ihm erhob sich ein Sturm, der nur von seinem verkrampften Körper gebändigt wurde. Er war mit Georgia allein wie noch nie, das laute Berlin ausgesperrt, Paule ausgesperrt, er sah Georgias Schenkel im sanften Licht des Nachmittags. Sie war jetzt nackt, Jochen traute sich kaum, den Blick auf ihre Brüste zu richten, für eine Sekunde dachte er daran, dass er weinen könnte, schluchzen wie ein kleines Kind, sein Gesicht war feucht wie die Luft um ihn. Georgias Haut leuchtete weiß, wie Marmor oder Schnee, sie breitete Tücher übers Bett, ruhig, Jochen schloss die Augen, er wünschte sich weit weg, als wartete eine schwierige Operation auf ihn, als lauerten Schmerzen. Er war immer plump gewesen, unbeholfen, doch Georgia kam nahe zu ihm, er roch ihren Körper, der sich mit den Gerüchen des Ostertages vermischte. Sie legte ihre hellen Arme auf seine Schultern, schaute ihn an, ihre strahlenden Blicke trafen wie Pfeile sein Gesicht, sein Herz – und er fühlte sich wie eingehüllt in warmes Licht. Er sah Georgias unergründliche Augen, die ihn daran erinnerten, dass er sie zur Königin der Zuckerdose gemacht hatte. Irgendwann verwandelte sich Georgia in eine große weiche Welle aus Feuer und Wasser, aus der er nach einer Ewigkeit auftauchte wie aus einem Traum.

Georgia ging und kam in der nächsten Zeit, wie es ihr passte, und das war ihm recht. Er war mit Georgia zusammen. Zum ersten Mal glaubte er zu wissen, wo er war und wer er war. Warum oder wie sehr er Georgia liebte, das war ihm nicht klar. Er liebte sie, so gut er konnte.

Das glaubte er mehr als ein Jahr – doch, er hatte es geglaubt, verdammt noch mal –, bis Georgia eines Tages Hand in Hand mit Paule auftauchte. Ihr Lachen war so strahlend, dass es Jochen jäh zu ersticken drohte. Er zerrte vergeblich an seinem Hemdkragen, suchte ebenso vergeblich nach einem Wort. Jochen fühlte einen Schmerz, wie er ihn noch nie gekannt hatte, doch er bemühte sich, aufrecht und gleichgültig mit den beiden durch Berlin zu streifen. Auf seiner Haut spürte er noch die Hände Georgias, die nun Paule liebkosten. Wenn Georgia mit ihm sprach, sah er nur ihren vollen, roten Mund, der sich bewegte, er sah die Zähne, deren sanfte Bisse er noch zu spüren glaubte, ihre festen kühlen Brüste, die sich im Schlaf an ihn geschmiegt hatten. Er hatte geglaubt, sie stünde mit ihm vor der Tür ihres gemeinsamen Lebens. Sie hatten es nicht ausgesprochen, aber für ihn war es in argloser Freude klar gewesen, dass sie für immer zusammenbleiben würden.

Nun traf ihn Georgias Verrat wie ein greller Blitz. Er wollte das akzeptieren wie ein Mann, weder Paule noch Georgia sollten spüren, wie es um ihn stand. Doch einmal, auf dem Schulweg, als Paule schwänzte und er mit Georgia alleine war, fragte er sie, warum sie jetzt mit Paule schlafe. »Ich halte das nicht aus. Du tust ja, als sei es das Selbstverständlichste von der Welt.«

Georgia sah plötzlich müde aus, wie erloschen. Eine Weile schwiegen sie beide, dann sagte Georgia, dass sie sich neben Jochen bald sehr alleine gefühlt habe. »Du warst da und doch nicht bei mir. Wenn ich dich gefragt habe, warum du nicht mit deiner Familie nach München umgezogen bist, hast du mir nicht geantwortet, sondern nur die Schulter hochgezogen. Du wolltest mir auch nicht sagen, warum du das Angebot von Paules Mutter, bei ihnen zu wohnen, ausgeschlagen hast. Während ich dir alles über mich und meine Familie erzählt habe, blieb ich bei dir immer außen vor. Waren wir dagegen in einer Kneipe, musste ich immer nah bei dir bleiben, nur ja mit niemand anderem sprechen, sonst warst du beleidigt. Tagelang. Aber du hast es nie zugegeben. Wir konnten nie darüber reden. Am Anfang fand ich es interessant, dass du so eine Auster bist. Verschlossen. Ich dachte, ich würde schon Wege finden, an dich heranzukommen, aber die Stille zwischen uns wurde immer schmerzhafter. Als mir dann klar wurde, dass ich mit Paule mühelos reden konnte, auch mal über Schwachsinn lachen konnte, dass er zum Beispiel die Punks genauso gut verstanden hat wie ich, da habe ich mich in ihn verliebt. Mit ihm ist alles viel einfacher als mit dir. Mit dir hatte ich ständig Probleme. Wohin wir auch gingen, ich machte etwas falsch, oder andere kamen dir blöd vor. Wo ich mit Paule war, war es schön. Immer.«

Für Jochen waren Georgias wirre, hilflose Erklärungen wie schmerzhafte Ohrfeigen. Sie nahm ihm jede Zuversicht, sprach ihm alle Eigenschaften ab, die einer brauchte, um mit einem Mädchen auf Dauer zusammen zu sein.

Georgia sah sein erstarrtes Gesicht, sie begriff, was sie in Jochen angerichtet hatte, und versuchte, ihn mit einer neuen Erklärung zu trösten: »Ich möchte außergewöhnlich sein. Nicht wie alle um mich herum. Papa, Mama, Kinder und dann das heulende Elend. Ich hab null Bock auf so ein Leben. Paule denkt genauso, er lässt mich an der langen Leine laufen, manchmal weiß er tagelang nicht, was ich tue, und ich weiß es von ihm ebenso wenig. Das ist genau die Freundschaft, die ich brauche.«

Weil Jochen wie erstarrt dasaß, begann Georgia, Bruchstücke aus ›The Wall‹ von Pink Floyd zu singen: »We don't need no education …«

Jochen fragte schließlich Paule. Georgia sei doch sein Mädchen, und Paule wisse das auch. Paule ließ den Kopf hängen, so dass seine langen, streichholzglatten Haare vor sein Gesicht fielen.

»Sieh mich an!«, verlangte Jochen, und Paule hob den Kopf. »Du hast doch gewusst –«

»– schon, aber …«

Sie saßen im »Luise«, und es war sehr still an diesem Nachmittag. Zwei Männer spielten Schach, die künstlich erblondete Serviererin brachte ihnen Kaffee. Paule sah Jochen an. Seine grüne Jacke ließ die hellen Augen fast grün aussehen, und Jochen fragte sich, wann er schon mal richtig in Paules Augen gesehen hatte. Wahrscheinlich noch nie. Und auch nie richtig in Paules Gesicht. Auf seiner hohen, breiten Stirn hatte sich eine Falte gebildet, direkt über der Nasenwurzel. Für einen Moment war es Jochen, als sähe er Paule zum ersten Mal.

Paule glaubte, er würde noch verrückt werden vor lauter Denken. Sollte er Jochen sagen, dass es Georgia war, die ihn wollte?

Das würde er niemals tun. Es war so, wie es war. Basta. Georgia war so schön, dass sie für zwei reichte. Paule würde Jochen gelegentlich mal sagen, was die Jungs von DAF sangen: »Sei still. Schließe deine Augen. Bitte denk an nichts. Glaube mir. Alles ist gut. Alles ist gut.«

Paule genügte das. Alles ist gut.

Aber jetzt, wo Jochen vor ihm saß, die Augen voller Wut und Tränen, jetzt, wo die Stühle im »Luise« aufgestellt wurden und das Lokal plötzlich trostlos war und grau, jetzt fiel Paule kein großes Wort ein, das passend oder hilfreich gewesen wäre. »Zahlen!«, rief Paule hastig.

Jochen merkte, wie Georgia und Paule sich von ihm entfernten. Sie gehörten viel mehr zueinander als zu Jochen. Er spürte tief innen, dass er Georgia verloren hatte. Und damit auch Paule. Sie wollten ihn nur schonen, klar, schließlich mochten sie ihn. Das wusste Jochen, doch es reichte ihm nicht. Manchmal hätte er sie gern zum Teufel gewünscht, aber er konnte nicht völlig auf sie verzichten. Ihm wurde jäh bewusst, wie allein er ohne die beiden sein würde.

Sie waren viel mit Punkrockern unterwegs, im »SO 36« in Kreuzberg, in der Oranienstraße, am Heinrichplatz. Jochen war manchmal mitgekommen in die Punkkonzerte im Kantkino, die vor der Leinwand auf der Bühne abliefen. Er war verwirrt über die Musik, die für seine Ohren blechern, total verrückt war. Rhythmus schon, aber keine Töne. Er staunte über das entfesselte Brüllen und Tanzen der Jungen in lackglänzenden Hosen, die Bierdosen flogen, und er wusste, dass er sich zugehörig fühlen sollte wie Georgia und Paule, aber ihm ging das Spektakel spätestens nach einer halben Stunde schwer auf die Nerven. Er glaubte, dass die Punks gefährlich aussahen und sich gefährlich gebärden wollten, dass aber alles eine Pose war, eine Attitüde, hinterher war alles wie vorher auch.

Georgia sagte, die Punks wollten, dass das Leben sich so abspiele wie auf der Bühne. »Die Punks geben sich cool und hip, sie wollen akzeptiert werden. Sie verspotten die modischen Utensilien der Hippies, ihre langen Haare, die Latzhosen, die Palästinenserfeudel, sie wollen dem etwas entgegensetzen, und ich spüre, dass sie etwas suchen, das ihnen gemäß ist, etwas, was nur ihnen gehört, das sie aber, so wie die Welt aussieht, nicht finden. Ich begreife das sehr gut, ich will das alles auch. Nur anders.«

Jochen begriff das schon, er hatte durchaus das Verlangen, sich zu äußern, glaubte aber den Punks lediglich ihren Frust, denn er sah nirgends eine Lösung. Trotzdem bestaunte er genauso wie Georgia und Paule die Typen, von denen man sprach. Gabi Delgado, der Sänger von DAF, Jäki Eldorado, der erste deutsche Punk, und Robert Görl, Schlagzeuger von DAF. Annette und Inga Humpe, die

Sängerinnen von Neonbabies, Blixa Bargeld, Sänger von Einstürzende Neubauten.

Jochen schnappte diese Namen bei Gesprächen auf, manchmal zeigten Georgia und Paule ihm auch stolz Leute, die sie persönlich kannten, das hieß, sie hatten sie nach Konzerten oder Auftritten in Lokalen angesprochen. Einmal, im alten Dschungel am Winterfeldplatz, sahen sie Iggy Pop und David Bowie. Jochen war verblüfft, dass so berühmte Leute einfach da herumstanden, redeten und Bier tranken, doch Paule sagte lässig, Berlin sei die Stadt mit den meisten Künstlern.

Jochen sah die Kraft und die Wut der Punks, die machten Remmidemmi, das musste er zugeben, vielleicht brauchte er nur länger als die anderen, um wirklich zu kapieren, worum es ging. Außerdem wollte er mit Georgia und Paule zusammen sein, auch wenn es ihm dabei nicht sonderlich gut ging. Er hockte also in den Proberäumen am Paul-Lincke-Ufer, wo Georgia und Paule mit den anderen diskutierten über Ramones, Velvet Underground, Lou Reed oder eben über David Bowie und Iggy Pop. Jochen erschien das alles zwar ziemlich düster, laut, und meistens kapierte er auch nichts, aber er blieb, fühlte sich auf seltsame Weise wohl in seiner Außenseiterrolle. Seine Ohren waren bisher an Jazz gewöhnt gewesen, an die Beatles, die Stones. Doch hier fuhren Züge ab, auf die Georgia und Paule schon längst aufgesprungen waren und mitreisten. Jochen war ein stummer Passagier. Seine Freunde wollten Rebellen sein, mit Punkmusik gegen die bürgerliche Welt anbrüllen – sie respektierten ja auch nicht mehr, dass Georgia und er zusammengehörten.

An seinem Geburtstag kam Georgia noch einmal alleine zu Jochen. Sie brachte ihm einen selbst gemachten Strauß aus allen möglichen Zweigen, Jochen fand ihn wunderschön, konnte sich aber nicht freuen. Innen jedenfalls nicht. Georgia schenkte ihm ein Päckchen, klein und flach. »Pack es später aus«, sagte sie, »es handelt von einem, der dir ähnlich ist. Wenn auch nur ein bisschen, aber doch ähnlich.«

Jochen saß unschlüssig da, er wollte wenigstens höflich sein zu Georgia, aber es fiel ihm schwer, es war ihm neuerdings lästig. Georgia schien das zu spüren. Sie stand auf, um zu gehen. Erst in der Tür sagte sie, dass sie ihn auch dann liebe, wenn sie ihn nicht liebe. Er sah sie an, es war, als würde sie immer kleiner in der Tür, ihre Worte erreichten wie aus weiter Ferne sein Ohr, oder waren sie nur ein Schall, gleichgültig für ihn?

Das Buch jedoch wollte er auspacken, nachdem er eine Dose Ravioli warm gemacht und sich zum Essen gesetzt hatte. Immerhin wusste er jetzt, dass er die Raviolidose vorher wenigstens einen Spaltbreit öffnen musste, ehe er sie ins Wasserbad stellte und erhitzte. Beim ersten Mal hatte er die Dose seelenruhig hineingestellt, hatte Aufgaben gemacht und war irgendwann wiedergekommen, um zu essen. Er fasste es nicht. Die Dose war förmlich explodiert, und Jochen konnte sich seine Fleischtäschchen von der Wand kratzen.

Das war leider erst der Anfang seiner Lehrzeit als Single gewesen. Seine Mutter hatte ihren Schnellkochtopf nicht mit nach München genommen, da er ihr unheimlich war und sie sich nicht traute, mit ihm zu kochen. Überzeugt, dass er mit dem einfachen Ventil keine Probleme haben würde, hatte Jochen ein Hühnchen samt Suppengewürz und Nudeln hineingelegt, reichlich Wasser und Salz dazugegeben und Georgia und Paule angerufen, um sie zum Essen einzuladen. »In einer halben Stunde ist alles parat«, sagte er lässig und deckte schon mal den Tisch. Dann fiel ihm ein, dass es als Überraschung Berliner Weiße geben sollte, und er fuhr schnell mit dem Rad los, um Weißbier und Himbeersaft zu besorgen.

Als er zurückkam, hörte er schon beim Aufschließen der Haustür aus der Küche ein Zischen. Aber wie das zischte! Er hatte doch nur einen Schnellkochtopf auf dem Herd. Das hörte sich aber an wie eine Dampflok! Jochen rannte die Treppe hoch, riss die Küchentür auf und sah zunächst nichts als fettige Dampffahnen im Raum. Auf dem Herd vermutete er den geöffneten Topf, der gurgelnde Geräusche von sich gab. An der Decke und an der Wand hinter dem Herd hingen Teile des Huhns und vor allem die Nudeln. Das Suppengemüse hatte sich millionenfach zerteilt und zierte die Raufasertapete.

Die Türklingel ging, Jochen riss sich los vom Anblick seiner Küche und lief die Treppe hinunter. Das Huhn wäre noch nicht gar, log er, aber er habe keine Lust mehr zu warten und lade sie ein zu »Luise«. Georgia und Paule waren sofort einverstanden. Erstens waren die Hähnchen mit Pommes bei »Luise« schwer in Ordnung, zweitens wussten sie, dass Jochen jeden Monat eine großzügige Geldüberweisung aus München erhielt, und drittens trauten sie Jochens Kochkünsten ohnehin nicht.

Jochen lernte, dass die Führung eines Haushalts Überraschungen bereithielt. Meistens unangenehme, und manchmal sehnte er sich nach seiner Familie, nach den Zeiten, wo es nach gutem Essen gerochen hatte und nach dem Duft frisch gebügelter Wäsche. Sein neuestes weißes Hemd, gerade im KaDeWe gekauft und ziemlich teuer, zog er in einem grauen Rosa aus der Waschmaschine. Ein Pullover, bei derselben Einkaufstour erstanden, war auf Kleinkindgröße geschrumpft. Doch ernsthaft an sich zu zweifeln begann Jochen erst, als er müde und mit schwerer Schlagseite von einer Schulfeier kam. Es war morgens gegen fünf, er wollte unbedingt vor dem Schlafengehen noch baden. Also drehte er im Vorbeigehen im Bad das heiße Wasser auf, schüttete nicht zu wenig von seiner grünen Apfellotion rein und setzte sich dann im Wohnzimmer vor den Fernseher, um noch ein wenig Unterhaltung zu haben, bis die Wanne voll war. Dabei musste er eingeschlafen sein.

Er erwachte davon, dass er von der alten schmalen Couch heruntergefallen war und in einer Pfütze lag. Er sah, spürte und roch nichts anderes als Wasser. Er fühlte es in seinen Ohren, im Hals, in den Augen. Benommen starrte er auf den Fußboden, begann im Halbschlaf mit der Couchdecke den Boden aufzuwischen. Und langsam kam die Erinnerung zurück, er wurde hellwach und war gleichzeitig wie gelähmt von Furcht. Als er gewahr wurde, dass er tausend Decken bräuchte, um die Sintflut im Haus aufzuwischen, als er sich mit staksigen Beinen vorsichtig die wasserführende Treppe hinuntertastete, flüsterte er fassungslos »Paule« und watete zum Telefon. Irgendwann kam die Feuerwehr und danach Paule mit seiner Mutter. Sie war es auch, die ihm später riet, mit dem Steuerberater seines verstorbenen Großvaters zu telefonieren.

Jochen dachte nicht gerne daran und versuchte auch jetzt, die Erinnerungen an die Sintflut in seinem Leben zu verdrängen. Seine Mutter war es gewesen, die ihn zumindest ein wenig entlastete. Seine Eltern waren zufällig einige Wochen nach der Flut gekommen, es gab irgendeinen geschäftlichen Anlass. Als sein Vater begann, Jochen als Versager zu beschimpfen, dem man kein Haus anvertrauen könne, fiel ihm die Mutter ins Wort. Sagte, dass er bitte kein Theater machen solle. Schließlich warte er nur darauf, das Haus abreißen zu können. Da sei ihm Jochens Wasserschaden doch gerade recht. Sie habe es satt, seine verlogenen Tiraden anzuhören.

Jochen war sprachlos über die Angriffslust seiner Mutter. Und er war so erleichtert, dass er seine Mutter hätte küssen können. Als der Vater mit vor Zorn starrem Gesicht gegangen war, küsste die Mutter Jochen flüchtig aufs Ohr. Sie telefonierte nach einem Taxi, schminkte und parfümierte sich. Sie war offenbar bester Laune. Vielleicht traf sie wieder einmal ihren Monpti.

Jochen war froh, wieder allein zu sein. Seine Eltern würden bis zum Ende ihres Lebens streiten – wie gut, dass er es nicht mehr ständig anhören musste. Es war Klasse, den ganzen Tag sein eigener Herr zu sein. Er musste sich nach niemandem mehr richten. Nicht einmal mehr nach Georgia.

Über seinen wild umherschweifenden Gedanken hätte er beinahe Georgias Geschenk vergessen, das flache kleine Paket, das ein hübsches Buch enthielt, genau genommen ein Büchlein. Der Held der Geschichte war Schreibgehilfe in einer Londoner Anwaltskanzlei, und er sperrte sich gegen alle Ansprüche seines Chefs und seiner Umwelt, indem er sanft, aber rigoros sagte: »Ich möchte lieber nicht.« Wenn der Schreibgehilfe auch an seiner Haltung schließlich elend zugrunde gegangen war, so beeindruckte Jochen die leise, höfliche, aber radikale Verweigerung stark. Für sein Gefühl hatte Herman Melville mit seinem Schreibgehilfen Bartleby die Punkbewegung vorweggenommen.

Heute, nach fast zwanzig Jahren, hörte er spätabends zufällig im Radio eine Sendung über die Begründer der Neuen Deutschen Welle und den deutschen Punk. Er lauschte konzentriert und freute sich, wenn Leute von damals interviewt wurden, er die Stimmen wiedererkannte. Peter Hein und Xsao Seffcheque von den Fehlfarben.

Und Nena! Ihretwegen war Jochen Ende der Achtziger

eigens nach München geflogen. Sie hatte eine Rolle in einem Film von Ulf Miehe bekommen, Titel: ›Der Unsichtbare‹. Er handelte von einem Mann, der sich mittels einer Tarnkappe entmaterialisieren konnte, und Nena, so las er es in der Zeitung, hatte sich bei den Dreharbeiten in den Schauspieler Benedict Freitag verliebt. Nun war sie unübersehbar schwanger, und es schien Jochen, als trage sie noch mehr als früher das Strahlen schöner Blumen in sich.

Er sah Ulf Miehe, den Regisseur, auf der Bühne, wo er nach der Vorstellung über seinen Film sprach. Es handle sich heute um eine Preview, er sei aber noch nicht zufrieden, eher unglücklich, wenn er ehrlich sein wolle, er werde auf einem alten Bahnhof in der Nähe von Wasserburg die Schlusssequenz nachdrehen.

Dieser Mann mit dem blassen, sensiblen Gesicht, seinem leisen, unaufdringlichen und völlig unprätentiösen Auftreten gefiel Jochen, und er wollte ihm sagen, wie sehr ihn sein Film berührt habe, dass er sich auch oftmals eine Tarnkappe wünsche, und daher, doch vor allem Nenas wegen, sei er eigens aus Berlin gekommen. Doch es fiel ihm wieder einmal schwer zu sprechen, er stotterte herum, fand sich blödsinnig, völlig ungenügend für einen begabten Mann wie diesen Filmregisseur, aber Ulf Miehe schien ihn trotz seiner unglückseligen Hemmungen verstanden zu haben. Er lud ihn zur Premierenfeier ein. »Kommen Sie mit ins Lenbachhaus. Dann können Sie Nena anschauen, solange Sie wollen.« Ulf Miehe sagte das sachlich. Einfach so. Jochen fasste es nicht. Aber er ging unauffällig, wenn auch mit glühenden Ohren, hinter den wilden schönen Filmbräuten und ihren gut gelaunten Begleitern her, die ihm leuchtend erschienen, wie flüchtige Meteore, die an seinem Leben vorbeitrieben, unerreichbar.

11

Am Abend fuhr Jochen vom Institut aus noch rasch in die Innenstadt, um Besorgungen zu machen. Bei WOM sah er das neue Album *New Killer Star* von David Bowie, sah sein markantes, immer junges Mädchengesicht, und es erinnerte ihn an seine viel zu kurzen New-York-Besuche, an das Licht und den süßen Lärm des Lebens in dieser Stadt. Jochen erinnerte sich, dass er Lili vor der Heirat versprochen hatte, mit ihr nach Manhattan und dann an die Ostküste zu fahren. War es wegen der Kinder, dass sie bis heute nicht in New York gewesen waren, oder war es, weil ihre Liebe ohnehin ein Irrtum war – verdammt! Jochen dachte, dass er sich nie mehr irren möchte.

Als er *Bring Me The Disco King* hörte, wurden in ihm die Zeiten wieder lebendig, als er voller Melancholie und in stolzer Einsamkeit mit Georgia und Paule den Punkbands gefolgt war, die Jungs um ihre total verrückte Energie beneidet hatte. Niemals wieder war er so alleine gewesen. Auch wenn er sich immer eingeredet hatte, dass er erleichtert sei, glücklich seinen Leuten entkommen. Es war nicht ungefährlich, zurückzudenken, denn manchmal kamen sie ihm zu nah, diese alten Zeiten, sie bedrückten ihn wie ein Gefängnis.

Doch eines Nachts, er war spät aus dem Institut gekommen, sah Jochen auch noch eine Fernsehdokumentation über die Zeit, als er, Paule und die anderen aus seinen Berliner Jahren jung waren. Er erkannte sofort Inga Humpe, die sich so früh selbstbewusst und emanzipiert in der Szene behauptet hatte und auch heute noch in war. Er sah die schwarz gekleideten brüllenden Punks herumspringen, und plötzlich dachte er an Georgia, sie war immer noch seine erste verlorene Liebe, ab und zu fühlte er den Schmerz um sie wie eine rätselhafte Krankheit, wenn auch weit entfernt. Zwar war die Rechnung mit Paule noch offen, aber Jochen hatte gelernt zu schweigen, denn Georgia war tot.

Niemals würde Jochen den Tag vergessen, an dem Paule ihn aus dem Schlaf geklingelt hatte. Sein Wecker zeigte auf halb sieben, und Jochen taumelte blinzelnd aus dem Bett, um Paule hereinzulassen. Er wusste, dass etwas geschehen war, Paules Gesicht – irgendetwas war zerbrochen, gebrochen. Gebrochene Treue, Jochen hatte es irgendwo gelesen, gebrochene Treue war in Paules Gesicht und zerbrochene Freundschaft. Die Freundschaft zwischen Paule und ihm war zerbrochen, auch wenn sie nicht darüber sprachen, und als Jochen Paule die Tür öffnete, standen sie sich sekundenlang gegenüber wie Feinde.

»Georgia ist tot. Sie ist tot«, würgte Paule heraus. Und: »Wusstest du, dass sie Drogen genommen hat?«

Jochen schwieg. Woher sollte er Worte nehmen? Es gab auf der ganzen Welt keine Antwort, heute nicht, nicht morgen, nicht in hundert Jahren. Jochens Herz schlug mit harten, schnellen Schlägen bis in seinen Hals hinauf. Seine Zunge klebte am Gaumen. Er musste etwas trinken, doch auch dieser Gedanke kam ihm abhanden, und nur noch die grausame Leere rauschte in seinem Kopf. Jochen stand da wie vor einem riesigen Abgrund, und Wolken der Angst hüllten ihn ein. Wie von weit her hörte er Paules Bitte: »Sag was, Jocki, bitte, ich krepier sonst.«

Nichts. Jochen sah aus dem Fenster hinaus. Endlich konnte er aus dem Rauschen in seinem Hirn einen dünnen, bösen Satz herausfiltern und krächzen: »Müsstest du doch wissen – Georgia –«

Er hatte sagen wollen: Müsstest du doch wissen, ob sie Drogen genommen hat. Ihr wart doch zusammen. Georgia war doch zuletzt dein Mädchen. Oder?

Stattdessen nichts. Stille. Jochen schaute Paule nicht einmal an. Ihm fiel ein, wie er mit Georgia auf dem Friedhof Stubenrauchstraße spazieren gegangen war, vor ewiger Zeit, als Georgia zu ihm gehörte. Sie hatten die schönen alten Linden gesehen, die mehr als hundert Jahre alten Grabstellen beiderseits des Hauptweges, der zur Kapelle führte. Auf dem Kapellenvorplatz stand eine Christusfigur, »richtig traurig und schön, aber viel zu alt. Er war doch erst dreiunddreißig, als sie ihn umbrachten«, sagte Georgia zu Jochen. Sie blieben vor großen Grabdenkmälern stehen, eines mit marmornem Engel, der seine Flügel ausbreitete, an das nächste Grab lehnte sich eine Trauernde, als wollte sie durch die Tür ebenfalls hineingehen ins Grab. Hinter der großen Gruft einer Familie Moeller, die dorische Säulen zeigte und einen Giebel, sah man erleuchtete Fenster und Türen eines großen Mietshauses.

»Hier sind die Toten, drüben sind die Lebenden«, sagte Georgia sachlich. »Es gibt so unglaublich viele Tote. Die Toten, die hier liegen, waren alle reich und berühmt. Irgendwie leben wir alle von denen, glaube ich.«

»Ich lebe von meinem Großvater«, sagte Jochen rasch und ohne zu überlegen. Der Großvater war schon lange tot, doch Jochen sah ihn immer noch ziemlich klar vor sich, wie er auf dem letzten Spaziergang mit Jochen ausgesehen hatte. Wie er jetzt in seinem Grab auf dem Münchner Friedhof lag, wollte Jochen sich nicht vorstellen.

»Wir sind beide Enkel«, sagte Georgia plötzlich und nahm Jochens Hand. »Ich kann mich gut an meine Großmama erinnern, sie ist ja erst zwei Jahre tot. Sie hatte kein schönes Leben, wenigstens nicht am Schluss. Sie hat sich Tag und Nacht Sorgen um uns gemacht. Völlig zu Recht. Wir sind eine Unglücksfamilie.«

Eine Unglücksfamilie. Jochens Gedanken kamen vom Friedhof zurück. Er sah Paule, der sich in einen Sessel geworfen hatte, merkwürdig verrenkt, als sei er leblos. Obwohl Jochen nichts gesagt hatte, hob Paule den Kopf und sah Jochen an. »Die älteste Schwester von Georgia hat mich angerufen, doch sie haben ihr das Telefon aus der Hand gerissen, das hab ich mitgekriegt. Sie sollte mir nichts sagen. Die mauern. Mauern wie verrückt.«

Georgias Familie, inzwischen wieder im gemeinsamen Haus beieinander, gab Jochen allein die Schuld an Georgias Tod. Er habe sie erst ausgenutzt und unter dem Vorwand, dass sie ihn betrogen hätte, verlassen. Nur deshalb habe Georgia Drogen genommen. Die Unterstellungen der Familie, obwohl er sie als lächerlich empfand, bedrückten Jochen. Immerhin hatte eine der Schwestern Paule angerufen. Und nicht ihn. Warum machten sie ihm Vorwürfe? Das war doch ein Widerspruch? Wussten sie nichts über Georgias Leben oder über ihre letzten Monate? Oder suchten sie einen Sündenbock für ihre eigenen Versäumnisse?

Obwohl Jochen in seine Erinnerungen an Georgias Tod versunken war, oder vielleicht gerade deshalb, hörte er gebannt zu, als im Radio die Nachricht von Thomas Bernhards überraschendem Tod kam. War er krank gewesen? Alt war er jedenfalls nicht. Jochen hatte seinen Roman ›Auslöschung‹ gelesen und war eigentlich erschrocken und verwirrt über den gebetsmühlenhaften Hass und die Beschimpfungen, aber der Roman hatte einen starken Sog, er hatte ihn zu Ende gelesen, denn manche Hassgefühle waren ihm vertraut. Georgia hatte Bernhard »stark« gefunden.

Der Tod des bedeutenden Dichters machte ihn traurig, so, als habe er etwas versäumt, weil er ihn nicht mehr nach den Gründen für seinen Hass fragen konnte. Genauso beschäftigte ihn das Schicksal eines anderen Schriftstellers, Salman Rushdie. Jochen regte sich auf über Khomeini, diesen rückständigen, geifernden Ayatollah, der den Schriftsteller zum Abschuss freigegeben hatte. Er sollte den Koran verhöhnt haben. Im Fernsehen hatte Jochen ein Foto des Schriftstellers gesehen, er sah bedeutend aus, und Jochen nahm sich vor, sein Buch zu kaufen. Er hatte das Gefühl, dass Georgia ebenso wütend über die Bedrohung des Dichters gewesen wäre und dass sein Buch sie interessiert hätte. Georgia war immer so schön gewesen, wenn sie sich für jemanden begeistert hatte.

Jochen war trotzdem mit Paule und einigen von Georgias Freunden aus der Punkszene zum Friedhof gefahren. Während der Trauerfeier in der Kapelle hatten die Eltern angespannt, als seien sie auf dem Sprung, in der Bank gesessen, mit Blick zur Tür. Als Jochen und Paule kamen, wollten sie Jochen hinausdrängen, doch die Punks hatten sich um ihn gruppiert, ihn beschützt, auch auf dem Weg zum Grab.

Nur ein einziges Mal, es war in ihrer ersten Zeit gewesen, hatte Georgia mit Jochen über ihre Eltern gesprochen, sie hatte auch nie wieder von den beiden Schwestern erzählt. Jetzt, wo Georgia tot war, hängten sie sich an ihn wie Bleigewichte, sagten, er habe ihnen Georgia genommen. Die Eltern, die sich früher prügelten, waren scheinbar vereint im Schmerz um die Tochter, die sie jahrelang nicht gesehen hatten. Was wussten sie über ihn und Georgia? Hatte sie mit ihren Schwestern über ihn gesprochen, und wurde nun, nach ihrem Tod, alles den Eltern berichtet? Immerhin hatte Georgia ihn an seinem Geburtstag besucht. Er hatte den ihren geflissentlich vergessen. »Ich liebe dich auch dann, wenn ich dich nicht liebe«, hatte Georgia zu ihm gesagt, als er sie das letzte Mal gesehen hatte. Ein Satz, der ihm wie eine Verhöhnung seiner Gefühle vorgekommen war. Zunächst. Aber je länger er über diese Worte nachdachte, desto mehr machten sie ihm zu schaffen.

Vielleicht hatte Georgia ihn doch noch lieb gehabt, und er hatte es nicht wahrhaben wollen. Seine Enttäuschung war ihm wichtiger gewesen als Georgias wirkliche Gefühle. Wenn sie ihn wirklich noch geliebt, nur auf ein Wort von ihm gewartet hatte?

Kurz nach Georgias Tod fiel die Mauer, Grenzöffnung – Deutschland feierte. So lautete jedenfalls die Titelzeile einer Zeitung. Und zumindest in Kreuzberg waren die Menschen aus dem Osten, die an der Mauer auf die im Westen trafen, erwartungsvoll, positiv, mitreißend. Zwei Sprachen prallten aufeinander, zwei Moden, zwei Gerüche. Doch jeder schien jeden zu lieben, alles rief, schrie, sang. Kerzen wurden geschwenkt, immer mehr Leute beteiligten sich an dem Spektakel, sie schienen über die Mauer zu quellen wie eine bunte, brüllende Woge. Jochen und Paule, die sich schon seit längerer Zeit oftmals in den Kreuzberger Kneipen aufgehalten hatten, die sie in ihrer Tristesse, ihrem Lärm und Dunst faszinierten, wo die Gäste junge Mädchen waren oder alte, wo Penner rumhingen oder Dichter – heute trafen sie viele dieser Leute an der Mauer. Sie waren völlig überrascht. Maueröffnung? Wahr und wahrhaftig? Waren die hässlichen alten Männer endlich außer Gefecht gesetzt? Allein der Krenz, dieser widerliche Schiffschaukelbremser – wurde der jetzt endlich ausgebremst? Es war ein bisschen wie Karneval, eine Faschingsrevolution, und doch war es eine Revolution, Mann, eine richtige Revolution, ziemlich unaufgeregt, dafür mit umso größerer Wirkung – und sie waren mittendrin! Mann, Mann, Mann.

Wie lange war das alles her. Hier, in München, trat die Erinnerung an Georgia, an das wiedervereinte Berlin in den Hintergrund. Früher von seinem Umland abgeschnitten, bekam es nun viele Berliner zurück, und manche fanden die aus dem Westen überfreundlich, brauchten Zeit, sich zurechtzufinden. Jochen hörte manchmal Schlagworte wie Münchnerisierung oder neue Oberflächlichkeit. Er fragte Paules Mutter, die das Ohr immer am Puls der Zeit hatte. Sie meinte, es werde hoffentlich nicht mehr allzu lange dauern, und der gemeine Ost- und Westberliner sei wieder unter sich. So biestig und bodenständig wie immer. So lange müsse man eben durchhalten.

Jochen wünschte für Paule und seine Mutter, dass ihre Sehnsucht nach der Kulturmetropole Berlin sich erfüllte.

Seit er nach München gezogen war, vor allem seit er in dem alten Haus der Familie lebte, kreisten Jochens Gedanken ständig um seinen Großvater und den Urgroßvater. Für Jochen hatte der Name Anton Otto Osthaus einen guten Klang, heimatlich, warm, beschützend. Fast täglich dachte er auf seinem Weg von der Keferstraße zum Institut an seine beiden Vorfahren, die beide Tiermediziner gewesen waren. Er hatte das erfahren, als er in Berlin den Nachlass des Großvaters durchgesehen hatte, und er dachte sehr gerne daran, er fühlte sich dadurch in seinem Beruf heimisch.

Sein Urgroßvater, Professor Dr. phil. Anton Osthaus, hatte seit 1897 den Lehrstuhl für Anatomie, Histologie und Entwicklungsgeschichte innegehabt. Seine großen Verdienste als Forscher und Lehrer wurden auch von anderen Universitäten anerkannt und mit Doktorgraden belohnt. 1933 ließ sich sein Urgroßvater emeritieren, leitete das Institut aber noch bis 1934.

1934 hatte sein Großvater die Leitung des Instituts übernommen. Mit Sicherheit nicht ohne Widerstände in der Fakultät, darüber war sich Jochen im Klaren. Offenbar hatte der Urgroßvater für den einzigen Sohn vorgesorgt, und die anderen waren loyal gewesen, aus welchen Gründen auch immer.

Der Großvater hatte von 1923 an den außerordentlichen Lehrstuhl für Geburtshilfe innegehabt und die Ambulatorische Klinik geleitet. 1930 erhielt er die Amtsbezeichnung und die akademischen Rechte eines ordentlichen Professors.

Auch im Internet hatte die Suchmaschine unter *Uni München Tiermedizin* einiges über seinen Großvater geliefert, und schon in den ersten Tagen seiner Arbeit am Münchner Institut war Jochen in die Bibliothek gegangen, denn er wollte wissen, ob die Parteizugehörigkeit seines Großvaters dort erwähnt wurde.

Schließlich fand Jochen in einer Chronik eine sehr ausführliche Beschreibung seines Urgroßvaters, die sich nicht nur auf die Karriereleiter beschränkte, so dass Jochen mit großem Herzklopfen las: »Der Anatom Anton Osthaus, genannt der *alte Osthaus,* war wegen seiner Strenge im Examen bei der Masse der Studenten gefürchtet und teilweise gehasst, weil er viel forderte. Osthaus war ein großer Lehrer, man darf vielleicht sagen, *der* Lehrer der Münchner Schule für das halbe Jahrhundert zwischen 1885 und 1935.«

Jochen war froh, dass offenbar niemand an der Fakultät noch etwas über die Bedeutung seines Urgroßvaters wusste und möglicherweise an Jochen dieselben Maßstäbe anlegte.

Dafür war sein Ahne wohl äußerlich sehr unattraktiv gewesen. Jochen las die Beschreibung: »Ein kleiner Mann mit stets vernachlässigter Kleidung. Struppiges Haar und ein ungepflegter dunkler, später grauer Bart verdeckten den größten Teil des Gesichts. Die kleinen dunklen Augen stachen streng durch die Brille. Erst wenn man ihn genauer ansah, bemerkte man, dass diese Augen eigentlich gütig blickten.« Weiter wurde sehr anschaulich beschrieben, dass trotz Kittels die Kleidung des Anatomie-Professors stank, »und besonders an Regentagen rückten die Trambahnbenutzer naserümpfend von dem atemlosen älteren Herrn ab«. Wenn Jochen sich das vorstellte, taten ihm die Trambahnfahrer, aber auch sein Urgroßvater leid.

Es war für Jochen ein seltsames Gefühl, aus dem Blickwinkel eines völlig fremden Veterinärs Einzelheiten über seinen Urgroßvater zu erfahren, von denen er nichts ahnte. Trotz der zum Teil ironischen Schilderung war er stolz auf diesen offenbar schrulligen Mann, der aber in seinem Fach überragend war.

Jochen suchte nun hastig weiter in dem Text nach einer Beschreibung seines Großvaters, auf die er besonders neugierig war. Und bald las er: »Der außerordentliche Professor für Geburtshilfe, Anton Otto Osthaus, der *junge Osthaus* genannt, war eine etwas gehemmte, schüchterne Persönlichkeit. Doch Anton Otto Osthaus war ein guter Lehrer. Diese Befähigung hatte er offenbar von seinem Vater geerbt. Die Vorlesung war gut, etwas trocken und mit gehemmter Sprache vorgetragen. Für seine wissenschaftlichen Arbeiten hatte Osthaus ein fundiertes anatomisches Basiswissen. Er hat auch ein gutes und für Studenten nützliches Lehrbuch geschrieben.«

Seine Vorfahren waren lässig und uneitel gewesen, was ihr Äußeres anging. Das gefiel Jochen, und er fühlte sich auch hierin verwandt, denn auch er selber war noch nirgends durch Eleganz aufgefallen. Lili sagte achselzuckend, dass er sich kleide wie ein schrulliger Engländer ... Na bitte, er hatte das eben in den Genen. Es kam von den Osthaus, das Schrullige, Unbeholfene, Gehemmte, das auch Jochen das Leben schwer machte. Er war nicht nur er selber, er war auch die beiden, die vor ihm waren, vielleicht war er auch schon zweimal gestorben, ohne es zu wissen. In München wollte er ein anderes Leben beginnen, doch er blieb auch hier nur ein Gefangener seiner Herkunft.

Allerdings hatten beide, Großvater und Urgroßvater, offensichtlich gute Ehen geführt, jedenfalls waren sie mit ihren Ehefrauen bis zum Tod zusammengeblieben, während er und Lili schon nach wenigen Jahren gescheitert waren.

Wie sorgfältig Jochen auch suchte, er fand in der Bibliothek keinerlei Angaben darüber, wie sein Großvater sich im Nationalsozialismus verhalten hatte.

Er hätte gern Näheres darüber gewusst, denn er verstand nicht, warum ihm am 17. 2. 1947 das Haus in der Keferstraße samt Grundstück und Einrichtung enteignet wurde. Noch im gleichen Jahr hatte der Großvater dagegen Einspruch erhoben. Das hatte Jochen im Nachlass gelesen. Er hatte zugegeben, dass seine Frau und er der Partei angehört, jedoch beide keinerlei Ämter oder Nutzen davon gehabt hätten.

Er selbst sei mit Wirkung vom 15. 10. 1945 als Universitätsprofessor seines Amtes enthoben und habe keinerlei Bezüge mehr. Auch sei ihm die Ausübung der tierärztlichen Praxis bis zum Abschluss des Spruchkammerverfahrens untersagt. Sein Haus stehe unter Treuhänderschaft, welcher er monatlich 60 Mark Miete zu entrichten habe.

Der Großvater schrieb weiter, dass er viereinhalb Jahre im Feld und neun Monate im Gefangenenlager gewesen sei. Freiwillig habe er sich zwei Jahre lang täglich neun Stunden an Schutträumungsarbeiten beteiligt. Seine Frau und er seien beide herzkrank, und er bitte das Amt, zu berücksichtigen, dass er freiwillig gesühnt habe und dass man ihm sein Eigentum wieder zurückgeben möge.

In der Anlage beigefügt waren jeweils zehn eidesstattliche Erklärungen für den Großvater und die Großmutter, die bezeugten, dass beide sich in keiner Weise als Nazis betätigt hatten.

Jochen las die eidesstattlichen Erklärungen einiger Kollegen des Großvaters, die sich solidarisch mit ihm erklärten und betonten, dass der Kollege Osthaus niemals auf Kollegen, Studenten oder Angestellte des Instituts parteipolitischen Druck ausgeübt hätte. Unter anderen unterzeichneten Professor Dr. Melchior Westhues und der Dekan Professor Dr. Karl Hilz, der besonders hervorhob, dass »Herr Osthaus niemanden wegen seiner ablehnenden Haltung der Partei gegenüber zur Verantwortung gezogen oder angezeigt hätte, obwohl ihm die Tatsache bekannt gewesen sein musste, dass eine ganze Reihe von Personen an der Fakultät durchaus antifaschistisch gesinnt waren und aus dieser Gesinnung auch keinen Hehl machten«.

Unter vielen solcher Solidaritätsbekundungen fand Jochen auch rührende Sympathiebekundungen wie die von Frau Betty Settele, Oberlandstallmeisterswitwe, deren Mann als bekannter Nazigegner 1933 aus seinem Amt entlassen wurde und den Professor Osthaus auch weiterhin beschäftigt und unterstützt hatte. Auch politische Häftlinge im Konzentrationslager Dachau erklärten, dass der Professor ihnen Essen, Kleidung und Unterstützung gegeben hatte. Ebenso ein Tierarzt aus Estland, der mit Kollegen aus den Ostgebieten geflüchtet war. Darunter waren Letten, Litauer, Ukrainer, Polen, Tschechen und vor allem Russen mit ihren Familien, die kaum Deutsch sprachen. »Herr Professor Osthaus war uns Ausländern gegenüber stets liebenswürdig, korrekt und höflich, er hat uns mit ›Kollege‹ angeredet und uns zur Begrüßung die Hand gegeben.«

Das war offensichtlich damals nicht selbstverständlich, und vor allem fiel dem Tierarzt aus Estland auf, »dass Professor Osthaus niemals mit Heil Hitler gegrüßt hat. Nicht einmal, wenn er mit uns ausländischen Tierärzten beim bayerischen Ministerium vorstellig wurde wegen des beruflichen Einsatzes. Die Schlachthöfe und die Militärpferdekliniken lehnten uns schon wegen der mangelhaften Sprachkenntnisse ab. Doch Herr Professor Osthaus hat in unserem Interesse seinen Willen durchgesetzt. Nur durch seinen persönlichen Einsatz wurden vielen ausländischen Veterinären Arbeitsmöglichkeiten gegeben.«

Jochen fragte sich, warum sein Großvater überhaupt in die Partei eingetreten war, wenn er sich doch nicht im Geringsten damit identifiziert hatte! Er las noch viele eidesstattliche Erklärungen für die Distanz seines Großvaters zum Dritten Reich, und auch für seine Großmutter fanden sich neun Urkunden, die darlegten, dass sie niemals als Parteigenossin aufgefallen war. Eine Flüchtlingsfrau beschrieb eindrucksvoll, wie sie von Katharina Osthaus mit einem Kinderbett, Bettwäsche, Kinderkleidung, wertvollem Spielzeug und sogar einem Mädchenpelzmantel beschenkt worden sei.

Warum also hatte man den Großvater seit 1945 seines

Amtes als Universitätsprofessor enthoben? Warum bekam er kein Gehalt mehr? Warum durfte er bis zum Spruchkammerverfahren seine tierärztliche Praxis nicht ausüben? Warum hatte man ihm sein Haus und sämtliche Möbel enteignet? Warum musste er mit über fünfzig Jahren noch ins Feld? Und warum musste er mit fast sechzig, noch dazu von schwacher Gesundheit, Schutt räumen? Jochen kannte unzählige Beispiele aus der Nachkriegszeit, wo scharfe Nazis, die nachweisbar in der Justiz grausame, völlig ungerechte Todesurteile gefällt oder in der Medizin verbrecherische Versuche durchgeführt hatten, nach dem Krieg unbehelligt wieder in ihre Ämter eingesetzt worden waren.

Warum war sein Großvater, der offenbar niemals als Nazi gehandelt hatte, nicht wieder in sein Amt als Professor eingesetzt worden? Im Nachlass fand Jochen die Einladung zu einem Kongress, die der Großvater wegen Krankheit abgesagt hatte. War es Scham, die den Großvater abtauchen ließ? Scham darüber, dass er dem größten Führer aller Zeiten auf den Leim gegangen war? Jochen würgte an der großen Zärtlichkeit, die er für seinen Großvater empfand, er wusste nicht, wie er mit seinen Fragen und Zweifeln umgehen sollte. Wen hätte er fragen können? Seine Mutter? Lieber nicht. Es schien ihm wie ein Vertrauensbruch an seinem Großvater, der mit ihm, dem kleinen Jungen, so offen geredet hatte. Plötzlich flackerte die Liebe zu seinem Großvater wieder neu in ihm auf. Er spürte, wie sich seine Augen mit Tränen füllten, und er wehrte sich nicht gegen den Schmerz, der ihm die Kehle zusammendrückte.

Großvater. Ihm war offenbar das Schlimmste passiert, was einem Menschen geschehen kann – sein politischer Irrtum hatte ihm die Arbeitskraft und damit auch die Lust am Leben zerstört.

12

Wegen einer Delegation koreanischer Tierärzte, die er im Institut herumführen musste, verspätete sich Jochen. Das war nicht so einfach wie sonst, denn er war seit heute Morgen ein verlassener Ehemann. Allein erziehender Vater. Frau Jakobsen konnte nicht bis in den Abend hinein bleiben, denn ihr Mann war wegen eines Nierensteins in der Klinik und musste jeden Tag besucht werden. Man versuchte, den Nierenstein ohne Operation zu entfernen. Das war aber bislang nicht gelungen, und Herr Jakobsen wurde immer anhänglicher, denn er fürchtete sich maßlos vor einer Operation. Er hatte Jochen ausrichten lassen, dass es fraglich sei, ob Frau Jakobsen künftig noch ihrer Arbeit bei seiner Familie nachgehen könne.

Jochen seufzte. Ausgerechnet jetzt beanspruchte Herr Jakobsen seine Frau, die er sonst eher vertrieben hatte, mehr als üblich. Er seufzte nochmals, weil er sich seines Egoismus bewusst wurde. Als er die Haustür aufschloss und in die Diele trat, sah er aufatmend Frau Jakobsens Tasche und ihre Schuhe in der Garderobe stehen. Aus dem Zimmer seiner Tochter hörte er Söphchens befehlende Stimme: »Jakob! Tot!« Frau Jakobsen beeilte sich, die Treppe hinaufzukommen. Sie trug ein weißes Band mit rotem Kreuz über der Stirn. Um den Hals hing ein Stethoskop, das wie die anderen Utensilien aus Söphchens Arztkoffer stammte. Jochen ging leise hinter ihr her und sah, wie sich Frau Jakobsen über seine Tochter beugte, die starr und mit geschlossenen Augen auf dem Boden lag und nur ab und zu auf Körperteile deutete, die am totesten waren: »Noch toter. Noch viiiiel toter.«

Frau Jakobsen murmelte und seufzte, wie schrecklich das doch sei, das arme Söphchen tot, aber vielleicht doch nicht so ganz. Sie untersuchte, hörte ab und gab Spritzen, bis Söphchen kichern musste und mit einem Auge blinzeln. Als sie den Papa in der Tür stehen sah, verstarb sie augenblicklich wieder, und Jochen stimmte in Frau Jakobsens Klagen ein.

Es klingelte. Das musste Julia sein, aus Tonis Kindergarten. Er hatte dort angerufen, als ihm klar war, dass er ihn nicht pünktlich abholen konnte, und die junge Frau, die sich als Helferin vorstellte, hatte ihm angeboten, Toni heimzubringen, da sie selber am Biederstein wohne.

Jochen, das Bild des sich tot stellenden Söphchens noch im Kopf, sah seinen Anton an der Hand einer sehr jungen Frau, er sah in große, lebendige, leicht hervortretende Augen unter weiten geschwungenen Brauen. Die Stirn ging sanft in die Nase über, eine lange spitze Nase, die über dem vollen Mund lag wie eine Pfeilspitze. Diese junge Frau hatte einen langen Hals, dünne lange Arme, alles an ihr schien lang und dünn zu sein.

Jochen dachte flüchtig, dass er ein Mädchen wie diese Kindergärtnerin im Leben noch nicht gesehen hatte. Wohl aber im Museum, auf minoischen Fresken. Ihre beweglichen langen Finger lagen in Tonis dichtem Haar, streichelten seinen Kopf, während sie davon sprach, dass sie sich um die Kinder kümmern könne, wenn ein Engpass entstünde, und Toni stand nahe bei ihr und sah seinen Vater erwartungsvoll an, als wollte er herauskriegen, welchen Eindruck Julias Angebot auf ihn machte. Gut, dass er nicht wissen konnte, was sein Vater sich gerade wünschte:

an Tonis Stelle zu sein und von den langen beweglichen Fingern der Minoerin gestreichelt und getröstet zu werden.

Frau Jakobsen kam, begleitet von Söphchen, die Julia begrüßte, von ihr mit raschen, geschickten Bewegungen herumgeschwenkt wurde. Man kannte sich, Söphchen ging oft mit zum Kindergarten, wenn Frau Jakobsen Toni dorthin brachte.

Die Kindergärtnerin fragte Jochen wie nebenbei, ob man in der Familie für Tina Turner schwärme.

»Wieso?«, fragte Jochen überrascht, denn er wusste nicht, ob die Sängerin überhaupt noch auftrat.

»Ach. Nur so.« Die junge Frau lächelte und erzählte, dass sie heute früh im Kindergarten »Taler, Taler, du musst wandern« gespielt hatten. Anton allerdings habe auf »Tina Turner, du musst wandern« bestanden und sei davon auch nicht abzubringen gewesen.

Jochen überlegte sekundenlang, ob die Augen der jungen Frau nicht doch allzu weit vorstünden, doch da sah er ihr entschiedenes Funkeln, ihr selbstbewusstes Licht, und er begann sich ein wenig zu fürchten. Sicher gehörte diese scheinbar äußerst lebendige Julia auch zu dem Geschwader, das nächtelang mit einem diskutieren wollte über tatsächliche oder scheinbare Nähe. Darüber, wie es in der Seele einer Frau wirklich aussieht, was sie sich wünscht, welche Bedürfnisse sie hat. Darüber, welchen Anteil der Mann an der Kinderbetreuung haben sollte und welche Aufgaben im Haushalt. Diskussionen, die er auch sattsam mit Lili geführt hatte.

Neulich war im ›Spiegel‹ zu lesen, dass Männer eigentlich eine Krankheit seien: als Fötus empfindlicher als weibliche Ungeborene, in der Schule scheiterten sie häufiger, sie neigten zu Gewalt und Kriminalität und sie stürben früher als Frauen. Der Autor fragte, ob Männer die Mangelwesen der Natur seien. Biologen hätten herausgefunden, dass das Ypsilon-Chromosom ein Krüppel ist, der Mann dem Untergang geweiht. Schon bald würden das Management und ähnliche Bereiche von Frauen dominiert sein. Dann las er noch, ein Zebrahengst produziere zwei Liter Ejakulat, und er legte erschöpft und deprimiert das Magazin beiseite.

Die Leistungsfähigkeit des Zebrahengstes fiel Jochen wieder ein, als er seine Kinder zu Bett brachte – froh darüber, dass sein eigenes Ejakulat ihm bislang nur zwei Kinder beschert hatte. Denn Söphchen schlief kaum eine Nacht durch. Sie wollte ständig ins Elternbett und gab auch da keine Ruhe. Nicht mal, wenn sie endlich einschlief. Sie trat um sich und brüllte auch noch im Traum, so dass sie geweckt werden musste. Lili und er hatten sich immer damit abgewechselt, die Kleine herumzuschleppen. Jochen war sehr oft dran, denn Lili verlor schnell die Geduld und schrie mit dem Kind und auch mit Jochen, so dass er dann schon lieber selber aufstand und versuchte, Sophie wieder in den Schlaf zu wiegen.

Wenn er mit dem brüllenden Kind ins Obergeschoss des Hauses gestiegen war, damit wenigstens Anton und Lili schlafen konnten, dachte er an Georgia. So wie er das immer tat, wenn er am Rande der Verzweiflung und alleine war. Warum war er damals so gekränkt und Georgia gegenüber so unversöhnlich gewesen? Wie eine Verräterin war sie ihm erschienen. Dabei hatte Paule sein Teil dazu getan und er selber auch. Heute war ihm klar, dass seine Vorwürfe völlig unangemessen waren: Georgias Betrug. Georgias Verrat. Was ihm damals so ungeheuer wichtig gewesen war, dass er manchmal geglaubt hatte, daran zu verbluten – eines Tages war der Schmerz vorbei gewesen. Jochen begriff sich heute selber nicht mehr. Aber er wusste noch genau, wie er damals in seiner Wohnung gewütet hatte. Als Georgia und Paule ihm gestanden, dass sie verliebt seien, aber mit Jochen zusammenbleiben wollten, konnte er Georgia nicht mehr ansehen. Nicht mehr mit ihr reden. Nur ein Wort flog in seinem Hirn herum. Er fing es ein und stieß es hervor. »Raus. Raus. Raus.« Er hörte seine Stimme, die Stimme des Jungen, dem in der Liebe nichts so wichtig war wie die Treue. Es tat weh, die beiden zu sehen, wie sie ihre Finger ineinander verflochten, vielleicht unabsichtlich, aber ihn machte es krank. Sie sollten endlich abhauen! Raus! Er brüllte es schließlich, bis Georgia und Paule gegangen waren. Die Stühle, auf denen sie in der Küche gesessen hatten, warf er zuerst an die Wand. Am liebsten hätte er seinen Kopf auch an der Wand zertrümmert, am liebsten hätte er alles in die Erde getreten, was in Reichweite war.

Das war Jochens Abschied von Georgia.

Inzwischen war die Sonne unzählige Male aufgegangen, und sein neues Leben war für Jochen weit wichtiger als die alten Geschichten. Dennoch kamen sie immer wieder zurück. Vor allem die Schuldgefühle.

War es auch seine Schuld, dass er heute wieder allein war? Dass Lili nicht mehr zu ihm und den Kindern zurückkommen würde? Er musste das für eine Weile vergessen haben, zumindest in der Zeit, als die Minoerin aus dem Kindergarten Toni gebracht und sie miteinander geredet hatten.

Sie verabschiedete sich, als Frau Jakobsen ging, und Jochen beschlich ein Gefühl, als fiele die Tür eines Gefängnisses hinter ihm zu. Er ging zum Fenster, sah Frau Jakobsen auf ihren Roller steigen und davonfahren. Die Minoerin wurde von einem langen blonden Mann erwartet, der sie küsste und seinen Arm liebevoll um sie legte. Dann gingen die beiden davon, und Jochen sah in seinen Garten, der noch immer in der Sonne zu glühen schien.

Er hatte eine Dose Ravioli aufgemacht. Seine Leib- und Katastrophenspeise. Dazu gab es Möhren und Kohlrabi, die er den Kindern roh in kleine Stücke schnitt. Schließlich wusste man, wie wichtig natürliche Vitamine bei Menschen und Tieren waren.

Sophie versäumte nicht, beim Essen ihrem Bruder Grimassen zu schneiden oder ihn unter dem Tisch zu treten. Sie war eine stämmige Dreijährige, hatte weißblondes dichtes Haar, das aussah wie eine helle Kappe. Sophies breiter Mund und die energisch leuchtenden Augen hätten auch einem Jungen gehören können. Jochen und Lili waren mit den Kindern in Feldafing gewesen, in einer Buchheim-Ausstellung. Ein Freund stellte Jochen und Lili dem berühmten Künstler vor. Der sah Sophie und sagte spontan, das Kind sehe ja aus wie Winston Churchill. Lili und Jochen waren verblüfft, und Lili sagte, Söphchen käme nicht nach ihr.

O Gott – eine Woche war das her. Und jetzt? Jochen atmete tief durch. Zum ersten Mal erschien ihm das großväterliche Haus riesenhaft, beinahe feindlich, und er war froh, plötzlich aus dem Kinderzimmer Söphchens vertrautes Gebrüll zu hören. Antons wütende Stimme: »Gib her! Du machst alles kaputt!«

Söphchen: »Nö.«

Anton: »Das ist mein Traktor!«

Söphchen: »Nö.«

Anton: »Blöde Zicke!«

Söphchen: »Nö.«

Es fiel Jochen wieder auf, dass Söphchen sich mit dem Reden keine Mühe machte. Ein, zwei Worte – zu mehr bequemte sie sich nicht. Diese Worte aber stattete sie mit den höchsten Tönen aus, die ihr möglich waren. Sie schaffte es, außerdem dicke Tränen zu fabrizieren, die ihr aus den großen blauen Augen rannen. Vor allem dann, wenn der gutmütige Anton ihr doch nicht alles geben wollte, was ihm gehörte.

Anton war mit seinen vier Jahren schon ein großer, nachdenklicher, eher stiller Bub, der sich für alles interessierte, was der Alltag ihn wissen ließ. Er liebte es fernzusehen, und vom Programm bevorzugte er klar die Werbung. Außerdem liebte er ›Galileo‹ oder die ›Welt der Wunder‹. Er wusste, in welchen Lebensmitteln Folsäure und Vitamin E enthalten waren, und teilte es den Eltern und vor allem Frau Jakobsen mit, um im Einkaufskorb die entsprechenden Teile vorzufinden. Er seufzte für sein Leben gern, und sein derzeitiger Lieblingsseufzer hieß: »Ach, so ein Kinderleben.«

Aufräumen war ihm fremd, Helfen im Haushalt auch, doch wenn Handwerker im Haus waren, bestand er auf seiner Arbeitshose, seinem Werkzeugkasten, und dann brachte er die Leute mit seinem baumarkttechnischen Fernsehwissen derart aus der Fassung, dass sie verlegen darum baten, Anton doch anderweitig zu beschäftigen.

Man konnte sagen, dass Anton ein schöner Junge war. Er hatte große, weit auseinanderstehende Augen, sein dichtes Haar war gut geschnitten, der Pony hing ihm bis in die Augen, was ihn nicht zu stören schien. Wie bei Sophie war der Mund groß und voll, doch Anton sah keineswegs aus wie seine Schwester, auch wenn die Familienähnlichkeit sichtbar war. Freundinnen behaupteten, Anton sehe aus wie Lili, aber vom Temperament seiner Mutter spürte man bei ihm wenig. Er schien stets traumverloren, überlegte sich jedes seiner Worte, sprach dann aber entsprechend gewählt. Seine Probleme schien er nachts im Schlaf zu lösen. Er sprach laut und schrie manchmal angsterfüllt auf. Er wusste dann nicht, wo er war, erzählte von Albträumen, die ihn heimgesucht hätten. Jochen hoffte, dass dieser *pavor nocturnus,* die nächtliche Angst, sich auswachsen würde. Vorerst jedenfalls wollte er deshalb keinen Arzt aufsuchen.

Bei Söphchens Geburt war Anton selber kaum ein Jahr alt. Als sie ihm seine Schwester zum ersten Mal zeigten, warf er seine kleine Holzlokomotive, sein Lieblingsspielzeug, in den Stubenwagen. Jochen, der Anton auf dem Arm hatte, konnte das Teil gerade noch abfangen und schimpfte mit seinem Sohn, wenn auch sanft, denn dass Anton seine Schwester beschenken wollte, war klar. Doch Anton verlor augenblicklich das Interesse an seiner kleinen Schwester. Wenn man sie ihm in den späteren Monaten zum Streicheln geben wollte, wandte er sich ab.

Im Kindergarten gefiel es ihm in den ersten Wochen ganz und gar nicht. Die Kindergärtnerin berichtete Lili, Anton säße meistens stumm da, die Arme verschränkt, und sein Gesicht sei muffig. Wolle man ihn ermuntern, mit den anderen Kindern zu spielen, würde er sagen, das seien keine Kinder, das seien alles »alte müde Puppen«, oder er nannte die Kinder »Roboters«!

Erst als Julia begann, tageweise im Kindergarten zu arbeiten, war Anton langsam aufgetaut, und schon nach kurzer Zeit ging er gern in den Kindergarten, den er »Kindi« nannte, und er lernte, mit den »Roboters« und den »alten müden Puppen« gut auszukommen. Besser als mit seiner Schwester, die schon früh auf ihren festen Beinen stand und ihn zu ihrem Reitpferd machen wollte. Oder zu ihrem Hund. Jedenfalls zu etwas, das sie herumkommandieren konnte.

13

Frau Jakobsen saß auf dem Klo und telefonierte mit ihrem Mann. Das machte sie immer so, weil das Klo der einzige Ort im Haus war, wohin Sophie ihr nicht folgen mochte. Herr Jakobsen überfiel seine Frau wie immer mit einer Suada von Vorwürfen, ihren Haushalt betreffend, den sie daheim so nachlässig versorge, um alle ihre Kräfte für die Familie des Doktors aufzusparen. Wie immer versuchte Frau Jakobsen vergeblich, sich in den Redefluss ihres Mannes einzuklinken, sie rief »Wuff! Wuff, Wuff, Wuff!«, wütend und ohne Erfolg, daher steckte sie das Handy zurück in die Schürzentasche und marschierte ziemlich geladen in die Küche, wo Söphchen gerade mit Schmierseife den Boden »geputzt« hatte. Frau Jakobsen rutschte bereits mit dem ersten Schritt in die Küche aus und lag hilflos auf dem seifigen Boden. Sie langte in die Schürzentasche, rief zuerst Jochen an, und der besorgte den Krankenwagen. Söphchen blieb neben ihr sitzen und rief ab und zu »Wuff! Wuff, Wuff, Wuff!«.

Gegen drei Uhr in der Nacht wurde Jochen vom Gebrüll seiner Tochter geweckt. Ich möchte lieber nicht, dachte er schlaftrunken, aber er wusste, Söphchen würde sich nicht zufrieden geben, bis er sie auf den Arm nahm und durch die Wohnung trug. Doch heute war es damit nicht getan. Söphchen hatte, von allen unbemerkt, wohl doch einen Schock durch Frau Jakobsens Unfall davongetragen. Sie rief immerzu »Wuff! Wuff, Wuff, Wuff«, und außerdem vermisste sie Lili. »Mama weg«, brüllte sie und streckte Jochen ihre dicken Ärmchen entgegen.

Er nahm sie hoch, ihr Gesicht war schlafheiß und die Bäckchen schimmerten rot, ihr Körper unter dem leichten Nachthemd schwitzte. Jochen ging mit ihr ins Bad, sah sich mit seinem kleinen Winston Churchill im Spiegel und musste unwillkürlich lachen. Sophie lachte nicht. Sie ließ sich höchst ungern mit einem kühlen Waschlappen das Gesicht abwischen, dann verlangte sie, rauszugehen. Sie zog Jochen so kräftig zur Haustür, dass er verständnislos fragte, wohin sie denn wolle.

»Raus. Mama. Jakob!«

»Söphchen, es ist mitten in der Nacht. Alle Kinder schlafen. Toni schläft. Die Mama auch. Und Frau Jakobsen hat das Bein stark geprellt und muss erst einmal zu Hause das Bett hüten.«

Sophie stand an der Haustür. Schlug kräftig dagegen. Brüllte. Sah Jochen zornig an.

»Söphchen Straße.«

»Da ist es dunkel, verdammt!«

»Söphchen Straße. Mama. Jakob. Spielen!«

Jochen war hundemüde. Was hätte er darum gegeben, zurück in sein Bett zu können, noch ein paar Stunden zu schlafen, ehe er ins Institut musste. Doch das Kindergesicht, das zornig brüllend zu ihm aufblickte, weckte in ihm Erinnerungen, Gedanken an Lili, an ihren letzten Streit.

Er war aus dem Institut nach Hause gekommen, so gegen neun Uhr. Lili stand im Bad und tuschte sich die Wimpern. Sie sah ihn durch den Spiegel an und sagte: »Ach du bist es«, und es war lediglich eine Feststellung gewesen. Jochen wusste, er kam wieder zu spät. Die immer gleichen Vorwürfe. Dass er doch sein Bett gleich im Institut aufstellen solle. Dass er nicht genug Zeit mit der Familie verbringe. Dass er für die Kinder und für Lili ein Fremder sei. Einer, der den Mund nicht auftue. Keine Nähe zuließe. Keinerlei Fantasie für die Bedürfnisse einer Familie entwickle.

Lili war sauer, weil sie glaubte, dass er nicht mitgehen würde zu dem Tangoabend im Literaturhaus. Ja. Das war es. Aber er konnte sich ja immer noch anders entscheiden. Er konnte mitkommen. Es war ja offenbar noch Zeit. Er würde ihr zuliebe mitgehen.

Jochen spürte, wie Wärme in ihm aufstieg, mehr noch, Begehren. Er umfasste Lilis Schultern, sah wieder im Spiegel ihren Blick, kühl und blau, und er traf ihn wie ein Schlag. »Möchtest du überhaupt, dass ich mitkomme?«, wollte er fragen, und er wollte noch hinzufügen: »Sag es mir ehrlich, bitte.« Doch Lilis kalter Blick jagte ihm die Worte zurück in die Kehle, und er wandte sich ab, allein mit seinen Gedanken, seinem Misstrauen, das schon vor seiner Heirat, nach Lilis Nacht in St. Moritz, erwacht war und seitdem nicht zur Ruhe kam. Lili und auch er hatten dieses erste Zerwürfnis nie wieder erwähnt, aber es hatte immer zwischen ihnen gestanden wie eine Wolke fremden Geruchs. Seine ungesagten Worte lagen welkend und unnütz auf der Zunge und hinterließen einen schalen Geschmack.

Lili war fertig mit dem Tuschen, sie pinselte noch ein wenig Rouge auf ihre Backenknochen und sagte dann langsam, ein paar Schminksachen zusammenpackend: »Bilde dir nur nichts ein – ich vermisse dich nicht.«

Ihre Stimme war dunkel und gleichgültig, und er sagte, ohne Lili noch einmal anzusehen, es gebe Frauen, mit denen solle man ins Bett gehen, aber nicht zum Standesamt.

Lili drehte sich nicht zu ihm, aber er spürte, dass seine künstliche Grausamkeit sie getroffen hatte. Ihm sollte es gleichgültig sein. Die Frau im Bad schien ihm plötzlich wie eine Modepuppe, der man einen Rougepinsel in die Hand gegeben hat. Lilis lange schlanke Beine erinnerten ihn an einzelne Gliedmaßen, die Dekorateure in den Kaufhäusern herumtrugen. Jochen dachte in diesem Moment, dass er Lili nicht mehr liebe. Gott sei Dank.

Doch dieses kleine Kind, das da vor ihm stand und mitten in der Nacht auf die Straße wollte, um zu spielen, das zu seiner Mutter und zu Jakob wollte und mit fast unkindlich rauer Stimme auf seinem Recht beharrte und ihn ratlos machte, dies Kind war auch Lilis Kind. Aber sie hatte nie Geduld gehabt. Weder mit Anton noch mit der Kleinen. Stets hatte Jochen geglaubt, er sei der bessere Pädagoge. Doch heute fiel ihm nichts ein als sein inniger Wunsch zu schlafen. Die Kleine musste doch auch müde sein. Sie musste einfach.

»Komm. Du musst schlafen, Sophie!«

»Straße. Mama. Jakob. Spielen!«

»Nein, schlafen!

Söphchen begann wieder, mit ihren kleinen Fäusten gegen die Tür zu schlagen. Ihre Stimme war womöglich noch rauer geworden, sie brüllte aus vollem Hals, wobei ihr die Tränen aus den Augen rollten.

Flüchtig fragte sich Jochen, wie viele Fenster im Haus wohl geöffnet und wie viele Nachbarn noch wach seien, dann nahm er seine Tochter unter den Arm wie einen Sack Kartoffeln, raffte Schmusetuch, Teeflasche und die täuschend echte Steiff-Katze zusammen und ging die Treppe hoch in Söphchens Zimmer, wo er sie so behutsam, wie er es gerade noch schaffte, in ihr Bett legte, »Jetzt ist endgültig Schluss mit dem Theater!« rief und zur Tür ging. Als er sie hinter sich zumachte, hörte er, wie die Teeflasche auf den Boden flog. Nun hatte sein Kind nichts mehr zu trinken. Ihm musste das jetzt egal sein.

Er stand im Flur und horchte, doch aus Söphchens Zimmer kam kein Laut. Hatte er Söphchen erfolgreich niedergerungen, oder war es eine Niederlage für ihn? Jochen wusste nur, dass er den kleinen brüllenden Churchill liebte und Anton sowieso. Der hatte nicht ganz so oft und so wütend gebrüllt wie Sophie. Doch auch ihn, daran erinnerte sich Jochen nur zu gut, hatte er nächtelang durchs Haus getragen.

Irgendwann hatte er seine Mutter gefragt, ob er und Bea auch so viel gebrüllt hätten in der Nacht. Sie bejahte das fröhlich und sagte, sie habe leider lange Zeit nichts Erklärendes über diese Elternplage gefunden. Meistens sei sie alleine zuständig gewesen, wenn eines der Kinder geweint habe. Sein Vater habe sich da total herausgehalten. Schließlich musste er am nächsten Tag in die Bank, und als Mutter habe man ja nur das bisschen Haushalt, und dafür müsse man ja nicht ausgeruht sein. Jedenfalls sei sie erst nach Beas Geburt fündig geworden. Sie zitierte einen Psychoanalytiker namens Winnicott, der sehr originelle Thesen über das Schreien von Säuglingen aufgestellt hatte. Vor allem hieß es bei ihm, dass das Schreien dem Säugling wirklich sehr helfe. Eltern müssten das Schreien als Befriedigung, als Vergnügen an einer körperlichen Funktion ansehen. Es könnte natürlich auch ein Zeichen von Schmerz, Hunger oder Ängstlichkeit sein. Schreien als Zeichen von Wut und Ärger sei dagegen etwas anderes: »Ein wütender Säugling ist durch und durch Person. Er weiß, was er will, er weiß, wie er es bekommen könnte, und er weigert sich, die Hoffnung aufzugeben. Ganz anders ist Schreien als Zeichen von Trauer. In diesem musikalischen Schreien unterhält sich das Kind mit sich selbst und vergegenwärtigt sich das verlorene Objekt.«

Jochen wusste, woran er mit Söphchen war. Söphchen wusste, was sie wollte, sie wusste, wie sie es bekommen konnte. Das unterstützte auch Frau Jakobsen, die ihr jeden Willen ließ. Sicher fehlte ihr auch Lili. Sie fragte zwar nicht, aber nun hatte sie ihre Trauer eben auf ihre Weise kundgetan. Jetzt tat es Jochen Leid, dass er sie so entschieden ins Bett verfrachtet hatte. Doch bevor dieser Gedanke ihn weiter peinigen konnte, war er eingeschlafen.

14

Lili stand vor Axels Kleiderschrank, in dem Jacketts, Hemden und Hosen penibel aufgehängt waren. Sogar Mottenpapier hatte der. Das war ja wie bei Frau Jakobsen. Und welche Tür Lili auch öffnete, überall hing oder lag gepflegte Herrenkleidung. Nicht zu fassen. Kein Bügel frei, keine Schublade leer – wo sollte sie denn hin mit ihren Klamotten?

»Axel!«

Lili ging in die Diele, wo Axel noch dabei war, Taschen und Koffer aus dem Flur hereinzutragen.

Er sah Lili nicht an. Hatte er nicht gehört, dass sie ihn rief? Wieso wuchtete er jedes Gepäckstück mit noch härterem Schwung in den hinteren Teil der Diele? Warum nicht gleich in die Ankleide? Da musste sie ja beim Auspacken kilometerweit rennen!

Lili hatte schon einen Blick in den Wohnraum geworfen und festgestellt, dass auf dem Tresen, der Küche und Wohnraum optisch trennte, nichts vorbereitet war. Kein Frühstück, nicht einmal das kleinste Glas Champagner war zu sehen. Es war Lili, als hätte eine schnelle, harte Hand allen Zauber der Leidenschaft aus Axel weggefegt.

Sie trat auf den teilweise überdachten Balkon, der sie vor der Sonne schützte, sah auf die Neureutherstraße hinunter, die bereits eingehüllt war in die Helligkeit und Geschäftigkeit des Tages. Sie sah zum Isabella-Kino, wo ›Bella Martha‹ lief, ein Film, den sie mit Axel angesehen hatte.

Gestern Abend war das gewesen, und sie hatten Pläne gemacht für Lilis Flucht, und Lili hatte sich so mutig gefühlt wie die schöne Martha, der am Ende auch alles gelang.

Lili spürte, wie ihr Herz klopfte. Für eine Sekunde fürchtete sie, dass ein Sturm ausbrechen würde in ihrem Inneren. Noch vor Stunden war sie in der Keferstraße zu Hause gewesen, hatte einen Mann gehabt, zwei Kinder – es erschien ihr schon wie ein Bild aus vergangenen Zeiten.

»Hättest mir ruhig helfen können mit dem Gepäck!«

Axel war hinter ihr auf den Balkon getreten. Er klopfte sich die hellen Hosen ab, prüfte sein weißes Leinenjackett.

»Ciao, Lili, ich bin spät dran. Ich denke, dass ich so um halb neun zurückkomme. Vielleicht kannst du uns ja ein Abendessen machen. Am Elisabethmarkt findest du alles, was du brauchst.«

Axel gab ihr einen Kuss irgendwohin und lief zur Tür. Lili folgte ihm, rief, dass es keinen Platz gebe für ihre Sachen. Axel antwortete aus dem Treppenhaus, sie werde sicher rasch eine eigene Wohnung finden, seine sei halt nicht für zwei Personen eingerichtet.

Lili hörte seine Schritte im Treppenhaus, dann fiel die Haustür hinter ihm zu.

Lili schloss die Wohnungstür, sah ihr Gepäck in der Diele stehen wie eine kleine Schafherde, die sich furchtsam aneinander drängte, heimatlos wie Lili auch. Für einen Moment hätte Lili gern geweint, kindlich und voller Selbstmitleid, doch sie schluckte es hinunter. Ihr Gaumen war so trocken, als hätte sie ewig nichts getrunken.

Sie ging zum Kühlschrank und fand eine angebrochene Flasche Taittinger brut. Sie füllte Eiswürfel in einen stattlichen Bierkrug, goss den Taittinger auf das Eis und setzte sich mit der kühlen Maß auf den Balkon. »Prost, Bella

Martha, du hast es gut«, sagte sie und trank in durstigen Zügen. Sie blinzelte hinunter auf die Neureutherstraße und hätte mit jedem getauscht, der dort unten vorbeilief. Vor allem mit den Liebespaaren, die in der »Crêperie Cabus« an der Ecke saßen. Hier hatte Lili ihren Schwiegervater kennen gelernt.

Es war kurz vor ihrer Hochzeit mit Jochen gewesen. Lili und Bea saßen im »Cabus« und hatten die Crêpes vor sich stehen, der von Lili war gefüllt mit karamellisierten Äpfeln und Vanilleeis, Bea hatte Birne mit Schokoladensauce und Eis. Die ersten Löffel waren reine Wonne. Dann fragte Bea, warum um des Himmels willen Lili denn ihren Bruder heiraten wolle, der passe doch nun wirklich nicht zu ihr.

»Jochen ist ein Wissenschaftler, ein Pedant. Er hat keine Zeit für das süße Leben, das du so liebst. Diese Heirat ist ein Wahnsinn. Überlege es dir noch mal, hörst du?«, bat Bea so eindringlich, dass Lili im ersten Moment fast erschrak. Was war denn so schlimm an dieser Heirat, dass Bea sie fast anbettelte, davon Abstand zu nehmen? Konnte Bea sie nur als Stylistin akzeptieren, nicht aber als Schwägerin? War Lili ihr zu attraktiv? War sie vielleicht eifersüchtig? Das schien Lili absurd, denn Bea und Jochen sahen sich höchst selten. Und wenn, dann stritten sie. Wie die Eltern der beiden, die nach Jochens Aussage in Streit lebten, seit er denken konnte. Kenne sich einer in der Familie Osthaus aus.

Lili schob ihren Teller von sich weg, sie war wütend, mochte nicht mehr essen. Jetzt wusste sie, warum Bea sie unbedingt treffen wollte. Lili sah ihr ins Gesicht, das ihr heute teigig erschien und reizlos. Beas kräftige Gestalt steckte in einem giftgrünen Schlauchkleid, das so aussah, als hätte sie es ohne Anprobe bei Tchibo mitgenommen.

Bevor Lili Bea mitteilen konnte, dass sie wieder ziemlich

scheiße aussähe, kam ein großer, weißhaariger Mann mit energischen Schritten auf ihren Tisch zu. Beas eben noch muffiges Gesicht leuchtete, sie sprang auf, schob sich zwischen Lili und den Mann. Mit zurückgewandtem Kopf bat sie Lili, doch die Rechnung zu übernehmen, sie müsse mit ihrem Vater weg zu einem dringenden Termin.

Lili fühlte den Blick des Mannes fast körperlich, sah angestrengt auf ihren Teller, zog ihn näher zu sich heran und beschäftigte sich mit dem halb zerlaufenen Eis.

Beas Vater wollte offenbar nicht zu einem Termin, er schob Bea zur Seite, zog sich einen Stuhl neben den von Lili, setzte sich und legte seine Hand auf ihren Unterarm. Sie roch sein Parfüm und sah das dunkelblaue Hemd mit dem schmalen roten Streifen, ein Leinenjackett hing ihm lässig über der Schulter.

»Endlich lerne ich meine zukünftige Schwiegertochter kennen«, sagte Osthaus, und Lili wünschte sich instinktiv weit weg, doch sie sah ein, dass sie seinem Blick und seinen Worten nicht entkommen konnte. Jochens Vater war ihr unheimlich. Ja. Genau das war es. Unheimlich. Er hatte keinerlei Ähnlichkeit mit Jochen. Nicht einmal seine Statur. Jochen war über 1,90 Meter – sein Vater dagegen nur mittelgroß. Die Fröhlichkeit, der Optimismus, den er ausstrahlte, schien Lili falsch. Es war ja fast, als tanzte der um sie herum. Was wollte er von ihr? Weder seine Frau noch er hatten sie bislang in ihr Haus eingeladen. Es war verrückt, aber dieser entflammte Vater löste in Lili starke Sehnsucht nach Jochen aus. Er sprach selten von seinem Vater, offenbar erinnerte er sich nur an Trauriges. Ähnlich erging es Lili mit ihrem eigenen Vater. Sie hatte immer gespürt, dass zwischen ihren Eltern nicht mal für ein Taschentuch Platz war, daher hatte auch das schöne Mädchen, das auf ihrer Treppe gesessen hatte, sterben müssen.

Lili hätte Jochens Vater gerne gesagt, dass sie im Moment am liebsten alle Väter vernichten würde, doch sie sagte nur höflich, dass es auch für sie interessant sei, Jochens Vater kennen zu lernen. Dabei nahm sie seine Hand ruhig weg von ihrem Unterarm und lehnte sich zurück, ihre Arme überkreuzend.

Beas eben noch strahlendes Gesicht war jetzt seltsam angespannt, ihre Blicke gingen von Lili zu ihrem Vater, der ganz offensichtlich hingerissen war von Lili und auch nicht gedachte, das zu verbergen. Bea schien fassungslos. Sie begann, ihre Belle Elaine in sich hineinzuschaufeln, als hätte sie seit Monaten nichts mehr gegessen, doch sie ließ die Augen nicht von Lili und ihrem Vater.

Der näherte sich Lili wieder vertraulich und sagte, dass er es unbegreiflich finde, dass Lili seinen Sohn heiraten wollte. »Eine so tolle Frau wie Sie und dieser Langweiler? Da werden Ihnen die Füße einschlafen!«

Lili sah alles wie durch eine dicke Glaswand. Sie hörte auch die Stimmen der beiden nur undeutlich. Sie sagte, dass sie Jochen besser fände als seine versammelte Familie und dass sie nicht länger bleiben wolle.

»Sie gefallen mir, Sie sind cool«, rief Osthaus, und Lili fand ihn peinlich. Wie redete der denn – aber als sie Bea bemerkte, die aussah, als würde sie gefoltert, hob sich ihre Stimmung etwas. Trotzdem wollte sie nichts wie weg hier. Sie suchte in ihrer Geldbörse nach dem ungefähr passenden Betrag für ihr Essen. Doch Osthaus sprang auf, lief zur Bedienung und zahlte. Beas Kopf reckte sich auf ihrem kurzen Hals vor in Richtung Lili.

Sie zischte: »Den kriegst du nicht auch noch!«, da kam Osthaus zurück und bot sich an, Lili heimzufahren. Doch mit einer ablehnenden Handbewegung lief Lili hinaus auf die Isabellastraße.

Sie erinnerte sich noch genau daran, wie befreit sie sich fühlte, als sie zu ihrem Auto ging, das sie bei der Apotheke geparkt hatte. Es war früher Nachmittag gewesen, hochsommerlich wie heute. Goldenes Licht lag auf Häusern und Bäumen, auf den Passanten in ihren luftigen Kleidern, den Kindern, die zärtlich an ihrem Eis lutschten. Lili sah in die schimmernden Schaufenster, sah Fernöstliches glänzen, der Händler lehnte in der Tür und zeigte ihr wunderschön verzierte Tonkrüge aus seiner Heimat. Er war hübsch, er war jung, er bewunderte Lili, und seine strahlenden Blicke taten ihr wohl. Sie kaufte vier seiner Tröge für den Garten des Hauses, in dem sie bereits mit Jochen wohnte und das bald auch ihr Haus sein würde. Nun erst recht.

Von einem nahen Turm schlug die Glocke zwölfmal, und Lili saß noch immer auf dem Balkon. Der Maßkrug war leer, ein paar Eisreste schmolzen vor sich hin, und Lili merkte, dass sie betrunken war. Ohne Frühstück, mit rein gar nichts im Magen hatte sie den Champagner in sich hineingeschüttet, und er war köstlich gewesen. So schön kalt. Diese Mischung wollte sie sich merken.

Lili stand auf. Sie schwankte ein wenig, hielt sich am Tisch fest, bis sie ihr Gleichgewicht wieder hatte. Sie fand das schön, so ein bisschen schwanken. Wie es überhaupt schön war, ein bisschen betrunken zu sein. Nur nicht zu viel. Und nicht von Rum. Rum mit Mandelmilch. Davon hatte Lili nach einem Streit mit Jochen einmal so viel getrunken, dass sich das Bett mit ihr drehte. Immerzu. Lili musste aufstehen, herumlaufen, obwohl sie so müde war, so unglaublich müde, aber hinlegen ins Bett war unmöglich gewesen. Unmöglich. Sobald Lili sich hinlegte, richtete sich das Bett auf und fuhr Karussell mit ihr, immer rundherum, rundherum, schauerlich.

Das wollte Lili nicht mehr erleben, nie mehr. Aber so ein Champagnerschwips, der war cool. Verdammt, jetzt redete sie schon wie Jochens Vater! Macht nix. Lili ging jetzt mühelos aufrecht durch Axels Wohnung, in der sie schon oft gewesen war, aber noch nie alleine. Direkt neben dem Balkon lag das Esszimmer mit dem Tresen zur Küche, daran schloss der Wohnraum an mit einem wunderschönen Jugendstilkamin, vor dem ein knallrotes Bretz-Sofa stand, das Lili sofort ansteuerte. Sie war plötzlich müde, sehr müde, natürlich war sie in der vergangenen Nacht nicht zur Ruhe gekommen.

Lili dachte im Einschlafen verschwommen, dass sie die Familie Osthaus gegen Axel eingetauscht habe. Eine feindliche Phalanx gegen ihren Ritter. Jochen misstraute ihr. Bei aller Liebe misstraute er ihr. Sie hatten eine Chance gehabt, dann hatte Bea ihnen den Brunnen vergiftet, vorsichtig, wie unabsichtlich, aber endgültig. Lili hatte Beas Hasspotenzial unterschätzt. Trotzdem konnte sie es Jochen nicht verzeihen, dass er Bea und ihren Antigrazien glaubte. Doch. In Wahrheit glaubte er seiner Schwester oder wenigstens hin und wieder. Das kränkte Lili über die Maßen. Das verschloss sogar ihr den Mund. Machte sie widerstrebend, trotzig. Sie war verwundet, ohne zu bluten.

Eines Abends war sie nach einem Streit mit Jochen aus dem Haus gerannt und schließlich in einem Kino in der Feilitzschstraße gelandet. Ein wohlriechender, offenbar gut aussehender Mann setzte sich auf den Platz neben ihr. Axel. Sie nahm von seinem Popcorn, trank von seiner Cola. Es war lässig, gemütlich. Einfach so. Nachher gingen sie ins »Babalu«, und Lili fühlte sich in dem alten Lokal wie auf einem neuen Planeten. Axel schien ihr das Licht der Welt. Er tanzte fantasievoll und stürmisch, mein Gott, wie lange hatte Lili nicht mehr getanzt. Jochen konnte man mit diesem Ansinnen jagen. Axel schien jede Menge Leute zu kennen im »Babalu«. Er umschlang sie mit seinem leuchtenden Wortwitz, seinem Übermut, seiner Lebensfreude. Lili fühlte sich wieder jung, begehrt und spritzig. Kein wütendes Kleinkind, kein Sohn mit Albträumen, die ihr nächtelang den Schlaf raubten, sie abends ans Haus fesselten. Und vor allem – kein Austernmann, der ihr nicht vertraute, der ihr nichts anzubieten hatte als sein beleidigtes Schweigen.

Axel erzählte von Segeltörns, von Trips nach Barcelona, wo sein Bruder lebte, oder von New York, seiner absoluten Lieblingsstadt. Axel arbeitete im väterlichen Autohaus, er besaß einen Porsche, fuhr zu Rennen nach Monaco und, und, und – und an allem sollte Lili teilnehmen.

Seine spröde Haltung heute Morgen war nur ein Missverständnis, dessen war sich Lili absolut sicher. Axel war noch nie verheiratet gewesen, er hatte noch nie mit einer Frau zusammengelebt. Axel musste sich erst an Lilis ständige Anwesenheit gewöhnen. Wenn er heimkam, würde sich alles aufklären, dachte Lili mit neuer Hoffnung. Aber ein Abendessen würde sie nicht machen.

15

Jochen wollte wie jeden Morgen eilig die ›Süddeutsche‹ durchblättern, die er meist erst abends in Ruhe lesen konnte, da fiel sein Blick auf die Nachrichten von der Poesie, ein Gedicht mit dem Titel: ›Eine Auster‹. Wie lange hatte er seinen Spitznamen nicht mehr gehört. Paule, bei seinem letzten Besuch in München, berichtete Lili, dass Jochen in der Schule »Auster« genannt wurde, und Lili sagte sofort, das leuchte ihr ein. Doch sie selber nannte Jochen niemals so, niemand in München tat das.

Jochen las, dass der im Südlibanon geborene Dichter eine der wichtigsten Stimmen im arabischen Raum sei. Nicht nur, was Fragen der Kunst und Ästhetik angehe, sondern auch das Verhältnis von Orient und Okzident und vom Islam zur Moderne. Das Gedicht erzählte vom fernen Meer. Es kommt ohne Rauschen aus und braucht zum Leben nur einen einzigen Atemzug auf offener Fläche. Wenn nötig auf einem Streichholz. Das Meer ist ferne, doch dem Nabel der Finsternis entströmen Jodfelder, und wer eine Auster öffnet, wird niemals die Seele vergessen, die er einst verschlang, und das Salz, das in jedem Moment imstande ist, eine Seele einzuatmen.

Jochen fand das Gedicht schön, es gefiel ihm, obwohl er es nicht verstand. Er verstand auch nichts von Austern. Einmal hatte er welche gegessen. Auf einer Reise an die Atlantikküste. In Arcachon hatten sie ein hässliches Haus bewohnt. Er, Lili und die Kinder. Aber das Fischrestaurant am Meer hatte täglich frische Austern angeboten. Die Ober brachen eine dicke Schale nach der anderen auf. Jochen spürte glibbriges Fleisch mit Zitrone und Salz im Mund. Austern. Musste er nicht haben. Er fand es schön, wie Lili eine nach der anderen verspeiste, ohne ihn Auster zu nennen.

Unwillkürlich seufzte Jochen. Er stellte die Kaffeemaschine an und verteilte für sich und die Kinder Müsli auf drei Schalen.

Glücklicherweise schliefen seine Kinder wenigstens morgens wie die Steine – aber ohne Lili musste er auf Julia warten, die Frau Jakobsen vertrat, und dann zusehen, dass er vor der Arbeit noch in die Giselastraße kam zum Haareschneiden. Aber vorher rasch in ein Schuhgeschäft, er brauchte leichte Schuhe bei der Hitze, hatte es aber schwer, für seine Größe Passendes zu finden. Nun glaubte er, in einem Schwabinger Schuhgeschäft das Richtige gesehen zu haben.

Es nieste hinter ihm, und er sah Sophie in der Tür stehen, auf nackten Füßen, ihr Schmusetuch und die Teeflasche in den Händen. Sie lächelte ihn breit an und kletterte wortlos an einem Stuhl hoch. Jochen küsste sie und hob sie in ihren Kinderstuhl, band ihr den Latz um und wollte sie füttern. Söphchen haute schon mit dem Löffel in die Milch, dass es spritzte, und sagte: »Selber!«

»Von mir aus«, seufzte Jochen und sah auf die Uhr. Um halb zwölf sollte er Professor Beck ins Ministerium begleiten.

Platsch. Platsch. Anton kam, bleich und schön. Er trug einen Pyjama, hatte aber offenbar ebenfalls keine Hausschuhe. Auch Anton kletterte grußlos hinter seinen Müsliteller und begann zu essen. Jochen dachte daran, dass keines seiner Kinder sich die Zähne geputzt haben konnte, das hätte er gehört. Aber es sollte ihm egal sein, wie viele Bakterien jetzt mit dem Müsli im Rachen der beiden verschwanden.

Anton legte den Löffel hin, sah sich um. »Kommt die Mami nicht wieder?«

O Gott, lass Julia aufkreuzen! Jochen fürchtete sich vor Söphchens Ausbrüchen. Wenn sie jetzt das Theater von gestern Nacht fortsetzte – doch Söphchen saute ungerührt weiter in ihrem Müsli herum. »Mama weg«, erklärte sie Anton sachlich, und der sah fragend auf Jochen. Doch da ging die Haustür, und Jochen beeilte sich, Julia zu begrüßen, sich nach ihrem Freund zu erkundigen und seine Kinder flüchtig zu küssen. Dann trabte er befreit aus dem Haus und schwang sich auf sein Fahrrad. Vor lauter Erleichterung hörte er sogar die Amseln singen, oder welche Vögel auch immer, denn es war wieder ein schöner, sonniger Morgen, sicher würde es heiß werden.

Heute dachte er schon nicht mehr so schmerzlich daran, was Lili in diesem Moment tun würde. Er überlegte ganz praktisch, wie er den Alltag mit den Kindern regeln konnte. Die junge Frau aus dem Kindergarten war ja hilfsbereit, aber er mochte das nicht ausnutzen. Er würde Frau Jakobsen besuchen und mit ihr beraten, was in der nächsten Zeit geschehen sollte. Die Prellung des Beines ging vielleicht rascher vorüber, als man jetzt annahm, und Frau Jakobsen hatte schon am Telefon gesagt, dass sie auch auf Krücken komme.

Frau Jakobsen bezeichnete sich zwar als Wirtschafterin, weil sie auf einem großen Gut die Hauswirtschaft erlernt hatte, aber im Grunde konnte sie für Jochen nicht mehr sein als eine hochqualifizierte Zugehfrau, denn sie kam morgens drei Stunden und seit Antons Geburt am Nachmittag noch zwei. Und jetzt war sie fürs Erste zum Sitzen verurteilt und würde noch eine Zeit lang ausfallen. Ohne Lili brauchte er aber rund um die Uhr jemanden, der im Haus war. Er verreiste oft, um an anderen Universitäten Vorträge zu halten, er kam an manchen Abenden spät aus dem Institut.

Nicht mal sein Müsli hatte er gegessen. Rasch kaufte er beim Türken einen halben Fladen und ein Glas Oliven, und dann saß er bei Winni vor dem Spiegel und vermied es, hineinzuschauen. Er wusste, wie er aussah. Bleich und verquollen, unrasiert. Winni musste ihn wieder hinkriegen.

»Jochen, grüß dich!«

»Hallo.«

Winni Baader sah sofort, dass Jochen heute noch weniger sagen würde als sonst. Irgendwas war passiert, doch er würde nicht fragen, auch wenn er Jochen, der seit einigen Jahren regelmäßig kam, sehr gern mochte. Er fragte Kunden niemals nach ihren Problemen. Manche sprachen von selber darüber, manche nicht. Winni akzeptierte beides.

»Also Schneiden –«

»Mein Bart. Könntest du –?«

»Ja, logisch. Dazu bin ich da.«

Jochen wusste, dass Winnis erste Ehe geschieden worden war, dass er aus dieser Ehe eine dreijährige Tochter hatte, die Marie hieß. Und dass er seit einem Jahr wieder verheiratet war.

Winni kannte auch Jochens Kinder, denen er gelegentlich die Haare schnitt. Lili ging zu einem Friseur am Promenadeplatz, der außer Haare schneiden auch Bücher schreiben konnte und prominent war. Winni beneidete den manchmal, aber nur flüchtig, denn die Berühmtheit sah nach harter Arbeit aus, und Winni arbeitete zwar gern, aber nicht ständig.

»Schau mal, willst du es hinten so oder kürzer?«

Ohne hinzusehen, sagte Jochen, dass er es nicht kürzer wolle. Paule und er hatten immer fast schulterlanges Haar gehabt, jahrelang, Paules Haar war lang und glatt mit einem Seitenscheitel, während seines dick und struppig und eine Herausforderung für jeden Friseur war. Für einen Moment hatte Jochen Heimweh nach Paule. Gern hätte er ein klein wenig geheult.

Plötzlich hörte Jochen sich sagen: »Lili – sie ist weg.« Winni hatte gerade einen Büschel Haare zwischen den Fingern. Er ließ ihn los und sah Jochen durch den Spiegel an.

»Richtig weg?«

Jochen nickte.

Es tat ihm schon wieder leid, dass es ihm herausgerutscht war. Er wusste, Winnis erste Frau war auch gegangen, und er hatte gedacht – ja, was hatte er eigentlich gedacht? Dass Winni ihm etwas Erhellendes sagen könne?

»Ich kenn das ja auch –«, sagte Winni knapp und fuhr fort, Jochens Haare zu kürzen.

»Ja. Eben.«

Jochen war erstaunt. Winni war sonst immer sehr gesprächig, und Jochen hatte ihn schon oft darum beneidet, wie er auf die Kunden einging und von jedem wusste, was ihn interessierte oder zur Zeit beschäftigte. Daher hatte er wohl geglaubt, dass Winni ihn ablenken könnte von seinen Gedanken um Lili, die ihn jetzt wieder bedrängten. Was war nur geschehen? Er konnte sich nicht vorstellen, dass Lili nur eine Affäre hatte mit diesem Axel. Da musste etwas Tieferes sein, etwas Geheimnisvolleres, Rätselhafteres, von dem er nichts wusste. Doch hatte sich Lili jemals wirklich für ihn entschieden? War es nicht immer so gewesen, dass ein interessanter Mann, ein aus welchen Gründen auch immer interessanter Mann, sie für sich einnehmen konnte, von einer Minute auf die andere? War es nicht auch in St. Moritz so gewesen?

Winni befreite ihn gerade mit einem großen Pinsel von seinen abgeschnittenen Haaren. Jochen spürte, dass selbst Winni, dem geschäftstüchtigen, gewandten Winni, die Worte oder die Lust fehlten, über das Ende seiner ersten Ehe zu reden. Jochen dachte zum ersten Mal, dass Winni, der sich immer gelassen und heiter gab, in Wahrheit schwer einzuordnen war.

Weil Jochen niemals hineinsah, verzichtete Winni darauf, ihm einen Spiegel hinzuhalten. Doch Jochen war Winni dankbar, denn er fühlte sich besser, frischer und gepflegter als am Morgen. Er rief Professor Beck an, um sein baldiges Kommen anzukündigen, und hörte, dass der Besuch im Ministerium abgesagt worden war. Also konnte Jochen noch seine Schuhe kaufen, und er marschierte die Leopoldstraße hinunter zu einem Schuhladen, der italienische Laufschuhe hatte, die ihm trotz seiner beträchtlichen Schuhgröße passten. Neben ihm hielt ein junges Mädchen Sneaker in der Hand, die wirklich sehr schön waren. Wildleder mit Nylon in Silber und Orange. Das Mädchen betrachtete die Schuhe von allen Seiten, ihr Wunsch, sie zu kaufen, war ihr an den Augen abzulesen. Sie schaute fragend einen jungen Mann an, der mit mürrischem Gesicht neben ihr stand. »Die sind scheiße. Abgang!«, sagte er schließlich und verließ den Laden. Das Mädchen stellte die Sneaker ins Regal und ging ebenfalls rasch hinaus.

Auch so Frustrierte, bei denen nichts mehr funktioniert, dachte Jochen.

16

Am frühen Abend saß er in der U-Bahn zum Marienplatz. Er wollte zu Thomas, um mit ihm über seinen Rücken zu reden. Seine Praxis war in der Weinstraße, und wenn man rauskam, schaute man in die Fenster eines Nobelladens, wo Schuhe und Klamotten ausgestellt waren. Auch für Männer. Jochen hätte dringend was gebraucht, doch als er an die Umbaukosten seines Hauses dachte, verwarf er den Gedanken wieder. Eigentlich hatte er das Haus, so wie es war, bewohnen wollen. Es gefiel ihm. Er wollte so viel wie möglich so belassen, wie es der Großvater gebaut hatte. Doch seine Mutter hatte ihm dringend geraten, wenigstens ein neues Bad einzurichten, ein neues Heizungssystem und neues Parkett. »Mit so einem vermufften Bad kriegst du nie eine Frau!«, hatte sie gesagt.

Dann wurde eine feuchte Wand entdeckt, und bald sah der Garten des Hauses aus wie eine Kraterlandschaft. Breite tiefe Gräben durchzogen ihn, Dränagerohre wurden gelegt, Berge von Erde häuften sich auf, und die Summe des Kostenvoranschlags war gering, gemessen an dem, was Jochen schließlich zu zahlen hatte. Das großväterliche Vermögen war zusammengeschmolzen, und Jochen verzichtete vorläufig auf den Bau einer neuen Garage.

Jochen seufzte unwillkürlich tief auf und versuchte, sich auf den Sportteil der ›Süddeutschen‹ zu konzentrieren.

In der vollbesetzten U-Bahn saßen drei junge Hoffnungsträger mit gegelten Haaren. Sie rauchten und sahen dabei die Mitfahrenden provozierend an, doch niemand mochte sich mit ihnen anlegen. Jochen ebenso wenig, er wollte seine Zeitung lesen, doch die drei saßen auf der Bank ihm gegenüber, pafften bewusst in seine Richtung, und er hatte eigentlich nur vor, sie lässig zu ermahnen, doch ihre arroganten, wenn auch gut aussehenden Gesichter ärgerten ihn. Besonders einer von ihnen, der links außen saß, erinnerte ihn mit seinen schulterlangen glänzenden Haaren an Axel, den neuen Lover seiner Frau, und deshalb konnte er nicht mehr lustig und lässig sein. »Hey, hört auf zu qualmen. Ihr stinkt!«, sagte Jochen.

Die drei sahen sich an, etwas perplex.

»Was hast du gesagt?«, fragte einer.

»Dass ihr stinkt!«, wiederholte Jochen ruhig, er klappte seine Zeitung zusammen und stand auf. Sie waren am Sendlinger Tor, und er musste umsteigen.

Die drei Jungen sahen sich an, sie standen ebenfalls auf, folgten ihm. Er konnte sie in seinem Rücken spüren, die Nackenhaare stellten sich ihm auf, und als er einen Schritt hinaus auf den Bahnsteig machte, trat ihn einer heftig in die Kniekehle, so dass er stürzte. Die drei beschimpften ihn weiter mit allen möglichen Ausdrücken, einer sagte »Wichser« zu ihm, der mit den langen Haaren schrie »Alter Sack!«. Polizisten eilten herbei, die sich vielleicht selber angesprochen fühlten. Jedenfalls zogen sie die drei derart unsanft aus dem Gefecht, dass sie in einem Aufwasch alle Beteiligten als alte Säcke beschimpften.

»Alter Sack!« War er ein alter Sack? Als Jochen mit Verspätung die Rolltreppe hochfuhr und aus dem tiefen Schacht ans Sonnenlicht des Marienplatzes gelangte, wo der Himmel immer noch blau war, mochte er sich die Frage nicht mehr stellen. Schließlich war immer noch Sommer, und Jochen atmete tief durch, als er zur Weinstraße ging. Er liebte die Sonne – der Sommer, die Wärme, die Helligkeit waren für ihn auf unausgesprochene Weise mit Freiheit verbunden, auch mit Heimat, denn wenn er auch erst im Sommer vor fünf Jahren aus Berlin zurückgekommen war nach München, war er trotzdem von Geburt her Bayer.

Vor ihm trat ein älteres Ehepaar aus der schmalen Gasse, die auf die Theatinerstraße führte. Verwundert sah Jochen, dass der gut gekleidete Mann einen grauen Mantel und dazu eine Pelzmütze trug, so ein Schiffchen. Das sah man doch selten und dazu bei dieser Wärme. Als hätte sie dasselbe gedacht, öffnete die Frau ihre beträchtlich große Tasche, reichte dem Mann eine Baseballkappe aus Leinen, die er gegen das Schiffchen eintauschte, und dann steckte die Frau seine warme Mütze in die Tasche. Die beiden sahen einander verschwörerisch lächelnd an und verflochten ihre Hände wieder ineinander. Sie waren offenbar jedem Wetterumschwung gewachsen, und Jochen beneidete sie, denn er konnte sich nicht erinnern, dass jemals eine Frau ihn mit passender Kopfbedeckung versorgt hätte. Schon gar nicht Lili.

»Alter Sack!« Vielleicht hatte sie das auch oftmals gedacht, wenn er schlief und mit entgleisten Gesichtszügen alt aussah. Oder so wie jetzt gerade. Ratlos. Eingehüllt in erbarmungslose Helligkeit, kam Jochen an einem Schaufenster vorbei und sah sich in den Scheiben. Groß, grob und wuchtig. Er war ja wirklich ein alter Sack. Einer mit Rändern unter den Augen, mit groben Zügen, einem ausgeleierten Pullover und schlappen Jeans. Wäre er nicht heute Morgen noch bei Winni gewesen, wäre der Anblick noch schlimmer. Oder waren die Schaufenster der Modegeschäfte so geschliffen, dass man tödlich erschrocken war beim Anblick des eigenen Spiegelbilds, ins Geschäft flüchtete und darum flehte, neu eingekleidet zu werden?

Jochen fühlte sich allein. Ausgestoßen. Hier im eleganten München hatte er nicht einmal mehr Paule, der ihm jetzt mit seinen ewigen Cordhosen, der unentbehrlichen grünen Jacke und den abgelatschten Timberlandschuhen beistehen könnte.

In der Praxis musste Jochen warten. Er sah mit seinem nunmehr ästhetisch geschärftem Blick, dass die Praxisräume ungewöhnlich attraktiv eingerichtet waren. Im Empfang und im Warteraum waren die Wände in warmen Tönen gehalten, war es rotorange oder lachsrot? Die Stühle waren jedenfalls richtig rot, und man saß sogar gut darauf. Auf dem ebenfalls roten Tisch keine einzige Zeitschrift, die lagen in so einer Art offener Schublade unter der Tischplatte. In der Ecke ein akkurates Bündel Weidenholz, Jochen wusste nicht, wozu man das brauchte, aber es sah gut aus, genau wie die Papierlampen, die warmes Licht verbreiteten. Ruhe, Farbe, Harmonie. Penibel aufgeräumt war jeder Raum. Sogar das Sprechzimmer. Auf dem Fensterbrett stand lediglich ein Foto von Nina und den Töchtern.

Wenn Jochen an sein Büro und vor allem an seine Wohnung dachte …

»Wer Kinder hat, hat keinen Salon«, tröstete ihn Frau Jakobsen, die dem Ordnungszerstörungseifer seiner Kinder auch nichts entgegenzusetzen wusste.

Jochen seufzte, fand sich dann aber ziemlich idiotisch. Ein Wohnzimmer war eben etwas anderes als eine Arztpraxis. Wer weiß, wie es bei Thomas daheim aussah. Vielleicht auch wie bei Hempels unterm Sofa. Und trotzdem. Sogar das Klopapier war in dieser Praxis schön. Ein heiteres Blau und so was von weich! Thomas hatte ihm erzählt, dass die Patienten derart verrückt waren auf das blaue Papier, dass sie die Rollen in Mengen klauten. Da seien Privatpatienten genauso scharf drauf wie Kassenpatienten, sagte Thomas, und er stelle jetzt nur noch eine Reserverolle hin.

Thomas geleitete gerade eine ältere Dame hinaus, die auf Krücken ging, und Jochen war sicher, dass sie einen Oberschenkelhalsbruch als Folge einer Osteoporose hatte. Er fragte Thomas danach, und der meinte, dass er, im Gegensatz zu Jochen, das Arztgeheimnis zu wahren habe. »Was für Vitamine gibst du denn deinen buckligen Ratten?«, fragte er lachend und knuffte Jochen leicht in die Rippen.

»Natürlich feinste Futtermischungen von Vitamin D, B und C – aber im Ernst, ich hab wieder Probleme mit dem Rücken.«

Thomas breitete ein Tuch über seine Chirotherapie-Liege, Jochen zog sich aus, und Thomas meinte sachlich, ihm fehle wirklich nichts Ernstes, seine Muskeln im Lendenwirbelbereich seien halt verkrampft und dass er jetzt seine Spritze kriege. »Wie geht es Lili und den Kindern?«

Als Jochen den Einstich spürte, sagte er leise, dass Lili ihn verlassen habe. Thomas zog die Nadel vorsichtig wieder heraus, ging zu seinem Schreibtisch, notierte etwas auf Jochens Karteikarte und sah ihn an. »Du willst mich aber nicht auf den Arm nehmen?«, fragte Thomas und fuhr sich mit der Hand durch seine dichten kurzen Lockenhaare. »Wir waren doch noch letzte Woche mit den Kindern in Poing, im Tierpark, und da war Lili doch – Moment, lass mich nachdenken – nein, Nina meinte nachher, Lili sei ihr anders erschienen als sonst, aber dann haben wir das wieder vergessen.«

Jochen fuhr mit der U-Bahn zurück ins Institut, holte sein Rad und überlegte beim Radeln durch den Englischen Garten, dass er mit seinen beiden Kindern in den »Osterwaldgarten« zum Essen gehen werde. Dort kannte man ihn, die Kinder konnten auch mal im Lokal herumlaufen, und teuer war es auch nicht, wobei die Küche gut war. Abgesehen von einer leisen Angst, dass sie ihn blamieren würden, freute er sich darauf, mit den Kindern auszugehen.

Manchmal, wenn Jochen sich mit anderen Vätern verglich, die seelenruhig zuschauten, wenn ihr Kind einem Erwachsenen vors Schienbein trat oder sich sonst wie schlecht benahm, kam er sich altmodisch vor. Er genierte sich nämlich vor den Passanten, wenn Sophie sich brüllend auf die Straße warf, weil sie in eine andere Straße hineinwollte als er, oder wenn sie ihm im Restaurant die Lesebrille herunterschlug. Entweder war Antons Kleinkinderzeit friedlicher abgelaufen, oder die Erinnerung tat schon ihr verklärendes Werk. Neulich beim Metzger war es aber Anton gewesen, der ihn ins Schwitzen gebracht hatte. Während Jochen sich bei der Verkäuferin über die Frische und Zubereitung des günstig angebotenen Kaninchenfleischs beraten ließ, hing Anton über der Wursttheke und sang leise, aber deutlich vernehmbar: »Putenwiener, Puutenwiener, Putenwiener, Puutenwiener«, so dass Sophie einstimmte und sich bemühte, ebenso nahe über den Würstchen zu hängen wie der große Bruder. Der Versuch Jochens, die Sänger von der Wursttheke herunterzuklauben, löste nur eine andere Tonart aus und an der Fleischtheke die Debatte, dass die heutigen Eltern nicht mehr Herr über ihre Kinder seien. Und so was solle die Renten verdienen.

Die Verkäuferin nahm kurz entschlossen zwei Putenwiener, kam hinter der Theke hervor und stellte sich in der

Nähe der Ladentür auf. Sophie und Anton nahmen den Lohn für ihre Darbietung hoheitsvoll entgegen, und die Rentner, wissend, dass diese Kinder nicht erzogen waren, riefen wie aus einem Mund »Daanke!«. Jochen hörte es noch wie einen fernen Paukenschlag.

Heute aber umwehte ihn ein freundlicher, lauer Spätsommerwind mit tausend Wohlgerüchen, er war schon in der Liebergesellstraße, fuhr vorbei am »Osterwaldgarten«, wo die Gäste noch im Freien saßen. Er blieb kurz stehen, las auf der Tafel »Saubraten« und »frischer Bachsaibling«, er liebte beides und würde sich nur entscheiden müssen, ob er heute Fisch wollte oder Fleisch. Mit dieser frohen Aussicht bog er in die Keferstraße ein.

In der Küche stand Bea und briet Kartoffeln in Butter. Während es aus der Pfanne spritzte und zischte, schnitt sie Tomaten in Scheiben. Mit dem spitzen Messer in der Hand und einem kleinen, erstickten Schrei warf sie sich Jochen an die Brust. »Du Armer, ich muss dir doch beistehen«, murmelte sie, und Jochen spürte wieder jene bestimmte Beklemmung, die ihn immer befiel, wenn Bea, seine Mutter oder der Vater sich in sein Leben einmischten. Es war, als drohte ihm eine Gefahr, als ginge etwas schief. Jedenfalls war er nicht besonders erfreut, Bea in seiner Küche zu sehen. Kochen konnte sie ohnehin nicht. Er riss die Pfanne vom Herd, die Kartoffeln waren in der Butter fast schwarz geworden. Ungenießbar.

Jochen hörte die Kinder im Wohnzimmer streiten. Außer seinen beiden war noch ein Junge von etwa drei Jahren beteiligt. Er schaukelte auf dem Peziball, sah angriffslustig aus, und Jochen fragte, wie er denn heiße.

»Amadeus«, sagte er und fügte sachlich hinzu: »Das ist aber ein schöner Name.«

Bea war dazugekommen und erklärte, dass sie ihr Nachbarskind mitgebracht habe, damit Anton und Sophie nicht so alleine seien. Amadeus rede so seltsam, weil mehrere Leute gesagt hatten, dass Amadeus aber ein schöner Name sei, und nun sage der Junge das immer selber.

Toni sagte mürrisch, er brauche den Amadeus nicht. Der spiele sowieso nur mit Sophie. »Die haben sich vor meinen eigenen Augen geküsst«, sagte er erbittert.

»Nö«, rief Sophie.

»Olle Petze«, brüllte Amadeus.

»Haben sie aber wohl«, verteidigte sich Toni. Er nahm Jochen bei der Hand. »Komm, wir gehen. Die beiden Liebsten wollen allein sein.«

Jochen hatte geduscht und stand tropfnass im Bad, als Bea mit verschwörerischem Gesichtsausdruck hereinkam. Jochen wusste, was sie loswerden wollte, war aber an ihren Tiraden, mit denen sie sich aufgepumpt hatte, nicht interessiert. »Kannst du nicht klopfen?«, fragte er barsch.

»Was soll das – ich bin doch deine Schwester!«

»Leider.«

»Jetzt tu bloß nicht so! Ohne mich hättest du Lili überhaupt nicht kennen gelernt. Obwohl ich nie auf die Idee gekommen wäre, dass ihr sofort miteinander ins Bett geht, und auch wenn ich sie als Schwägerin unmöglich finde, verdankst du sie einzig und allein mir!«

»Sag ich doch.«

»Hör mal – mit dir kann man wirklich nicht reden. Meistens tust du den Mund überhaupt nicht auf. Und wenn, dann bist du unverschämt. Deshalb bleibt ja auch keine bei dir. Du wirst sehen, du kriegst keine mehr ab, jetzt, wo Lili durchgebrannt ist. Dieses Luder! Sogar Papa hat sie angebaggert. Aber du wolltest ja nicht auf mich hören. Sag nur nicht, ich hätte dich nicht rechtzeitig gewarnt.«

Während Bea ihm weiter auseinander setzte, dass keine Frau so einen wie ihn auf Dauer ertrage, entsann sich Jochen mit einem Mal vieler Frauengesichter, die plötzlich wie ein zarter Sturm vorbeizogen, als wollten sie Bea Lügen strafen. Von Georgias violetten angeführt, sah er braune und grüne Augen, blonde, dunkle oder rote Haare, er glaubte, Georgias schwere Parfüms zu riechen, fühlte helle, kühle Haut, leichte oder schwere Brüste, er spürte Arme um seinen Hals und dachte, dass er sein bisschen Dasein auch ohne Lili verwalten könne.

Dann fiel ihm noch die Minoerin ein, die junge Kindergärtnerin. Jochens Herz klopfte plötzlich ziemlich schnell – und schien dann stillzustehen. Sicher eine medizinische Kuriosität, er musste mal nachschlagen. Oder Thomas fragen. Jedenfalls hatte sich seine Stimmung auf wunderbare Weise gehoben, trotz oder gerade wegen Bea.

»Ich geh mit den Kindern essen«, sagte er fröhlich, und Bea schaute ihn verblüfft an. Sie hatte gedacht, einen niedergeschmetterten, verzweifelten Bruder trösten zu können, auch schadenfroh wäre sie gerne gewesen – und nun war er unverschämt guter Dinge. Für Sekunden überlegte Bea, ob sie nicht heimfahren und mit ihren Freundinnen telefonieren sollte, doch sie verschob es auf später. In diesem Bad roch es immer noch verdammt intensiv nach Lili. Bea war sicher, dass Lili irgendwann hier auftauchen würde, unter welchem Vorwand auch immer. Und dann wäre es ein Genuss, wenn man dabei sein könnte.

Daher nahm Bea Jochens Vorschlag an, mit sämtlichen Kindern in den »Osterwaldgarten« zu gehen. Sie nahm in Kauf, dass die Kinder sich unmöglich benehmen würden und dass man mit Sicherheit keine Sekunde Ruhe bekam, um zu essen.

17

Seine Mutter rief an. Sie habe von Bea gehört, dass Lili ihn verlassen habe. »Bist du traurig, Jocki?« Als Jochen zögerte, gab sie sich selber die Antwort, dass sie eine dumme Kuh sei, unsensibel, aber es wäre eigentlich das Einzige, was sie interessiere, und natürlich, wie es den Kindern jetzt gehe. Sie persönlich wisse wirklich nicht, ob Lilis Auszug ein Verlust sei. Sie glaube auch nicht an den Mythos, dass Kinder unbedingt ihre leibliche Mutter bräuchten. Sie selber sei eine unbegabte Mutter gewesen. »Du und Bea, ihr tut mir heute noch leid. Ich habe alle diese jubelnden Muttergefühle, die andere demonstrieren, nie so recht gespürt. Versteh mich nicht falsch – ich hab mich sehr gefreut, als du kamst. Und auch über Bea natürlich. Aber wo andere beim Stillen sexuelle Sensationen erfahren, da hatte ich Schmerzen und Brustentzündung.«

»Mutter«, unterbrach sie Jochen, »ich bin im Institut. Ich muss was tun, können wir nicht ein andermal ...«

Seine Mutter entschuldigte sich. »Ich sabbele dich voll, ohne an deine Arbeit zu denken. Verzeih, aber ich hab noch ein kleines, ganz praktisches Anliegen, eine Frage an dich als Mediziner.« Jochen seufzte ergeben und ließ seine Mutter reden. Sie nehme seit zwei Jahren künstliche Hormone, sagte sie, das wisse er ja vielleicht noch, aber nun lese sie in allen, aber auch in allen Zeitungen, neulich im Fernsehen hatten sie es auch gesagt, dass die Vorteile der künstlichen Hormone erwiesenermaßen ein Irrtum, wenn nicht eine grobe Lüge seien, dass sie überhaupt nicht vor Herzinfarkt schützen und das Brustkrebsrisiko sogar erhöhen würden. Und was die Osteoporose angehe, da kenne sich Jochen ja besonders gut aus.

»Bei Ratten, Mutter, bei Ratten«, sagte Jochen müde. Er wusste sehr genau, dass er seiner Mutter vor einigen Jahren abgeraten hatte, künstliche Hormone zu nehmen. »Nimm lieber Sojapräparate und bewege dich täglich eine halbe bis eine Stunde. Und wenn du nicht sicher bist, lass deine Knochendichte messen«, auch das hatte er ihr gesagt, und sie hatte genau das Gegenteil getan. Ach ja, seine Mutter. Aus der würde er nie klug werden. Jochen hatte nicht die geringste Lust, mit ihr zu streiten, ihr seine früheren Ratschläge in Erinnerung zu rufen.

»Dann wirf die Pillen wenigstens jetzt weg«, sagte er versöhnlich. »Und such dir einen Gynäkologen, der homöopathisch orientiert ist. Der wird dir sagen, was für dich richtig ist.«

»Wozu hab ich dich eigentlich Medizin studieren lassen?«, fragte seine Mutter, und Jochen lachte.

»Ich sag dir ständig, dass ich mich raushalte, was deine Gesundheit angeht. Du als Tochter und Enkelin von Tierärzten müsstest doch eigentlich wissen, dass wir eine Art minderwertige Mediziner sind.«

»Red doch keinen Unsinn, du willst dich nur drücken!«

»Nein, im Ernst. Tierärzte konnten früher überhaupt nicht promovieren. Die Universität war sich zu fein. Sie fürchtete um die Ehre des Münchner Doktors, wenn das Niveau des Examens auf die Leistungsfähigkeit von Hufologen und Kuharschastronomen herabgesenkt würde. Das kannst du nachlesen.«

»Ach komm«, lachte die Mutter, »das gibt es doch nicht!«

»Sag mal, worüber hast du dich eigentlich mit meinem Großvater unterhalten?«, fragte Jochen halb amüsiert, halb im Ernst.

»Über die Tiefe meines Ausschnitts und über die unzulänglichen Jünglinge, mit denen ich verbandelt war«, antwortete die Mutter. Und dann entschuldigte sie sich, sie müsse jetzt zu ihrem Schönheitschirurgen. »Ich hab nämlich einen Tabaksbeutelmund, sagt mein charmanter Hautarzt. Und mein Schönheitschirurg, der einzige Mann, der mich versteht, injiziert mir Kollagen. Ich frag dich erst gar nicht, was du davon hältst. Deine Ratten haben diese Sorgen ja nicht.«

Seltsam, wenn er mit seiner Mutter über den Großvater reden wollte, wurde sie einsilbig. Und hier an der Hochschule spürte Jochen eine gewisse Scheu, nach seinen Vorfahren zu fragen. Was wussten sie vor allem von der politischen Vergangenheit seines Großvaters? Scheuten sie sich, ihn darauf anzusprechen? Redete man hinter seinem Rücken über ihn? Professor Beck hatte schon in Berlin gesagt, dass er in seinen Anfangsjahren an der Uni von den beiden Anatomen Osthaus gehört hatte. »Besonders Ihr Urgroßvater, der alte Osthaus, ist eine Legende. Ihr Großvater zog sich nach dem Krieg aus der Wissenschaft zurück.«

»Wissen Sie, warum?«, war es Jochen herausgerutscht, und Beck hatte ganz ruhig geantwortet, dass nach dem Krieg der ganze Fakultätsbetrieb erst äußerst zögerlich wieder in Gang gekommen sei. Die Professoren hätten versucht, ihre Assistenten an anderen Hochschulen unterzubringen, auch sein Großvater habe sich sehr bemüht. »Dass er in seinem Haus eine tierärztliche Praxis eröffnet hat, lag verzweifelt nahe. Der Bedarf war riesig, gesunde Tiere waren wichtig für die Ernährung der Menschen. Und Ihr Großvater brauchte dringend wieder eine Existenz.«

Hin und wieder traf Jochen auch andere Professoren, denen sein Name bekannt vorkam. Aber er hatte nirgends das Gefühl, als sei der Name Osthaus anrüchig. Im Gegenteil, er glaubte Wohlwollen, vielleicht sogar Respekt herauszuhören.

Der Einzige, der seinem Großvater Verfehlungen nachsagte, seinem Andenken schaden wollte, war sein Vater. Damit wollte er Jochen und seine Mutter bedrohen. Das spürte Jochen, und er würde das zu verhindern wissen. Nur wusste er noch nicht, wie.

18

Lili hatte irgendwo gelesen, dass man aus gutem Gewissen Charakterstärke gewinnt. Mein Gott. Ein gutes Gewissen! Hatte sie schon je eines gehabt? War sie je daran interessiert gewesen? Ihre Mutter hatte ihr manchmal ins Gewissen reden wollen. »Du hast alles mitbekommen. Schönheit, Verstand, Talent. Du hast die Verpflichtung, daraus etwas zu machen.« Was wusste ihre Mutter schon von Lili. Sie war immer auf den Vater konzentriert gewesen. Auf seinen Beruf. Auf seine Patienten, deren Analysen sie heimlich las. Offiziell kreierte und nähte sie Klamotten. Wo war da ein Platz für Lili? Ihre Mutter kam Lili heute vor wie eine undurchschaubare Fremde, eine Reisende, die ab und zu mal in Lilis Zimmer hineingeschaut hatte. Aber es sind ja immer die Fremden, die einem ins Gewissen reden wollen. Lili hörte Jochen und Frau Jakobsen, Bea und ihre Betschwestern, die Schwiegereltern, vielleicht sogar Charlotte und ihre Eltern – sie hörte einen ganzen gemischten Chor, der sie fragte: »Wie konntest du die kleinen Kinder verlassen, wie konntest du nur, wie konntest du nur?«

Ja. Wie konnte sie nur. Das durfte man sie getrost fragen. Aber andersherum wurde auch ein Schuh draus. Wenn nämlich Lili die Fragen stellte. Wie konnten Frauen, die ihre Männer verließen, weil sie glaubten und hofften, mit einem anderen Mann wäre das Leben lebendiger, wie konnten solche Frauen ihren Männern auch noch die Kinder abnehmen und so viel Geld für den Unterhalt, dass diese Männer vor ihrem persönlichen und wirtschaftlichen Ruin standen? Wie konnten diese Frauen nur? Wie konnten sie ihre kleinen Kinder von einem Tag auf den anderen aus ihrer gewohnten Umgebung reißen und ihnen eine neue, vielleicht schäbigere Wohnung, einen neuen Kindergarten oder eine neue Schule zumuten, obwohl sie in ihrer gewohnten Umgebung behütet und glücklich waren? War es nicht ein Verbrechen, die Kinder von einer improvisierten Unterkunft in die andere zu hetzen? Mordet man dadurch nicht die Seelen der Kinder? Stört man nicht ihre fantasievollen Spiele, zerreißt ihre Bindungen? Warum stellte niemand derartige Fragen? Warum war eine Mutter, die ihre Kinder beim Vater zurückließ, auf jeden Fall eine Rabenmutter? Konnte es nicht sein, dass sie ihre Kinder zurückließ, weil sie sie mehr liebte als sich selber?

Doch wer wollte das verstehen? Die Mühe, jemandem das zu erklären, konnte Lili sich sparen. Alle wollten sie auffressen, zum Frühstück verspeisen. Überall lauerten sie, wollten sie überrumpeln, und sie wusste nicht, wohin sich retten. Arme Lili!

Von dem Champagner am Morgen fühlte Lili sich immer noch betrunken. Vielleicht war es doch weniger Eis und mehr Champagner gewesen. Also betrunken war sie, ein schlechtes Gewissen hatte sie und keinerlei Charakterstärke. Lili beschloss, zu duschen und die Haare zu waschen. Vielleicht würde sie dann nüchtern und könnte besser nachdenken. Das Gespräch, das sie mit Axel führen würde, erforderte einen klaren und möglichst auch noch gut aussehenden Kopf. Wer dem anderen Fragen stellen wollte, die der nicht beantworten mochte, musste wenigstens schön sein.

Oder sollte sie gar nicht erst abwarten, bis Axel heimkam? Dass ihre Beziehung – gab es eigentlich kein anderes

Wort als dies eiskalte »Beziehung«? –, also dass die Geschichte zwischen Axel und ihr auf eine Trennung hinauslief, noch ehe sie begonnen hatte, schien Lili in diesem Moment klar. Gleichgültig, aus welchem Grund, Axel fürchtete sich davor, dass Lili sich bei ihm einnisten könnte. Nichts lebte wieder auf von ihren gemeinsamen Träumen. Nichts. Aber auch gar nichts.

Wie anders waren die ersten Abende mit Axel gewesen. Mit ihm konnte Lili sich redend in der Weltgeschichte herumtreiben, mit ihm war sie unterwegs auf den Straßen und Plätzen. Sie hatten kein Ziel, alles war Träumerei, unnütz, aber Lili genoss es. Noch ehe sie miteinander ins Bett gingen, schienen sie füreinander geschaffen, da konnte Lili sich Mann und Kinder noch so oft heraufbeschwören, es war nutzlos. Als wäre die Liebe zu ihnen davongeflogen.

Lili war durch den nächtlichen Englischen Garten gegangen, sie wollte allein sein. Die dunkelblaue Nacht schien ihr eine unwirkliche Welt, die Lilis Gefühle aber umso präziser verdeutlichte. Das notorische Schweigen Jochens, die immer höhere Barriere um ihn wurden Lili mit jedem Tag bedrohlicher und unverständlicher. Selbst die gerade vergangenen erlösenden Stunden mit Axel erhielten einen neuen komplizierten Sinn, der sie vollends verwirrte. Das Leben im Englischen Garten schien ihrem eigenen Dasein verwandt. Tief hängende Trauerweiden flüsterten ihr unverständliche Prophezeiungen zu, unverständlich waren auch die wispernden Chöre der Nacht, die Gesichter der Bäume und Büsche schienen den Weg zu überwachen. Lili kannte keine Furcht, obwohl der Wind heftig durch die Baumkronen fuhr und die Bäume sich ekstatisch wiegten. Die silbernen Birkenstämme schimmerten so hell wie Laternen. Es roch feucht nach Regen und Gräsern, obwohl die Wege trocken waren. Lili lief rascher in dem Gefühl, dass jenseits des Englischen Gartens, jenseits dieser Nacht Neues auf sie wartete.

Und heute? Nach nur wenigen Wochen? Lili fühlte eine rauschende Leere in ihrem Kopf. Anstelle des erwarteten neuen Lebensentwurfs schien ihr eine Gefahr zu drohen. Aus eisiger Ferne hörte sie Axel, der ihr zurief, sie solle sich eine Wohnung suchen. Ein Rauswurf. Unbegreiflich. Doch Lili verstand sich selber ebenso wenig. Konnten Gefühle sich von einem Tag auf den anderen ändern? Major Tom hätte Lili jetzt gern gehört. Von Peter Schilling oder David Bowie. »Völlig losgelöst von der Erde steht das Raumschiff völlig schwerelos.« Sich lösen, sich von allem losmachen und abheben ins All. Eine schöne Vorstellung.

Trotzdem hätte sie gern gewusst, was mit Axel los war. War er nur einer Laune gefolgt? Oder hatte er bis zuletzt nicht geglaubt, dass Lili wirklich ihre kleinen Kinder verlassen und zu ihm kommen würde? Das war es – das war der Grund! Lili fühlte sich plötzlich, als würde sie in einem winzigen Boot aufs offene Meer hinausgetrieben. Kein Ufer war zu sehen. Rabenmütter sind vogelfrei. Sie war einem Irrtum aufgesessen, einem Wahn. Wie konnte sie sich zu einem Mann flüchten? Auch Axel mit seinen Komplimenten und Liebesschwüren hatte Lili und sich selber belogen. Schließlich war er es doch gewesen, der den neuen Lebensentwurf gezeichnet hatte: gemeinsamer Wohnsitz in München, Lili macht die Pressearbeit für das Autohaus. Ein paar Monate Arbeit in München, dann Start nach New York, San Francisco, Los Angeles. Freunde, Partys, Ausstellungen. Lilis Kenntnisse der amerikanischen Kultur und Gesellschaft. Axels Geschäftsverbindungen. Das waren die äußeren Strukturen ihrer Träume gewesen. Und es war Axel gewesen, der sie ausgesprochen hatte.

Bei Jochen hatte immer nur Lili geredet, immer nur Lili,

oftmals bis ans Ende ihrer Kräfte, weil sie das Schweigen Jochens aufbrechen wollte, nur einmal herankommen an ihn, während Jochen dasaß oder lag und schwieg und Lili keine Ahnung hatte, ob er überhaupt zuhörte. Manchmal rauchte er, oder er trank einen Rotwein. Manchmal sah er aus dem Fenster oder in den Fernseher. Wenn Lili ihn anschrie, dass er sie doch gefälligst wenigstens ansehen solle, sah er Lili an und durch sie hindurch. Lili konnte sich jedenfalls in seinen Augen nicht wiederfinden, nicht festhalten.

In Axels Bett hatte Lili dagelegen, eine Hand auf Axels Brust, und Axel war es, der auf sie einredete. Er entwarf immer neue Bilder ihrer Zukunft. Lili hörte entspannt und erwartungsvoll zu. Der angenehme Lärm der nächtlichen Neureutherstraße machte Axels Storys glaubwürdig. Und sie, Lili? War sie glaubwürdig? Oder war sie nur ihr altes Leben leid und spürte heftige Neugier auf ein Leben mit Axel? Hatte sie vielleicht etwas verwechselt? Nicht richtig hingesehen?

Das Telefon klingelte. Lili schrak auf aus ihren Gedanken. Sollte sie hingehen? Ihr Handy war nicht aktiviert, sie brauchte keine Anrufe, vor allem nicht von Jochen. Aber es konnte ja Axel sein, der ihr endlich etwas Liebevolles sagen würde. Lili hob ab, meldete sich mit ihrem Vornamen. In der Leitung die gesprächige Leere, wenn jemand zögert, sich zu melden. Dann eine junge weibliche Stimme: »Sorry, ich ruf Axel heut Abend an.«

Wenn Lili noch in Zweifel gewesen war, ob sie bei Axel richtig hingesehen, hingehört und die richtigen Schlüsse gezogen hatte, verschwanden sie im Selbstverständnis dieser jungen Telefonstimme. Verstand Lili die Botschaft dieser Stimme richtig? Wurde sie aussortiert? Waren die Wochen mit Axel reine Einbildung gewesen?

Eines schien Lili sicher, sie würde auf alle ihre Fragen vorderhand keine Antworten finden. Schon gar nicht in ihr selbst. Sie fühlte sich völlig verdorrt und leer, daher musste sie dringend etwas trinken.

Lili ging in die Küche, die himbeerfarben gestrichen war, was sie heute aufdringlich fand. Sie suchte das Päckchen mit dem Kaffee, es war noch ein wenig Pulver da, und sie füllte Wasser ein, tat Kaffeepulver in den Filter und stellte die Kaffeemaschine an. Beim Hantieren bemerkte sie feinen krümeligen Schmutz auf der Anrichte, die Spüle war in den Rillen der Ablage sogar richtig verdreckt, und in dem kleinen Behälter mit dem Biomüll faulten schwarze Bananen- und andere Obstschalen vor sich hin. Und wenn schon, Lilis Küche war es ja nicht und würde es auch nicht werden. Wenigstens das stand jetzt einmal fest.

Bald roch es nach frisch gebrühtem Kaffee, und Lili spürte, dass sie hungrig war. Im Kühlschrank stand Sojamilch, ach ja, Axel hatte etwas von einer Laktoseintoleranz erzählt, im Gemüsefach lagen einige schlappe, verkrümmte Mohrrüben und zwei Äpfel, weiter oben fand sich ein Brotaufstrich aus dem Reformhaus und eingeschweißter Quark. Vielleicht war es aber auch Soja. Keine Ahnung. Keine Ahnung. Dieses Wortvirus hatte Frau Jakobsen eingeschleppt in die Familie, sogar Anton sagte schon zwischen zwei Sätzen »keine Ahnung«. Jochen nicht. Jochen sagte nie etwas, sogar gegen eingeschleppte Wortviren war er immun. Lili wollte nicht an ihn denken. Nicht heute, nicht in dieser Wohnung. Am liebsten eine Zeit lang gar nicht.

Lili fand eine große englische Kaffeetasse im Schrank. Sie goss sich den dampfenden Kaffee ein, hätte ihn gerne mit Milch getrunken, doch an die Sojamilch traute sie sich nicht heran. Langsam spazierte sie durch Axels Wohnung, vorsichtig an dem heißen Kaffee nippend, der nicht so gut schmeckte, wie er roch. Vielleicht war er schon Wochen alt. Egal, er war heiß und wärmte Lilis Hände, die trotz des warmen Wetters leicht klamm waren. Wo war sie in ihren Gedanken gewesen? Keine Ahnung. Doch, bei Jochen, und dabei, dass sie im Moment gar nichts empfinden konnte für ihn. Es war so, als wäre da niemals etwas gewesen, und außerdem war sie ausgezogen. Sie konnte ohnehin nicht mit ihren Taschen und Koffern anrücken und sagen, hallo, ich bin wieder da. Wahrscheinlich hatte Jochen schon ein neues Türschloss anbringen lassen. Dazu würde ihm Bea raten. Oder Frau Jakobsen. Die liebte Jochen. In der ersten Zeit, als Lili eingezogen war, teilte ihr Frau Jakobsen unbefangen mit, dass der Herr Doktor ein wunderbarer Mann sei. Sie erwartete offenbar keine Antwort von Lili.

Doch in den folgenden Jahren, vor allem in der letzten Zeit, hatte sie dasselbe wiederholt zu Lili gesagt, aber mit einem anderen Unterton. Beschwörend. Strafend. Zuletzt vielleicht sogar verächtlich. Frau Jakobsen war nicht die Einzige, die Jochens Schweigen, sein ruhiges Dasitzen attraktiv fand, geheimnisvoll. Besonders junge Frauen waren von ihm beeindruckt. »Dein Mann ist ja richtig Klasse« oder »Du hast ja einen unglaublich attraktiven Mann«, hatten viele zu Lili gesagt, die ihn im Urlaub kennen gelernt hatten oder bei den seltenen Partys, die Lili und Jochen gaben. Selbst beim Spazierengehen im Zoo, wenn Jochen Sophie auf den Schultern hatte und Anton an der Hand, wenn Lili mal einige Meter zurückgeblieben war oder abseits stand, hatte sie gesehen, wie Frauen Jochen mit sehnsüchtigen Augen angesehen hatten. Schließlich hatte er Lili anfangs auch gut gefallen. Auch sie hatte es gereizt, zu diesem verschlossenen, ruhigen Typ Zugang zu finden, sich ihm anzuvertrauen, sein Vertrauen zu gewinnen. Hatte er Lili eigentlich ein einziges Mal so intensiv und verliebt angestrahlt, wie er es bei Sophie und Anton konnte? Doch, ja, in der allerersten Zeit, als er sie zum Lieben einfing und sie sich als Trophäe um den Nacken gelegt hatte, da konnte er übermütig und verrückt sein, aber dann hatte Bea die Giftspritze angesetzt.

Lili sah sich in der Wohnung um, wie schon einige Male vorher, aber heute sah sie sich anders um. Abschied nehmend. Die himbeerfarbene Küche duckte sich unter die Schräge des Daches, im kühlen Licht des großen grün gestrichenen Wohnraums sah Lili sich im Spiegel, schaute sofort wieder weg. Die Frau, die ihr da entgegenblickte, musste sie sofort abkommandieren ins Bad.

Während sie sich bückte, um ihr Haar über den Kopf nach vorn zu föhnen, eine Haltung, in der sie ziemlich gut denken konnte, fiel ihr ein, dass sie als Erstes eine Wohnung brauchte. Heute noch. Am besten innerhalb der nächsten Stunde. Charlotte. Natürlich Charlotte, die ihren Modeeinkäufer fast überstürzt geheiratet hatte und seit kurzem wieder geschieden war. Charlotte, die einzige Zeugin ihrer Tugend. Doch davon wusste sie nichts. Lili hatte nie mit ihr über diese Nacht und ihre Folgen gesprochen. Niemals hätte Lili es zugelassen, dass Charlotte mit Jochen über die Nacht im »Palace« sprach und versuchte, Lili zu rehabilitieren. Vielleicht wünschte sich Jochen gar nicht, dass Lili freigesprochen wurde. Vielleicht wollte er sie hassen, wenigstens ein bisschen, so wie er seine Mutter ein bisschen hasste, auch Bea und Georgia. Und wer weiß, wen noch.

Lili richtete sich auf, warf ihre Haare nach hinten und zog vor dem Spiegel in die blonde Mähne einen Zickzackscheitel. Ihre Wangen waren vom Bücken leicht gerötet,

Augentropfen hatten ihre roten Augen beruhigt, und sie zog mit schwarzem Kajal einen kräftigen Lidstrich vom äußeren unteren Augenlid zum inneren und darüber hinaus bis hin zur Nasenwurzel. Nur für den Fall, dass Axel ihr beim Rückzug begegnen sollte. Dann würde sie ihn aus ihren umrahmten Augen anfunkeln und ihm sagen, dass er sich weiterhin selber verachten solle, er habe Grund dazu. Lili dachte auch noch daran, dass ein Philosoph gesagt hatte, mit dreißig Jahren sei man, im Sinne hoher Kultur, ein Anfänger, ein Kind. Na also. Sie musste sich nur mit Leuten von Kultur umgeben. Da war sie bei Axel tatsächlich an der falschen Adresse gewesen.

19

»Willkommen im Club«, rief Charlotte und hielt die braune, mit Jugendstilschnitzerei geschmückte Wohnungstür auf, damit der Taxifahrer Lilis Gepäck reintragen konnte. Diesmal fand Lili ein Gästezimmer mit eigenem Bad vor, einen Schrank voller leerer Kleiderbügel und sogar einen Strauß frischer Rosen mit Efeu, die Charlotte zu Lilis überraschendem Einzug besorgt hatte.

Ein großer ovaler Tisch mit zwölf Stühlen stand in der Diele, von der man in sechs Salons, Wohn- oder Schlafzimmer hineinsehen konnte. Lili dachte, dass Charlotte eine der schönsten Wohnungen hatte, die Lili kannte, wenn nicht die schönste. Charlottes Großmutter väterlicherseits hatte ihr so viel Geld hinterlassen, dass Charlotte diese Wohnung kaufen konnte. Lili war nicht neidisch, aber im Moment hätte sie eine Erbschaft auch gut gebrauchen können.

Charlotte wollte eine Proseccoflasche köpfen, doch Lili winkte ab, bat um Wasser. »Ich hab noch Restalkohol in mir von heut Morgen. Aber hungrig bin ich wie ein Tier. In Axels Kühlschrank sieht es aus wie bei einem Yogi.«

Charlotte meinte, bei ihr sei auch nur eine Packung Algen zu finden, sie müsse dringend abnehmen und wolle heute nur noch Tee trinken. Sie schlug Lili vor, ins »Café Luitpold« zu gehen, da könne Lili etwas essen, und dann würden sie für Lili Lebensmittel einkaufen gehen. Sie persönlich benötige im Moment nur Dinkelsemmeln und Joghurt, aber sie werde von Lili nicht verlangen, dass sie dasselbe äße. »Du bist ja so dünn wie immer. Kein Mensch würde denken, dass du zwei kleine Kinder hast.«

Charlotte stutzte, sah Lili schuldbewusst an. »Verzeih, ich wollte dich nicht ...«

»Lass nur, ich weiß schon.«

Sie liefen über den Königsplatz, vor der Glyptothek wehten zwei Fahnen. Herkules. Herakles. »Vielleicht schauen wir morgen mal rein bei den steinernen Herrschaften. Die versprechen wenigstens nichts, was sie nicht halten können.«

»Was hat dein Ex dir denn versprochen?«, fragte Lili, nur weil ihr einfach nichts anderes einfiel, und Charlotte rief ihr zu, dass er ihr alles versprochen habe und nichts gehalten, und dass er sogar dann lügen würde, wenn er betete. Das klang alles eher fröhlich als bedrückt, oder Lili nahm es nicht so genau wahr, denn der Gedanke an Sophie und Anton, der ständig in ihr lebendig war, auch wenn sie darüber nicht sprach, nicht einmal mit sich selbst, dieser Gedanke bohrte sich durch Charlottes Bemerkung wie eine Lanze in sie, wie eine Lanze von Schmerz, Wut und Verzweiflung. Über sich selber, über Axel, der gestern noch alles gewesen war, was Lili sich an Vollkommenem, Dichtem, Heißem und Glühendem hatte vorstellen können. Und nun war er schon Erinnerung, eine uralte Erfahrung. Und auch die sollte Lili alleine gehören, wie der Schmerz um ihre Kinder auch nur ihr Schmerz war.

Lili ging so rasch, dass Charlotte bald protestierte. »Hey, renn doch nicht so. Schließlich hab ich keine Sneaker an!«

»Und warum nicht?«, wollte Lili wissen, »du weißt doch, wie weit es von der Richard-Wagner-Straße bis zum ›Café Luitpold‹ ist.«

»Schon. Aber ich bin nun mal nicht eins achtzig groß

wie du, und außerdem hab ich in flachen Schuhen Beine wie Krautstampfer. Hast du zu mir gesagt. Schon vergessen?«

»Man muss nicht nur seine Feinde lieben, sondern auch seine Freunde hassen können. Hat Nietzsche gesagt. Glaub ich wenigstens«, lachte Lili, doch Charlotte, immer noch atemlos, japste: »Mit dem hat es auch böse geendet. Ist ja kein Wunder, wenn der solchen Quatsch geredet hat.«

Als sie durch die Glastür gingen, sah Lili in der ersten Sekunde schon Bea und drei ihrer Antigrazien unter den Gästen, die bei Kuchen, Eis oder anderen exquisiten Speisen einander unter dem Siegel der Verschwiegenheit Geheimnisse preisgaben, an Legenden strickten oder – wie Bea und ihr Gefolge – immer noch an Tugend und Moral der anderen arbeiteten, da sie für ihre Mutmaßungen und Unterstellungen bislang nicht zur Rechenschaft gezogen wurden.

Lili setzte sich mit dem Rücken zu Bea und hoffte, dass ihre Schwägerin sie nicht gesehen hatte. Auch Charlotte sollte nicht auf Bea aufmerksam werden, deshalb zog Lili die Speisekarte heran, las Charlotte vor, dass es heute eine »feine Kürbissuppe« gab, ein Fischfilet »Atlantikzunge« und »geschnetzelte Kalbsleber in Calvadossauce mit Apfelbällchen und Speckrösti«. Lili sagte, dass sie am liebsten das gesamte Menü äße, und Charlotte beschwerte sich, dass Lili offenbar keine Sekunde an ihre fastende Freundin denke.

»Und wie wäre es, wenn du erst morgen anfingest mit deiner Fastenkur? Komm, Charlotte. Heute ist ein besonderer Tag. Ich lade dich ein!«

»Also gut«, Charlotte seufzte und jammerte leise, dass sie niemals wieder schlank sein werde, wenn einen nicht mal die beste Freundin dabei unterstütze und so weiter.

Doch dann sah sie Lili plötzlich streng und forschend an. »Was deine Einladung angeht, hast du überhaupt Geld? Du musst sofort zum Anwalt, Unterhalt einklagen. Sonst bist du doch mittellos, oder?«

Lili erklärte, dass sie schon noch Geld habe von gelegentlichen Jobs, »aber lange reicht das nicht, da hast du Recht. Ich gehe morgen zur Uni, ich hab von einem Job gehört, da kann man in den USA arbeiten, beim Kongress, ich brauche nur ein Gutachten vom Lehrstuhl, und dann kann ich mich bewerben.«

»In die USA willst du, jetzt, wo ich alleine bin? Und außerdem gibt es da nur sehr wenige Stellen. Willst du nicht im Amerikahaus nachfragen? Oder bei der Münchner Rück? Da sind doch welche von unserem Semester hingegangen.«

»An Amerika glaube ich selber nicht so recht«, sagte Lili, »aber ich hätte schon Lust, richtig weit weg zu sein, mich nicht mehr mit halben Sachen zu begnügen.«

Charlotte schaute plötzlich hoch, Lili wusste sofort, dass Bea hinter ihr stand, sie spürte sie förmlich in ihrem Rücken, aber sie drehte sich nicht um. Sie konnte nicht garantieren, dass sie Bea nicht doch mit der Faust auf die Nase schlagen würde. Daher nahm sie ruhig noch ein Apfelbällchen. »Sind die nicht köstlich, Charlotte?«, fragte sie, und Bea antwortete von hinten, dass Lili sich schämen solle.

»Lässt Jochen mit den Kindern sitzen. Unglaublich! Hängst hier herum. Wer, glaubst du, hütet gerade deine Kinder?«

»Du offensichtlich nicht!« Lili drehte sich immer noch nicht um, sondern suchte die leckeren Leberstücke aus der Calvadossauce. Doch innerlich bebte sie, und sie sagte in ihren Teller hinein, dass Bea sie in Ruhe lassen solle. »Hau ab. Geh zu deinen hässlichen Zwerginnen. Ihr bereitet sicher schon wieder neue Intrigen vor.« Lili hob ihre Stimme. »Weißt du was, ich zähle jetzt bis drei, und wenn du dann nicht hinter mir verschwunden bist, kriegst du eins auf deine Knollennase!«

Charlotte schaute auf Bea, Lili sah Charlotte an, und sie sah an Charlottes Gesicht, dass Bea immer noch da stand, und nun sprang Lili auf, drehte sich zu Bea um. Die machte einen raschen Schritt zurück und ging dann zu ihren Freundinnen im hinteren Teil des Cafés.

20

Jochen stieg aufs Rad, fuhr den breiten Weg hinein in den Englischen Garten, bog wie immer gleich links in einen Pfad ein, der an den Ställen der Pferde und Schweine vorbeiführte. Es stank entsprechend, aber Jochen wusste, dass dieser Geruch nur eine sanfte Erinnerung an die Verhältnisse früherer Zeiten war. Er hatte in der Bibliothek der Fakultät Aufzeichnungen gelesen, wie die Königlich Bayerische Central-Tierarzneischule im achtzehnten und neunzehnten Jahrhundert ausgesehen hatte. Die idyllische Ruhe des Englischen Gartens wurde damals empfindlich gestört durch den Lärm der Schmiedehämmer, es roch beißend nach verbranntem Horn, vermischt mit dem Geruch nach verbranntem und verfaultem Fleisch, Kot und Eiter. Wolken von Schmeißfliegen erhoben sich über dem Dung und den Kadaverresten, Hunderte von Ratten tummelten sich in den alten morschen Gebäuden und in der urigen Kanalisation, die unmittelbar in den Schwabinger Bach mündete. Scharen von verwilderten Tauben hatten hier ihre Brutplätze.

Die Gebäude der Fakultät waren meist Holzbaracken. Es wunderte jeden, dass sie nicht längst abgebrannt waren, denn Gas und Strom waren vorschriftswidrig offen verlegt. Doch nur hin und wieder gab es kleinere Brände. Die Gebäude der Veterinärschule waren fast alle über dreihundert Jahre alt, entstanden aus dem 1778 aufgelösten Jesuitenkloster. Die Jesuiten hatten hier eine Landwirtschaft mit Milchkühen und Schweinen – erforderlich für den großen Konvent mit Schülerinternat in der Neuhausergasse.

Insgesamt waren die Gebäude der Fakultät relativ veraltet und verkommen. Wenn dringende Neubauten für fehlende Institute gefordert wurden, verwies man auf die Notlage des Staates. In Leipzig wurde eine ganz neue Fakultät gebaut, Berlin und Hannover erhielten große Neubauten. Doch auch wenn viel geklagt wurde, die meisten der alten Professoren fühlten sich im vertrauten alten Gemäuer wohl. Noch 1950 lehnte es die Fakultät ab, an den Stadtrand von München zu ziehen, obwohl klar zu sehen war, dass der enge Platz am Englischen Garten für eine moderne Fakultät nicht ausreichen würde.

Jochen war es recht, dass die Kollegen bis heute an ihrem alten Standort geblieben waren. Sein Großvater hatte das Haus in der Keferstraße natürlich wegen seiner Nähe zum Institut gekauft. Für Jochen war es auf eine sentimentale Art vertraut, dort zu arbeiten, wo schon der Urgroßvater gelehrt und geforscht hatte. Am ersten Tag im Münchner Institut war er in das Gebäude der Anatomie gegangen, nur wenige Schritte von seinem Arbeitsplatz entfernt. Er betrachtete die Sammlungsräume der Anatomie, die pathologische Sammlung, und er fragte sich bei jedem Präparat, ob es sein Großvater noch gesehen hatte. Er dachte wieder daran, was er über seinen Urgroßvater, den *alten Osthaus,* gelesen hatte und über seinen Großvater, den *jungen Osthaus.* Sie waren wie er über das Gelände der Fakultät gegangen, das zwar heute wesentlich zivilisierter und moderner war als früher, aber es lag immer noch am selben Englischen Garten, und der Großvater war mit seinem Fahrrad denselben Weg nach Hause gefahren wie Jochen.

Professor Beck hatte ihm schon in Berlin gesagt, dass

fünf Tiermedizin-Lehrstühle nach Oberschleißheim umziehen würden. Auf dem Veterinäranger in Oberschleißheim wurde eine Klauentierklinik angelegt, in der Rinder und Schweine versorgt werden sollten. Die Universität hatte außerdem ein leerstehendes Fabrikgebäude gekauft und für sieben Millionen Euro umgebaut. Dorthin würden in den nächsten Wochen auch die Lehrstühle für Tierernährung und Diätetik ziehen. Jochen hatte sich seinen Büroraum schon angesehen. Natürlich war das ganze Projekt vernünftig und längst überfällig, wenn die Münchner Fakultät mit denen anderer Universitäten weiterhin kooperieren wollte. Doch für Jochen, in seiner Situation als verlassener Ehemann und allein erziehender Vater, wie er sich selber nannte, für ihn war es eine größere Schwierigkeit als für die Kollegen, die nur einen anderen Weg zur Arbeit wählten als bisher. Ihm half es im Moment sehr, dass er auf dem Fahrrad nur fünf Minuten brauchte vom Institut bis in die Keferstraße, wo er Julia ablösen und die Fragen seines Sohnes beantworten musste. »Papa, wo sind am Tag eigentlich die Sterne?«

Wenn er Anton bei sich hatte, wenn er die Hand seines Sohnes in seiner spürte, wollte ihn ein blinder Glaube an die Güte der menschlichen Natur überkommen, er dachte, dass es keinen Sinn hatte, wenn er Tag und Nacht versuchte, Lilis Verhalten zu analysieren oder dem Hass seines Vaters auf die Spur zu kommen. Wenn Jochen sein Gehirn noch so sehr anstrengte, sich zu konzentrieren suchte wie bei seinen Staatsexamen – er begriff immer weniger. Er fühlte aber, wie sein Glaube an die Möglichkeit, dass alles noch zu retten war, immer matter wurde. Er hoffte nicht mehr, dass Lili zurückkam. Er verbot es sich. Es wäre jetzt, nach diesen Wochen, auch zu spät. Er hatte Lili viel zu sagen, sehr viel, aber seine Zunge lag ihm schwer im Mund, wie Blei. Er wollte Lili sagen, dass seine Liebe zu ihr zerstört war, kaputt, auch die Eifersucht auf Axel war nur noch kalte Asche. Auch wenn das alles gelogen war. Er wollte es sagen. Aber er wusste, dass er kein Wort herausbringen würde.

Eines Nachts, nach vielen Gläsern Rotwein, hatte er damit begonnen, überall in der Welt herumzuchatten, dass er ein verlassener Ehemann und Vater und auf ein Echo von Schicksalsgefährten gespannt sei. Seitdem kannte er das Schicksal einer polnischen Jüdin in Dänemark, die Musikerin war und ihren Mann an eine ihrer Schülerinnen verloren hatte. Einem Zen-Hypnosetherapeuten in England war seine Frau durchgebrannt, weil er ihren Geburtstag vergessen und den ganzen Tag lang nur einen Satz zu ihr gesagt hatte: »Leg nicht den Föhn ins Waschbecken!« Aus Neuseeland schrieb ihm eine Aborigine-Künstlerin, dass ihr Mann, der sie schon seit zwei Jahren betrüge, ihr auch noch einen Finger gebrochen habe. Ein verlassener Dichter aus Australien klagte in einem sehr poetischen Ton, dass die Vergeblichkeit der Jahre ihn kalt und leer gemacht habe, dass aber immer noch die alten Ströme lebten und rauschten wie voreinst und alle Zeit. Das hatte Jochen überzeugt.

21

Es war Wochenende, ein blauer Herbsttag, golden und voller Geheimnisse und Versprechungen. Jochen musste nicht ins Institut, er konnte in aller Ruhe mit den Kindern frühstücken. Vor einiger Zeit hatte er den Esszimmertisch ans Fenster gerückt, um mit den Kindern in den Garten hinaussehen und die Vögel beobachten zu können. Aus dem Wohnraum, der vier Stufen niedriger auf gleichem Niveau wie der Garten lag, klang Klavierspiel herauf, Vivaldi. Es war Julia, die übte, weil in ihrer kleinen Wohnung kein Klavier Platz hatte und sie nicht jedes Mal zum Spielen nach Landsberg zu ihrer Großmutter hinausfahren wollte.

»Da, ein Eichkätzchen!«, schrie Anton aufgeregt, »ein schwarzes, schau!«

»Nö«, sagte Sophie ungerührt und biss in ihr Schokocroissant, das sie für Minuten zu einem ruhigen Kind werden ließ. Jochen dachte, dass es schön war, wie Sophie aß, hingebungsvoll und ernsthaft, durch nichts abzulenken. Anton hing am Fenster, Mund und Nase platt, weil er dem Eichkätzchen bis in den Baumwipfel nachschauen musste. Dann setzte er sich wieder hin, nahm ebenfalls sein Croissant in Angriff. Es war mit Vanillecreme gefüllt, und er hielt es Jochen hin, der auch hineinbiss, obwohl es ihm zu süß war. Er kaute und holte tief Luft. Dieser Samstag schien ihm richtig aufregend. Allein das Licht! Die letzten Tage waren unwirklich gewesen in ihren Farben. Am späten Mittag schon glühten die Kronen der Bäume im Englischen Garten wie in flüssigem Gold. Der Himmel war roséfarben, umrandet von sanftestem Grau. So viel Menschen in Bewegung, Wogen von Füßen waren dem Englischen Garten zugestrebt. Und heute, am Ende der Woche, würde er mit seinen Kindern dabei sein, oder sie könnten in die Berge fahren, vielleicht käme Julia mit ihnen, und nach außen wären sie eine komplette Familie.

Jochen lehnte sich zurück in seinem Stuhl, die Kaffeetasse in der Hand. So, die Sonne im Zimmer, seine Kinder ganz nah, das Klavierspiel Julias im Hintergrund, würde er ganz ohne Gram alle vergessen, die ihn nicht lieben konnten. Zum ersten Mal, seit Lili ihn verlassen hatte, fühlte er sich leicht, stark und mutig. Er hatte Schluss gemacht mit Lili, so wie sie mit ihm, er war mit ihr fertig. Jedenfalls glaubte er das in diesem Moment, und es erleichterte ihn.

Julia kam die Stufen herauf, sie lächelte ihn und die Kinder an mit ihrem ungewissen, aber selbstbewussten Lächeln, Jochen schenkte ihr Kaffee ein, schob ihr den Brotkorb zu und fragte sie, ob sie in das David-Bowie-Konzert mitkommen wolle, seine Mutter würde heute Abend bei den Kindern bleiben.

»David Bowie?«, fragte Julia überrascht, »das ist ja toll! Gestern war ich mit Freunden am Platzl, im Hard-Rock-Café, da hängen in Vitrinen Bilder und Kleider von Rockstars. Von David Bowie hängt ein Astronautenanzug da und von Iggy Pop eine verrückte Glitzerjacke.«

Ehe Jochen antworten konnte, ging die Türglocke. Anton rannte, um zu öffnen, und kam mit Jochens Vater zurück. »Da komme ich ja gerade recht«, sagte er und erklärte, dass er noch nicht gefrühstückt habe, weil es ihm allein nicht schmecke. »Meist gehe ich zu Höflinger, wenn ich in München bin, aber da war es mir heute zu voll!«

»Wir haben Krossang«, erklärte ihm Sophie kauend.

»Mit vollem Mund spricht man nicht, junge Dame. Hat dir das noch keiner gesagt?«, fragte der Großvater seine Enkelin.

»Nö«, antwortete Sophie und schaute ruhig kauend in die Runde. Anton, offenbar in gewisser Verlegenheit, ließ seine Beine baumeln, und der Großvater tadelte auch ihn wegen diese Unsitte.

»Hast du schlechte Nerven?«, wollte Toni daraufhin wissen, und Jochens Vater wurde zusehends missgestimmter. Er stand auf und ging zu Jochen in die Küche, der darauf wartete, dass frischer Kaffee für seinen Vater durchlief.

»Warum sind die Kinder so ungezogen? Kannst du ihnen nicht beibringen, dass sie sich anständig benehmen? Ich bin immerhin ihr Großvater!«

Jochen schaute dem Kaffee zu, der fauchend und spuckend in die Kanne lief. Er sagte, dass die Kinder ihren Großvater nur höchst selten sähen, und außerdem finde er nicht, dass Sophie und Anton sich schlecht benommen hätten. »Sie sind noch klein und kennen keine verlogene Konversation. Du kannst dir übrigens im Esszimmer ein Gedeck aus dem Schrank nehmen. Ich bringe dann den Kaffee.«

Es war klar, dass Jochen seinen Vater loswerden wollte, doch den störte das keineswegs. »Lass nur. Es ist mir wichtiger, mit dir zu reden. Lili hat dich also sitzen lassen. Das war mir von vornherein klar. Diese Wahnsinnsfrau und du – unmöglich!«

Der offene Hohn des Vaters riss die Schutzschicht ein, die Jochen mühsam aufgebaut hatte, die schneidende Stimme fuhr tief durch seinen Körper. Ihm war fast schlecht, so sehr verstörte ihn das ungehörige Benehmen des Vaters. Jetzt war er erwachsen und konnte ihn immer noch nicht in seine Schranken weisen. Es war, als klebten die Worte fest in seinem Mund.

Jochen wusste nicht, ob sein Vater ihn ansah. Er begann, das Kaffeepulver zusammenzukehren, das er verschüttet hatte. Er spürte seinen Vater im Rücken, nichts regte sich, aber er war da, und wo er war, da gab es keine Ruhe. Jochen war wieder neun Jahre alt, was er auch tat, der Vater schlug ihn, belauerte ihn, beschimpfte ihn. Sogar die Wände hatten Augen, die Fenster verrieten ihn. Hatte sich denn gar nichts verändert?

Sein schöner Tag mit den Kindern und Julia, dieser Tag, der so vielversprechend begonnen hatte, schien ihm davonzurollen wie ein Rad, das sich unversehens gelöst hat, er sah, wie es sich in der Ferne verlor, und konnte ihm nicht folgen, war festgehalten von diesem Mann, den er Vater nannte, der für ihn aber nur ein Jemand war, ein spießbürgerliches Gespenst.

»Und die da draußen, dies spillerige Kind, ist das schon die Neue?«, hörte er ihn fragen. Jochen ärgerte sich, er hätte gerne getobt und geflucht, dass er sich schleichen solle, dieser bösartige alte Mann. Mehr war er doch nicht. Was hatte er mit ihm zu schaffen?

»Entweder du trinkst jetzt einen Kaffee, oder du lässt es.« Jochen ließ seinen Vater in der Küche stehen, ging mit der gefüllten Kanne zurück ins Esszimmer und fragte Julia, ob sie einen frischen Kaffee wolle. Sie hielt ihm wortlos ihre Tasse hin, sah ihn mit einem kleinen, verschwörerischen Grinsen an, so dass er wie aus einem Albtraum erwachte.

Sein Vater setzte sich, nahm ungerührt eine Laugenbreze, tat Butter drauf und begann zu essen. In die Stille hinein sagte Sophie entschlossen zu ihrem Großvater: »Du bist aber ein Blöder.«

»Und du bist ein hässliches kleines Mädchen, das aussieht wie Winston Churchill«, erwiderte der, und er wandte sich Julia zu, das obligatorische laute »Nö!« von Söphchen überhörend.

»Sind Sie die neue Freundin meines Sohnes?«, fragte er direkt, und Julia sah erstaunt zuerst auf ihn und dann auf Jochen, der tief durchatmete und die Augen zur Zimmerdecke hob. Daher lächelte Julia Jochens Vater sanft an, sagte, dass sie glaube, ihn gehe das nichts an. »Sie maßregeln zwar die Kinder, aber Sie selber halten wohl nichts von gutem Benehmen«, teilte sie dem behaglich kauenden Joachim Osthaus mit, und der nahm es ihr offenbar nicht übel. Zumindest ließ er es sich nicht anmerken. Er trank seinen Kaffee, aß die Breze in aller Ruhe zu Ende und tat so, als bemerkte er die betretene Stille nicht, die selbst die Kinder nicht mehr durchbrachen.

Jochen versuchte, Ordnung in seinen Kopf zu bringen. Was wollte sein Vater von ihm? Er konnte sich keinen Reim darauf machen, was den hierher getrieben hatte. Dass Lili ausgezogen war, wusste er doch. Jedenfalls wollte Jochen dieser Situation ein Ende machen, und zwar sofort.

»Vater, du musst uns entschuldigen, wir fahren nach Schliersee, müssen einige Sachen zusammenpacken. Du hättest dich anmelden sollen!«

»Ihr könntet mich ja auch mitnehmen. Aber so sind die Kinder heutzutage«, sagte Osthaus senior theatralisch. Kein Zweifel, er wollte auch vor dem spillerigen Ding einen guten Abgang haben: »Sie werfen ihren einsamen Vater hinaus aus ihrem Leben!« Er legte sich den eleganten Seidenschal wieder um den Hals, warf Julia einen letzten Blick zu und ging, ohne sich von den Kindern zu verabschieden. Jochen begleitete ihn in die Diele, öffnete ihm die Haustür, da wandte sich sein Vater nochmals zu ihm um: »Übrigens«, sagte er, nun wieder in seinem Befehlston, »Bea heiratet. Wusstest du das? Sie hat sich tatsächlich einen einflussreichen Frankfurter Banker geschnappt. Na, wenigstens eines meiner Kinder, das nach mir schlägt.« Jochen hörte nur halb, wie der Vater den Schwiegersohn in spe in den höchsten Tönen lobte. Erst als der Vater sagte, er erwarte, dass Jochen mitfahre zur Hochzeit, wurde ihm klar, worum es ging.

»Wieso soll ich mitkommen? Bea war auch nicht bei meiner Heirat dabei.«

»Deine Heirat war keine Hochzeit«, sagte sein Vater schneidend. »Das waren einige Minuten im Standesamt. Doch Beas Hochzeit richte ich aus! Mit Pauken und Trompeten, und da möchte ich meinen einzigen Sohn dabeihaben. Die Familie von Beas Zukünftigem ist groß und besteht praktisch nur aus Akademikern. Da will ich auch nicht zurückstehen. Schließlich haben wir dein Studium finanziert und dich den Doktor machen lassen!«

Jochen fasste es nicht. Der Alte musste durchgeknallt sein vor lauter Überraschung, dass seine vergötterte Bea in den Frankfurter Bankadel aufsteigen sollte. »Nur weil du es erwähnst«, sagte er zu seinem Vater, »mein Studium hat mein Großvater bezahlt, und zwar von A bis Z. Und ob ich zu Beas Hochzeit komme, das überlege ich mir noch.« Damit schob er seinen Vater zur Tür hinaus und schloss sie hinter ihm.

22

Lili brauchte für ihre Bewerbungen einige Unterlagen und Bücher, sie hatte ihre Pläne über ein Stipendium in Amerika inzwischen aufgegeben und wollte sich bei Münchner Firmen und Einrichtungen bewerben. Alle die Berufe, Lebensläufe und Karrieren, die sie sich im Taumel des Aufbruchs zusammenfantasiert hatte, sollten den Wunsch nach Trennung von Jochen ermöglichen und die Chance, weiter die Mutter von Sophie und Anton bleiben zu können. Ihr ursprüngliches Vorhaben, radikal mit der Vergangenheit zu brechen, schien ihr schon jetzt, nach sechs Wochen der Trennung, absoluter Wahnsinn. Sie hatte sich wie ein heranwachsendes Mädchen benommen, das jeden Tag einen anderen Traum träumt. Sich in eine neue Rolle hineinfantasiert. In einem der Träume war sie die Prinzessin gewesen, die den garstigen Frosch küsst und als Lohn für diese Überwindung den strahlenden Prinzen bekommt. Lili musste unwillkürlich grinsen, wenn sie sich Jochen als hässlichen nassen und kalten Frosch vorstellte. Hässlich und nass war er nicht, kalt aber sehr wohl. Wenigstens in der letzten Zeit.

Vielleicht verzieh er es Lili nicht, dass sie mühelos immer das letzte Wort gehabt hatte, wenn sie stritten?

Lili radelte in die Keferstraße. Sie trug eine enge schwarze Hose, eine leichte warme Jacke und eine Mütze, die ihr blondes Haar vollkommen verdeckte. Lili wollte von den Nachbarn nicht erkannt werden, und auf gar keinen Fall wollte sie Jochen oder den Kindern begegnen. Ihr wurde erschreckend klar, dass sie schon nach diesen wenigen Wochen kaum mehr etwas von ihrer Familie wusste. Wie würden sie den heutigen Tag verbringen, diesen selten schönen Herbsttag, der geschwängert war von frischem Duft nach altem Laub. Lili erschien er berauschend und aufregend, und sie nahm die Geräusche der Straßen in sich auf, die in den Englischen Garten führten. Sie radelte am Schwabinger Bach entlang, und Lili dachte an Tage als Studentin in Boston, die so bunt glühend gewesen waren, an Nächte mit Kaminfeuer und brennenden Kerzen, sie sah sich mit dem Rad ihrer New Yorker Kommilitonin durch den Central Park fahren – alles das hatte sie in der ersten Zeit ihrer Verliebtheit mit Jochen noch einmal erleben, mit ihm teilen wollen, weil sie glaubte, dass es mit ihm ein vollkommenes Glück sein müsse. Sie waren niemals gemeinsam in den USA gewesen.

Plötzlich wurde Lili aus ihren Gedanken aufgeschreckt, sie hörte von irgendwoher den Ruf einer Frau, ein Kind antwortete – ein kleiner, aber unendlicher Dialog –, und es schien Lili, als spräche sie selber mit Sophie. Sie lauschte, woher die Kinderstimme kam, von welchem Weg, Lili wollte dorthin, sie glaubte plötzlich, dass Sophie sie suchte, ihr kleiner Churchill suchte sie.

Sie machte einen Umweg, fuhr von der Seite ans Haus heran, wo sie von den großen Tannen verdeckt blieb. Schon als sie das Rad abstellte, hörte sie die Stimmen ihrer Kinder im Garten. Jochens Volvo stand mit offener Heckklappe in der Einfahrt. Söphchen schleppte ihre schwarze Steiff-Katze an, Toni half einer zierlichen Frau, den Picknickkorb im Auto zu verstauen. Das war doch Julia, die Studentin, die im Kindergarten aushalf! Was hatte sie am

Samstagmorgen in Lilis Garten, bei Lilis Kindern zu suchen? Wo war Jochen?

Lili fühlte, dass ihr der Tag verloren ging, sein Duft, der frische Wind. Fassungslos fragte sie sich, was sie eigentlich gewonnen hatte, als sie von hier fortgegangen war. Sie sah, wie Jochen aus der Tür kam, oben an der Treppe stehen blieb, um das Haus abzuschließen, und sie spürte, wie das Herz ihr bis in die Kehle hinein schlug. Jochen hielt eine Straßenkarte hoch, rief, dass er vorsichtshalber noch die Karte herausgesucht habe. Er kenne sich im bayerischen Umland nicht besonders gut aus. Lili fragte sich, warum er Julia Rechenschaft gab über sein Tun. Warb er um sie? Sein Gesicht war jedenfalls so offen und strahlend, dass Lili für einen Moment zu ersticken glaubte.

Julia schloss die Heckklappe, rief Jochen zu: »Sicher ist sicher. Sie sind schließlich ein halber Berliner, und ich hab überhaupt keinen Orientierungssinn!«

Wenigstens siezten sie sich. Lili sah, wie Julia die beiden Kinder auf dem Rücksitz anschnallte und sich dann nach vorn zu Jochen setzte, der den Volvo rückwärts aus der Toreinfahrt herausfuhr. Sofort stieg Lili auf das Rad, wendete und wartete an der Ecke, bis sie den Volvo in die Liebergesellstraße einbiegen und verschwinden sah. Dann fuhr sie zum Haus. Jochen hatte das Tor offen gelassen, und Lili stellte ihr Rad an der Treppe ab und lief hinauf, schloss auf und trat in die Diele, wo in einem großen Weidenkorb Hausschuhe und Kappen ihrer Kinder lagen. Diesen Korb hatte nicht Lili hingestellt. Vielleicht war es Frau Jakobsen gewesen oder diese Julia. Jedenfalls sprach der Korb voller Verachtung zu Lili, dass sie in diesem Hause nichts mehr zu sagen habe. Lili warf einen kurzen Blick in Wohn- und Esszimmer, es war ihr, als schauten die Blumen auf den Teppichen sie vorwurfsvoll an, und sie lief rasch die Stufen hinunter zu dem großen Bücherregal. Sie hatte immer noch Herzklopfen, Angst, Frau Jakobsen oder Julia hätten schon ihre Bücher und Ordner entfernt und in den Keller gebracht. Seltsamerweise dachte sie nicht daran, dass Jochen ihre Bücher verräumt haben könnte. Sie waren auch tatsächlich an ihrem Platz.

Der Anblick ihrer Küche, die auf Lilis Wunsch hin hellgelb gestrichen worden und jetzt von der Herbstsonne vergoldet war, tat ihr weh, denn die Erinnerungen kamen heftig zurück. Obwohl Lili vom Backen nichts verstand, hatte sie zu jedem Fest mit den Kindern Kekse und Kuchen gebacken. Sie hatte ihnen gebeichtet, dass die Mama gar nicht backen könne: »Ihr müsst gut aufpassen, dass ich es richtig mache.« Vor jedem Ei, das sie aufschlug, hatte sie die Kinder gespielt ängstlich angesehen, und die hatten sich mit ihr gefreut, dass alles gut ging. Gemeinsam hatten sie vom Teig genascht, ehe das Mehl hinzugetan wurde, und sie hatten sich gegenseitig mit Mehl beworfen. Einmal hatte Frau Jakobsen am nächsten Tag die Spuren der Schlacht noch gesehen, und Toni hatte stolz gesagt: »Wir haben mit der Mama Scheiß gemacht!«

Ebenso war das abendliche Bad oft ein Riesenspaß gewesen. Lili war schon in weiser Voraussicht aus ihren Kleidern geschlüpft, denn die Kinder durften plantschen, bis das Bad unter Wasser stand. Antons vom Wasser verklebte Wimpern! Söphchens seliges Gekreisch! Alles hatte tiefe Spuren in Lili hinterlassen, das spürte sie mit jeder Minute, die sie im Haus verbrachte, deutlicher.

Im Hinausgehen dachte Lili flüchtig, dass diese Julia entweder sehr ordnungsliebend war oder sich bei Jochen einschleimen wollte, denn ein so sauber aufgeräumtes

Haus hatten Jochen und Lili bei ihrem Aufbruch zu Ausflügen niemals hinterlassen.

An der Treppe blieb Lili stehen, sie zögerte, ins Schlafzimmer hinaufzugehen, obwohl das neue Buch von Judith Hermann oben auf ihrem Bücherberg lag. Lili hätte es gerne mitgenommen, doch sie fürchtete sich vor den Bildern, die sich ihr aufdrängten. Bilder, wie sie mit Jochen und den Kindern im Bett gefrühstückt hatte, eine Riesensauerei, aber die strahlenden Gesichter der Kinder waren wichtiger gewesen als die saubere Bettwäsche. Es gab noch einen zweiten Grund für Lili, nicht ins Schlafzimmer zu gehen: Sie hatte Angst, Spuren von Julia in ihrem Bett zu finden.

Im Garten wäre Lili auch am liebsten einen Moment geblieben, hinter dem Haus, auf der halbrunden Bank, wo sie letztes Jahr mit den Kindern Walnüsse geknackt und Männchen aus Kastanien und Eicheln gebastelt hatte. Doch auch Gärten hatten Ohren, und außerdem konnte es passieren, dass Jochen noch einmal zurückkam, weil Söphchen Pipi musste oder er sonst etwas vergessen hatte, was für sie dringend notwendig war. So dringend, dass sie fast die Autoscheiben zersang mit ihrer Stimme, wobei ihr Kopf hochrot wurde und andere Autoinsassen sie auf das offenbar gequälte Kind aufmerksam machten.

Lili verschloss sorgfältig die Haustür und hörte zum ersten Mal, dass sie knarrte. Die alte Tür hatte schon viel gesehen. Jochen hatte sie restaurieren lassen, und sie sah schön aus. Doch Lili dachte, dass die Tür sie böse anknurrte, und auch die großen Sprossenfenster blinkten feindselig, als wollten sie Lili fortschicken. Die Vögel im Garten lärmten, es war eine Wolke aus Gezwitscher, eine tönende Wolke in der Luft. Der Himmel war jetzt blassblau und durchsichtig, er spannte sich wie ein oft gewaschenes Laken über die alten und neuen Häuser am Englischen Garten. Die Sonne stieg immer höher. Es musste jetzt Mittag sein, und Lili hatte schon in der Küche gespürt, dass sie hungrig war. Um eins wollte sie sich mit Charlotte im »Franziskaner« zum Essen treffen. Da musste sie sich sputen. Lili stieg auf ihr Rad wie ein Dieb, der Angst hat, sich noch einmal umzusehen.

Wie konnte sie nur leben – so weit weg von Toni, Söphchen, die sie liebte, mit denen sie unglaublich glückselige Stunden verbracht hatte. Nur, was war mit Jochen? War es Liebe, was sie verbunden hatte? War sie mit ihm wirklich einmal ganz eins gewesen? Lili konnte sich diese Fragen nicht beantworten. Vielleicht, weil ihre Sehnsucht nach den Kindern im Moment alles andere in den Hintergrund rückte?

Als sie zurückfuhr über die Brücke, kam ihr aus einem Rudel Fahrradfahrer Axel entgegen. Er hielt neben Lili an, fragte, ob sie mit ihm im »Osterwaldgarten« etwas trinken wolle. »Komm, Lili, bitte. Ich hab gehofft, dich hier zu treffen. Jeden Tag radele ich hier herum. Komm. Lass uns über alles reden!«

Reden. Worüber denn? Lili wusste nicht mehr, wann sie aufgehört hatte, an Axel zu denken. War es an dem Sonntag passiert, beim Essen mit Charlottes Eltern, als Charlottes Mutter freundlich und liebevoll wie immer den Kalbsnierenbraten auflegte und sagte: »Na, meine Lili, warum klappt es denn nicht mit deinem hübschen Veterinär?«

Lili war fast das Herz stehen geblieben, so tief hatte diese Frage sie getroffen, und sie hatte zum ersten Mal gespürt, dass es nicht mit Jochen zu Ende war, sondern mit Axel. Dass sie sich inzwischen verachtete, weil sie geglaubt hatte, er sei ihr Erlöser. Sie hätte zu Charlottes Mutter sagen können, dass es ihre Seele sei, die mit Jochen nicht zufrieden sein konnte, weil er nichts mitteilte von sich, doch sie wusste, dass niemand begriff, wovon sie redete. Sie war nicht nur einsam gewesen neben ihrem hübschen Veterinär, sein lauerndes Misstrauen, das immer wieder neuen Streit hervorrief, hatte ihn ihr verleidet. Und als er ihr am letzten Abend an den Kopf geworfen hatte, es gebe Frauen, mit denen solle man ins Bett gehen, aber nicht zum Standesamt, da reuten sie alle ihre guten Gefühle für ihn, und offenbar war auch ihre Liebe dabei zusammengestürzt wie ein Kartenhaus.

Doch ihre Flucht zu Axel war trotzdem komplett idiotisch gewesen. Sie hatte sich selber bewiesen, dass sie unüberlegt handelte und darüber hinaus offenbar keinerlei Menschenkenntnis besaß.

Daher fertigte sie Axel jetzt ruppiger ab, als es eigentlich ihre Art war. »Ich bin verabredet, und wenn nicht, würde ich auch nicht mit dir in den ›Osterwaldgarten‹ gehen. Ciao!« Sie war gar nicht erst richtig abgestiegen vom Rad, gab sich jetzt nur einen Schubs und fuhr los.

Ihr war es gleichgültig, was Axel fühlen mochte. Sie hatte gebüßt.

In den ersten Tagen bei Charlotte, als sie oft allein war in der Wohnung, von der Charlotte immer wieder sagte, dass Lili sie als ihr Zuhause ansehen solle, als sie in ihrem Zimmer saß und den enttäuschenden Tag bei Axel wieder und wieder erlebte, die junge Stimme am Telefon hörte, hatte sie für ihren Irrtum gebüßt. Sie hatte Panik bekommen. Vierunddreißig war sie jetzt, die vierzig nahten mit grausamen und lautlosen Schritten. Lili zählte die Tage, die Charlotte im Amerikahaus mit sinnvoller Arbeit verbrachte, die an Lili jedoch nutzlos vorbeirannen. Jeden Morgen fand sie mehr zarte Runzeln um die Augen, feine Netze, die das Alter in der Nacht gesponnen hatte. Lili fasste es nicht. Und Jochen war offenbar mit einer Frau zusammen, die bestimmt keinen Tag älter als fünfundzwanzig Jahre war. Axel auch, aber das zählte schon nicht mehr.

Lili fuhr schnell. Sie spürte den Herbstwind im Gesicht, sie fuhr ihren vierunddreißig Jahren davon, die für sie völlig abstrakt waren. Nur für die anderen nicht. Vielleicht verglich Jochen gerade Julias Haut mit der von Lili, vielleicht gefielen ihm ihr Busen besser und die gewiss sehr schmalen Schenkel. Verdammt. Lili fühlte sich nicht wie vierunddreißig, höchstens sechzehn Jahre gab sie dem jungen Mädchen in sich, sie hatte das Herz und die Sinne einer Sechzehnjährigen, sie war in ihrer Seele mit ständiger Jugend gesegnet, und das wollte sie niemals vergessen. Axel und Jochen hatten das junge Mädchen in ihr nicht gesehen. Doch einmal würde er kommen, der Prinz. Groß und von schimmernder Leichtigkeit, ein Prinz mit zärtlichen Händen und alles wissenden Augen. Dann war sie gefeit gegen die barbarische Horde der Männer, auf deren Sensibilität man immer wieder vergeblich wartete, wahrscheinlich ein Leben lang.

23

Die Kinder schliefen auf den Rücksitzen, und Julia erzählte Jochen von ihrem Freund Leander, der an seiner Dissertation schrieb und daher wenig freie Zeit hatte. Er war Kunsterzieher an einem Gymnasium in Landsberg. Julia studierte ebenfalls Kunstgeschichte.

Während Jochen den Volvo sicher und konzentriert über die belebte Salzburger Autobahn steuerte, sah sie ihn verstohlen an, wie schon oft an diesem Tag. Sie fand Tonis und Sophies Vater gut aussehend, durchaus, vielleicht sah er sogar sehr gut aus, doch zu alt für sein Alter. Dann schalt sie sich für ihre Oberflächlichkeit. Schließlich hatte seine Frau ihn verlassen, wie sollte er da jung und glücklich aussehen. Er erschien Julia zuweilen sogar derart unglücklich, dass sie sich überlegte, ob sie ihn wohl glücklich machen könnte. Dann verbat sie sich diesen Gedanken – schließlich gab es Leander –, doch Jochen beschäftigte sie sehr, und sie fragte sich, warum seine Frau ihn verlassen hatte. Sie waren ein äußerst interessantes Paar gewesen, die beiden, im Kindergarten wurde oft über sie geredet.

Julia sah aus dem Autofenster in die Nacht, sah die dichte Finsternis der Wälder im Tegernseer Tal und die ruhigen Sterne am Gewölbe des Himmels. Sie sah den Mars ganz deutlich und fand es schade, dass Anton schlief und sie ihm diesen großen, weithin sichtbaren Stern nicht zeigen konnte. Dann dachte sie, dass Jochen seinen Sohn mit Sicherheit schon auf den Mars aufmerksam gemacht hatte. Er war ein liebevoller Vater, behutsam und großzügig. Er redete wenig, doch Julia fand das groß und spannend, er ließ ihren eigenen Gedanken viel Raum. Außerdem waren die Kinder da, die ihre Aufmerksamkeit brauchten. Besonders Sophie. Sie war kaum zu bändigen, rannte wie ein Bündel Lebensfreude durch die Gegend und brüllte ihr »Nö« in den Tag hinein.

Julia hatte sich auf den ersten Blick in Sophie verliebt. So viel Kraft in einem so kleinen Kind. Und so viel Glück. Mit Anton war es ähnlich gewesen. Er saß mit den anderen Kindern um den Tisch, er gehörte zu der ersten Gruppe, die Julia zu betreuen hatte. Sie sah Anton an, der ruhig dasaß, die Arme vor der Brust gekreuzt. Er beobachtete alles und hörte konzentriert zu, schien aber gleichzeitig in seiner eigenen Welt zu leben. So sah es jedenfalls Julia, und sie hätte den Jungen am liebsten auf der Stelle gefragt, woher er komme und wohin er gehen wolle. Dieses Geheimnis war es, das Julia bei allen Kindern interessierte und weshalb sie auch Lehrerin werden wollte: Wohin werden sie gehen? Wo kommen sie her? Aus allen möglichen Schichten stammen sie, aus einfachen Behausungen und großzügigen Villen, und doch kommen sie alle aus unserem eigenen Leben.

Bei Anton dachte sie, dass er so viele Bilder in sich aufgenommen hatte und trotzdem einsam war, ähnlich seinem Vater, den Julia erst Wochen später kennen lernte. Im Sommer malte Anton ständig mit einem Stock Zeichen in den Sand, überraschend genaue Abbildungen der anderen Kinder, mit denen er aber nicht viel sprach. Wenn Julia im Kindergarten arbeitete, freute sie sich schon vorher auf Anton.

Julia spürte, dass sie müde war. Sie lehnte sich zurück, sah nach hinten, wo die beiden Kinder in ihren Sitzen eingeschlafen waren. Julia wollte auch ein wenig schlafen. Sie sah noch ein paar Autos wie Boote im Meer aufschimmern, an denen sie vorbeizogen, und dann schlief sie auch schon ein. Jochen sah es mit leisem Lächeln. Manchmal erhellte ein entgegenkommendes Auto sekundenlang seinen Wagen, und er sah Julias zartes Gesicht unter den wirren Locken hell aus den Polstern schimmern. Er war froh, dass sie schlief, denn er konnte die starken Eindrücke des heutigen Tages nicht bündeln und ihr mitteilen, dazu fehlte einfach die Konzentration. Kein einziges gescheites Wort würde er hervorbringen. Plötzlich, war es im Schlaf?, legte Julia ihre leichte schmale Hand neben seine Schenkel, es schien Jochen, als brenne seine Jeans.

Sie würden später noch in die Olympiahalle gehen, ins Konzert von David Bowie. Seit seiner Jugend kannte er ihn, in Berlin, auf dem Platz vor dem alten Reichstag, hatte Bowie *Heroes* gesungen, und hinter der Mauer sangen die Menschen aus dem anderen Teil Deutschlands mit. Jochen summte leise: »I/I will be king/And you/you will be queen …« Er hörte die kultivierte, sanft blecherne Stimme Bowies gern, und auf dem Foto, das seiner neuen CD beilag, sah er nicht wesentlich anders aus als früher in Berlin. »Do you remember a guy that's been in such an early song …«

24

Beim »Franziskaner« schloss Lili ihr Rad ab und ging zuerst einmal in die Toilette, um ihre enge Mütze loszuwerden und die Hände zu waschen. In den Spiegel mochte sie nicht schauen, denn da sähe sie eine Frau, die ihren Mann sitzen gelassen hatte und ihre Kinder. Vor allem die Kinder! Unverantwortlich! Was für eine Mutter! Frustriert! Völlig unweiblich! Ein Monster von einer Mutter!

Lili riss sich mit einer raschen Bewegung die Kappe vom Kopf. Sie wusste, was viele über sie dachten, und das Schlimmste war, dass sie ihnen insgeheim Recht gab. Sie hatte in den Augen der meisten Leute als Ehefrau versagt und als Mutter sogar sträflich.

Glücklicherweise zeigte ihr ein Blick auf die Uhr, dass sie Charlotte schon seit zehn Minuten warten ließ und dass sie immer noch wie ein Struwwelpeter hier herumstand und in ihrer Seele herumwühlte. Gut, dass ihr Haar sehr kräftig war, Lili brauchte es nur über den Kopf zu bürsten, und es fiel ihr gepflegt und glänzend auf die Schultern. Noch ein wenig Gloss auf die Lippen – passt schon.

Gleich im ersten Gastraum rief und winkte Charlotte, und Lili zog es das Herz zusammen, als sie ihre einzige wirkliche Freundin da sitzen sah, die braunen Augen voller Zuneigung und Mitgefühl auf Lili gerichtet. Am liebsten hätte Lili an Charlottes Schulter geweint, wenigstens ein paar zornige Tränen hätte sie sich gegönnt, aber das passte nicht in den »Franziskaner«, wo die Gäste barock, heiter und zufrieden waren, vor allem mit sich selber. Lili wusste, dass viele, die sie neugierig und bewundernd anschauten, sich bei genauerer Kenntnis zu ihren Richtern aufgeschwungen hätten.

Bei der Kalbshaxe fragte Charlotte behutsam, ob Lili ihre Unterlagen geholt habe. »Und wo waren die Kinder?«

»Ich hab sie gesehen«, sagte Lili leise, »es geht ihnen gut, glaube ich, sie waren sehr fröhlich, scheinen mich nicht zu vermissen!« Sie erzählte Charlotte, dass sie Jochen und eine Kindergartenhelferin gesehen habe, die offenbar zu einem Ausflug mit den Kindern aufbrachen. »Eine hübsche Familie, ein sehr junger Ersatz für mich«, sagte Lili bitter, »sie heißt Julia, ich kenne sie flüchtig aus dem Kindergarten, sie ist eine hübsche Studentin, zehn Jahre jünger als wir, mindestens.«

Charlotte riss überrascht ihre Augen auf: »Was willst du denn damit sagen?«

Lili schluckte ein Stück Kalbshaxe hinunter. »Wir sind Mitte dreißig, wir sind alt«, sagte sie leise und verschwörerisch zu Charlotte, »wir sind jetzt schon zweite Wahl, und wenn wir nicht spuren, werden wir durch jüngere Exemplare ersetzt.«

Charlotte überlegte und nickte dann bestätigend. »Mein Ex hat ja auch eine von Anfang zwanzig. Ein Model für Unterwäsche. Ich hab neulich seine Mutter bei Dallmayr getroffen. Sie hat gesagt, dass ich ihr abgehe, dass ihr Sohn aber genug gestraft sei. Seine junge Frau habe ihn schon zweimal tüchtig geohrfeigt. Die könne Karate oder so was Ähnliches. Jetzt sei er ganz verschüchtert.«

Lili musste lachen, fragte mit einem kleinen Seitenblick auf Charlotte, ob sie es ihrem Ex gönne. »Schon«, sagte

Charlotte ehrlich, musste aber schlucken, und Lili streichelte ihr kurz über die Hand.

»Wie war das denn für dich, ich meine, als du deine Kinder –« Hier brach Charlotte ab und ergriff ihrerseits Lilis Hand. »Verzeih, bitte.«

»Da gibt es nichts zu verzeihen. Was passiert ist, ist passiert. Und es kommt nicht von ungefähr. Jetzt möchte ich dich einmal fragen: Wärest du lieber Ehefrau und Mutter, wenn du die Wahl hättest, oder lieber Single und leitende Bibliothekarin des Amerikahauses, die eine der schönsten Wohnungen Münchens bewohnt, in der sie tun und lassen kann, was sie mag?«

Lili hatte ihre Frage sehr temperamentvoll vorgetragen, einige Gäste von den Nebentischen schauten schon interessiert zu ihnen hinüber, und Charlotte schlug vor, dass sie zurückfahren sollten in die Richard-Wagner-Straße. Sie müsse über Lilis gewaltige Schicksalsfrage noch nachdenken, außerdem habe sie bei Elly Seidl Trüffel eingekauft und einen Rooibos-Tee mit Vanille. Ihre Diät war schon längst wieder vergessen.

Wenig später bestieg Lili ihr Fahrrad, auf dem Gepäckträger klemmte Charlotte, ihre Handtasche und Lilis Bücher unter dem Arm. »Wir sind schließlich erst sechzehn, nur bedingt strafmündig«, zerstreute Lili die Bedenken ihrer Freundin. Charlotte begriff es zwar nicht so recht, aber die Fahrt durch die Theatiner- und Briennerstraße, vorbei an der Glyptothek und am Lenbachhaus, gefiel ihr. So war sie früher oft mit Lili ins Kino geradelt, und was machte es schon, dass der Po brummte. Sozusagen als Vorschuss genehmigten sie sich je einen Champagnertrüffel und rannten zum Ausgleich die vier Treppen zu Charlottes Wohnung hoch.

Vor der Tür saß Axel, und zwar mit einem kleinen Teil

der Pobacken ebenfalls auf dem Gepäckträger seines edlen Designerrades, das er gegen die Wand gelehnt hatte. Wenn er den Alkohol, den er offensichtlich intus hatte, schon im »Osterwaldgarten« – nein, das war nicht möglich, dann wäre er nicht heil bis in die Richard-Wagner-Straße und hinauf in den vierten Stock gekommen, noch dazu mit dem Rad auf der Schulter. So dachte jedenfalls Lili, weil ihr nicht einfiel, dass es durchaus einen Lift gab in diesem großen Haus, den sie aber nie benutzte, denn sie mied Lifts, sie litt an Klaustrophobie.

»Was willst du denn hier?«, fragte Lili und fand ihre Frage selber wenig intelligent. Axel empfand das offenbar auch so. Er schluckte nur und fragte, ob er reinkommen dürfe, er brauche dringend ein Glas Wasser und einen weichen Sessel. Charlotte wollte Lilis Meinung erkunden, doch die zog nur die linke Schulter hoch und dachte erschrocken, dass sie schon die gleichen Abartigkeiten an sich habe wie Jochen.

Axel verstand das als Zusage, er schob sein Rad in Charlottes feine Diele, doch sie bedeutete ihm mit dem Daumen, dass er sein wertvolles Teil wieder in den Flur stellen müsse. Axel überlegte eine Weile, dann tat er, was seine Gastgeberin vorschrieb.

In der Küche stellte Lili Wasser auf für den Rooibos-Tee, berichtete, dass sie Axel schon vor Stunden im Englischen Garten abgewimmelt habe. »Dieser Idiot. Lässt mich in seiner Wohnung sitzen und kümmert sich nicht mehr um mich. Und jetzt will er plötzlich reden. Vielleicht hat ihn seine junge Tussi abgeschossen, und er wird wieder anhänglich. Dafür hab ich aber keine Verwendung!« Charlotte kümmerte sich um die Kaffeemaschine, sagte nachdenklich, dass Axel vielleicht Angst bekommen habe vor der Verantwortung. »Immerhin hast du zwei Kinder. Er musste ja damit rechnen, dass du die irgendwann zu dir nehmen würdest.«

»So. Musste er das«, sagte Lili plötzlich aggressiv, so dass Charlotte sie erstaunt ansah. »Wer sind wir denn eigentlich, Charlotte? Dürfen wir Frauen an einem jahrtausendealten Modell Kritik üben, dürfen wir uns das Gefühl erlauben, benachteiligt zu sein gegenüber den Vätern, die nie der Ansicht waren, bis heute nicht, dass die familiären Aufgaben speziell ihre Sache sein könnten?«

Charlotte sah Lili ob ihres scharfen Tons etwas verwirrt an. »Das ist sicher richtig«, sagte sie, »doch ist es nicht so, dass viele Frauen Wert darauf legen, die Macht in der Familie zu behalten, die ihnen aus der Verantwortung erwächst?«

»Nein, verdammt noch mal!«, rief Lili. »Reite du doch nicht auch noch auf dem Klischee herum! Vielleicht wollen Frauen lieber die Verantwortung für ein Ressort bei einer Zeitung, für eine Arztpraxis oder ein Designerbüro! Frag doch mal Männer in unserem Alter, ob sie nach zwei Kindern noch ein drittes wollen. Da sagen die meisten danke. Und wenn du fragst, warum nicht, dann erklären sie dir, dass sie ihre Freiheit nicht aufgeben wollen.«

Charlotte hatte ihren Kaffee vergessen, sie sah Lili entgeistert an und fragte, ob sie damit sagen wolle, dass nicht Jochen der Grund für ihre Trennung sei, sondern die Kinder. »Bist du gegangen, weil die Kinder dir auf den Wecker fielen? Weil du dich eingeengt fühltest? Mein Gott, wie hab ich dich immer beneidet. Um Toni, das Bilderbuchkind. Dann kam Sophie, und ich dachte, euch gelingt aber auch alles, sogar ein Pärchen habt ihr zustande gebracht. Und jetzt?«

Lili stand da und stemmte die Hände in die Hüften. »Ja,

und jetzt – das frag ich mich auch andauernd. Es war langsam so, dass mir etwas fehlte, etwas, was ich nicht recht benennen kann. Ich hatte kaum noch Zeit zum Nachdenken, alle meine Interessen stumpften ab, ich hatte keine Zeit mehr, mein Leben so zu leben, wie ich es mir vorstellte. Die Kinder kosteten alle meine Energie. Als sie ganz klein waren, fühlte ich mich wie eine Kuh, die ununterbrochen gemolken wird. Als Sophie geboren wurde, war Anton auch noch nicht aus den Windeln. Diese ständige Beanspruchung. Am Tag hast du einen kleinen Jungen, der beschäftigt werden will, in der Nacht einen Säugling, der dich auf Trab hält, weil er brüllt, manchmal brüllen beide, wenn sie krank sind, sowieso.« Lili holte tief Luft, sagte dann entschlossen: »Eigentlich lebt man als junge Mutter gar nicht richtig, man wartet nur, dass die Kinder endlich größer werden.«

Charlotte hörte mit wachsendem Erstaunen zu, als Lili noch erklärte, dass sie es besser fände, statt vom Mutterinstinkt von einem großen sozialen Druck zu sprechen, der den Frauen einreden wolle, sie wären nur als Mütter gute Menschen. »Eine Wissenschaftlerin, ich hab leider den Namen vergessen, ich glaube, es war eine französische Philosophin, sie hat das sehr gut ausgedrückt: ›Aus der Tatsache, dass die Frau Mutter sein kann, hat man nicht nur abgeleitet, dass sie Mutter sein sollte, sondern auch, dass sie nichts als Mutter sein sollte und nur in der Mutterschaft ihr Glück finden könne.‹«

»Wow, Lili, du hast ja eine druckreife Rede gehalten! Du hast mir früher niemals gesagt, dass du so fertig bist! Dass die Kinder dich derart anstrengen. Ich hab immer gedacht, du kommst mit deinem großen Schweiger nicht klar.«

»Da hast du auch vollkommen Recht«, sagte Lili bestimmt. »Jochen ist mein Problem. Ich glaube, ich habe ihn nicht nur geliebt, ich war ihm richtig verfallen. Aber er hat es nicht gemerkt oder nicht geglaubt. Ich war eifersüchtig auf jede Frau, die er anschaute. Wenn er das bemerkte, war er zornig auf mich. Als ich mit dir einmal für ein Wochenende zum Skifahren wollte, war er dagegen so beleidigt, dass wir lange nicht miteinander gesprochen haben. Ich glaube, er dachte, dass ich ohne ihn mehr Spaß haben könnte als mit ihm. Er glaubte mir nicht, dass ich nur ihn wollte und niemanden sonst.«

»Und ich dachte immer, du und Jochen, ihr seid das glücklichste Paar, Jochen war doch immer ein so fürsorglicher und begeisterter Vater«, sagte Charlotte entgeistert, so dass Lili fast lachen musste.

Sie bestätigte Charlottes Ansicht, aber mit der Einschränkung, dass Jochen sich zwar um die Kinder gekümmert habe, »aber es war immer, als sei es gegen mich gerichtet, wie ein Vorwurf, so als sei er die bessere Mutter«.

Als sie in die Diele kamen, beide mit einem appetitlich bestückten Tablett, fiel ihnen endlich ein, dass sie Axel mit heraufgebracht hatten. »O Gott«, rief Charlotte, »wir haben ihn völlig vergessen, und deshalb ist er wieder gegangen!« Lili öffnete kurz die Eingangstür, sah das Rennrad und schaute in jedem Zimmer nach. Als sie die Tür zu ihrem Gastzimmer öffnete, schlief Axel fest auf ihrem Bett.

25

Als das Konzert beendet war und sie aufstanden, um in der Menge der Besucher hinauszugehen, aktivierte Julia ihr Handy. »Ich hab es Leander versprochen«, sagte sie zu Jochen, und er war für Sekunden irritiert, so selbstverständlich war Julia an seiner Seite gewesen. Er genoss ihre Gegenwart, weil es neben ihr sogar leicht war, an Lili zu denken. Er glaubte, einen Schimmer des Lebens zu erahnen, das er mit Julia teilen könnte.

»Dieser David Bowie ist witzig«, sagte Julia gerade, »für mich war er bisher nur ein Name, ein prominentes Gesicht unter vielen, aber er ist ungewöhnlich, wie der erwachsen gewordene Prinz von Saint-Exupéry. Er hat etwas Androgynes, tänzelt wie ein Model auf dem Laufsteg und nimmt die Pose im selben Moment wieder zurück. Er kann sich über sich lustig machen, glaube ich.« Jochen war erleichtert, dass Julia vollkommen unbefangen war. Ihre Hand so nah bei ihm hatte ihn ziemlich verwirrt.

In dem Haus, in dem Julia wohnte, waren nur die Dachgauben hell erleuchtet, und noch bevor Jochen anhielt, kam Leander raschen Schrittes die Haustreppe hinunter, lief auf den Wagen zu, öffnete die Tür und sagte, ohne Jochen auch nur anzuschauen: »Prinzessin! Gut, dass du wieder da bist.« Er half Julia so fürsorglich aus dem Wagen, als wäre sie gerade einer großen Gefahr entronnen, und er duldete es sichtlich ungern, dass Julia Jochen umarmte, der auch ausgestiegen war. Sie bedankte sich bei ihm für den schönen Tag, Leander nickte ihm kurz zu, dann zog er Julia in seine Arme, und so blieben sie stehen, bis Jochen gewendet hatte und zurückfuhr.

Der Abschied von Julia. Er hätte sich ihn anders gewünscht. Ohne Leander. Jochen verstand Julias Freund sehr gut. Auch er konnte sich Julias nicht sicher sein, so wie sich Jochen nie seiner Lili sicher gewesen war. Plötzlich musste er an sie denken, an St. Moritz, das »Palace«. An den Typ, mit dem Lili die Bar verlassen hatte. Der Gedanke tat immer noch weh. Immer noch konnte Jochen nicht glauben, dass Lili sich wirklich für ihn entschieden hatte. Dass sie ihn liebte. Doch was wäre gewesen, wenn Bea oder ihre Antigrazien ihn heute mit Julia im Konzert gesehen hätten, ihr gemeinsames Wegfahren in seinem Wagen. Hätten sie dann auch Lili ihre Mutmaßungen mitgeteilt? Jochen wusste die Antwort. Und er hätte Bea und ihre Betschwestern am liebsten umgebracht. Eigentlich gut, dass Bea zu ihrem künftigen Mann nach Frankfurt ziehen würde. Wer weiß, vielleicht würde sie durch ihre Ehe sogar entschärft. Ihm half es nichts mehr. Lili war ihm verloren. Also wartete er weiter auf ein Wesen wie Julia, das ihm eines Tages in die Arme fallen und ihn von seiner Einsamkeit befreien würde.

Aus dem Wohnzimmer seines Hauses strahlte warmes Licht durch das große Sprossenfenster. Seine Mutter hatte gelesen und beeilte sich jetzt, nach Gauting zu kommen. Sie gab Jochen einen flüchtigen Kuss, schlüpfte in ihre Jacke. »Ich schlafe am liebsten in meinem Bett. Wie alle alten Menschen.«

Jochen protestierte immer, wenn seine Mutter sagte, dass sie alt sei. Erstens wusste er, dass die Mutter seinen Protest erwartete, zweitens wollte er keine alte Frau als Mutter. Sie war schließlich alles, was er hatte, von seinen Kindern natürlich abgesehen. Jochen sah den schönen hellen Glanz in den grauen Augen seiner Mutter, die groß waren und rund. In dem nachtdunklen Wohnraum schienen sie ihm wie zwei Lichter. Hatte nicht Sophie ihre Augen?, dachte er plötzlich, und er spürte durch den leicht spöttischen Blick seiner Mutter ihre Wärme, ihre Liebe zu ihm. Zum ersten Mal wagte er, seine Mutter direkt zu fragen: »Vater war heute Morgen hier. Weißt du eigentlich, warum er mich derart hasst?«

Der Blick seiner Mutter wich ihm aus, sie schaute an ihm vorbei auf das Hochzeitsbild der Großeltern. Jochen hatte es reproduzieren und rahmen lassen. Besonders wenn sein Vater sich in sein Leben drängte, kreisten Jochens Gedanken um den Großvater. Manchmal, wenn er alleine war im Haus, trat er ganz nahe hin zu dem Bild, es zerfiel dann in Schatten und Helligkeit. Erst wenn Jochen wieder zurücktrat, kehrte auch die vertraute Physiognomie der Großeltern zurück, die Augen hatten wieder den gewohnten, in die Ferne gerichteten Blick.

Jochen unterhielt sich oft mit dem Großvater, von dem er glaubte, dass er viele seiner Probleme verstanden hätte. Das Bild, ohnehin sehr hell durch die Hochzeitsrobe der Großmutter, schien immer blasser und jenseitiger zu werden. Es war, als gingen die Großeltern noch einmal dahin, als nähmen sie ihre Geheimnisse mit hinüber und irgendwann sähe Jochen nur noch ein weißes Bild.

Er wandte sich um zu seiner Mutter, die in ihrer Tasche herumsuchte. Warum antwortete sie nicht? Zwischen seinen Lippen formten sich die Worte, lautlose Worte, sein Mund bebte, ihm kam mal wieder kein Laut über die Lippen.

»Das habe ich heute gefunden! In einem Kästchen. Ich

dachte, darin seien alte Fotos!« Seine Mutter warf ein Kuvert auf den Tisch, griff ihre Tasche und lief rasch aus dem Haus, so dass Jochen richtig hinter ihr herspurten musste, um sie zu ihrem Auto zu bringen.

»Warum willst du nie über meinen Vater sprechen?«, fragte er ganz atemlos, doch seine Mutter bat ihn, Geduld mit ihr zu haben.

»Wir waren immer wie Schiffbrüchige, er und ich«, sagte sie und betätigte schon den Anlasser. »Jeder von uns saß am anderen Ende der Insel, und das wird so bleiben. Zu Beas Hochzeit fahren wir trotzdem als Elternpaar, und ich bitte dich, Jocki, lass mich nicht allein, ja?«

Seine Mutter wartete keine Antwort ab und fuhr los. Jochen lief ins Haus, brach das Kuvert auf, das an ihn adressiert war, und hielt mehrere Seiten beschriebener Blätter in der Hand. Die Liebe zu seinem Großvater stieg wieder in ihm auf. Er hatte ihn noch keinen Tag vergessen. Und nun bekam er endlich einen Brief von ihm, und vielleicht würde er erfahren, warum sein Großvater so unglücklich und schuldbewusst war. Jochen setzte sich an den Esstisch und las:

Jochen, mein lieber Enkel,
was ich hier aufschreibe, schreibe ich aus Liebe zu Dir, meinem einzigen Enkelsohn. Ich weiß nicht, wann Du diesen Brief lesen wirst. In welchem Alter. Wenn es nach mir geht, solltest Du ihn bekommen, wenn Du siebzehn oder achtzehn Jahre alt bist. Jetzt, wo ich dies schreibe, bist Du erst zehn, und so vieles wird sich zwischen Dein Leben und meines schieben, wenn ich gestorben bin. Du wirst viele neue Menschen kennen lernen, in Länder reisen, in denen ich nie gewesen bin, und Du wirst große Ereignisse erleben, von denen ich nichts weiß. Zu Deinen Fragen,

Deinen Problemen werde ich nichts sagen, Dir nicht raten können, und das ist schade, denn ich weiß, dass Dein Vater Dir nicht beistehen wird. Du spürst ja täglich, dass er Dich nicht lieb haben kann, und ich habe vergeblich Deine Mutter gefragt, warum das so ist. Sie hat ein Geheimnis, so viel ist mir klar. Ich kenne meine Tochter. Sie gibt sich gerne uninteressiert, müde, aber sie hat immer schon ihr eigenes Leben gehabt, in das sie sich nicht hineinschauen ließ. Auch ihre Mutter wurde nicht klug aus ihr, vielleicht noch weniger als ich. Davon abgesehen, war Katharina eine liebevolle Tochter, aber es ist für einen Vater nicht leicht, von seiner Tochter nichts Wesentliches zu erfahren, sie nicht zu durchschauen.

Nun will ich aber auf unser Gespräch zurückkommen. Ich habe schon oftmals bereut, Dich mit meinen Sorgen, die Dich überhaupt nichts angingen, belastet zu haben. Aber ich fürchtete immer, dass mein Schwiegersohn mich bei Dir verleumden könnte, da er glaubte, mich als Nazi verachten zu dürfen, seit er von meiner Parteizugehörigkeit erfahren hatte.

Deshalb will ich Dir von dieser Zeit erzählen. Wer bin ich? Vielmehr, wer war ich im Dritten Reich? War ich ein anderer, als ich heute bin? Ich weiß es nicht. Ich habe als Angehöriger der Partei Hitlers nicht anders gearbeitet als vorher auch. Nur dass ich im Laufe der Hitlerzeit mich immer mehr geschämt und vor dem Kommenden gefürchtet habe.

Mein lieber Jochen, ich träume davon, dass Du vielleicht auch einmal Tiermediziner wirst, so wie mein Vater und ich. Doch ich hätte Dich niemals dazu überreden wollen. Aber wenn mein geheimer Wunsch in Erfüllung gegangen ist, sollte ich Dir, wenn auch ganz unzulässig verkürzt, berichten, dass viele Kollegen begeistert für Hitler gearbei-

tet haben. Und zwar auf höchst gefährlichen Gebieten. Sie begannen damit, den nationalsozialistischen Tierschutzgedanken zu vertreten, der dem Menschen die Gewalt über die Tiere belässt. Sie begannen, das Schächten zu einem Machtfaktor des Judentums zu erklären. Die Tierzucht sollte mit rassenhygienischer Hilfe zu einem bedeutenden Zweig der tierärztlichen Tätigkeit werden. Tierzüchter sollten als Berater für rassische Aufgaben auch in der menschlichen Biologie gehört werden. Für eine zielbewusste biologische Verbesserung unseres Menschenmaterials, wie es hieß. Ich kann hier auch nur wieder äußerst verkürzt die zentrale Idee der Eugenik oder Rassenhygiene anreißen. Vielleicht geht es am besten mit einem Zitat. Es stammt von dem Wissenschaftler Professor Konrad Lorenz, der Dir mit Sicherheit bekannt ist. Lorenz publizierte 1943 in einem Buchaufsatz – ja, Du hast richtig gelesen, 1943 und nicht 1931: »Die Einen fördern und die Anderen ausschalten zu lernen, ist so ziemlich die lebenswichtigste Forschungsaufgabe, die sich unser Volk heute stellen kann.« Ebenfalls 1943 schrieb er in einem Aufsatz in der Zeitschrift für Tierpsychologie: »Da beim Menschen kein planvoller Züchter Vorsehung spielt, die Domestikationsfolgen vielmehr blind schalten dürfen, so müssen ganz einfach alle diese Ursachen die zu erwartende Wirkung haben: dass ein Kulturvolk kurz nach der Erreichung der Zivilisationsphase zugrunde geht, woferne nicht eine bewusste wissenschaftlich unterbaute Rassenpolitik diese Entwicklung der Dinge verhindert.«

Mein lieber Jochen, sehr viele Professoren, die mit großer Freude und Ehrgeiz für Hitler gearbeitet haben, sind bekannte Wissenschaftler gewesen, die meisten wurden auch nach dem Krieg in hohe und höchste Positionen gehoben. Vor allen Konrad Lorenz, der äußerst populär ist und den

Nobelpreis bekam. Ich hatte von vielen Arbeiten Kenntnis. Aber ich habe mich meines Irrtums den Nationalsozialismus betreffend so sehr geschämt, dass ich physisch und psychisch erkrankt bin. Vor allen Dingen wollte ich nicht an die Münchner Fakultät zurück. Die Schuld, von der ich sprach, sehe ich bis heute darin, dass ich von vielem gewusst habe und nicht laut meine Stimme erhoben habe. Ich hätte es zumindest versuchen können. Doch die Krankheit meiner Frau, das Überleben im und nach dem Krieg haben mich meine ganze Kraft gekostet. Vielleicht hast Du gelesen, dass ich freiwillig beim Schuttaufräumen mitgearbeitet habe. Vom medizinischen Standpunkt aus gesehen gefährlicher Blödsinn, aber mir schien es angemessen.

Mein Jochen, Bua, ich wünsche Dir aus ganzem Herzen ein glücklicheres Leben, als ich es hatte. Die Zeit, in der ich groß geworden bin, war eine völlig andere als die, in der Du lebst. Alles, was einmal vorhanden gewesen war, hinterließ seine Spuren, und man erinnerte sich ihrer. Überhaupt lebten wir früher mehr mit unseren Erinnerungen. Ich glaube, die heutigen Menschen leben von der Fähigkeit, schnell und gründlich zu vergessen.

Lieber Bua, vergiss Du mich nicht so rasch. Wenn ich sterbe, wird mein letzter Gedanke meiner Frau und Dir gehören.

In Liebe, Dein alter Großvater
Anton Otto Osthaus

26

Frau Jakobsen, von ihrer Prellung am Bein wieder genesen, war beim Bettenmachen, als ihr Mann sie anrief. Söphchen, die eine Weile genau wie Frau Jakobsen auf die Betten geklopft hatte, wurde von Langeweile befallen und ging ihrer Wege, während Frau Jakobsen wieder ihren Mann beschwor. »Wuff! Wuff, Wuff, Wuff!« Aber auch diesmal hatte sie keine Chance, denn ihr Mann hatte in den Müsliflocken Mehlwürmer entdeckt und erklärte Frau Jakobsen nun ein für alle Mal, dass er ihr verbiete, im Reformhaus zu kaufen, denn da kämen die Mehlwürmer her. Das habe er aus zuverlässiger Quelle. Frau Jakobsen wollte sich rechtfertigen, ihm erklären, dass sie schon lange in einem neuen Naturkostladen einkaufe, der in der Schleißheimer Straße liege, bei dem sie auch die Lebensmittel für die Familie Osthaus kaufe, und hier habe sie keinerlei Mehlwürmer, doch sie kam nicht über ihr »Wuff, Wuff, Wuff, Wuff!« hinaus, denn ihr Mann hatte noch andere Missstände entdeckt, zu der er ihre Stellungnahme einforderte, sie aber nicht zu Wort kommen ließ.

In der Zwischenzeit war Sophie in der Küche angelangt, die immer noch der interessanteste Ort im Hause war. Hin und wieder ließ Sophie ein »Wuff, Wuff, Wuff, Wuff!« hören, das aber leise und wie abwesend klang und nichts mit den verzweifelten Versuchen von Frau Jakobsen zu tun hatte. Sophie ließ sich vor dem Schrank unter der Spüle nieder und begann, ihn auszuräumen. Was für tolle Flaschen es doch gab. Man konnte auf Hebel drücken, dann kam da vorne was raus. Iiiiii, jetzt hatte sie sich die Flasche vor das Gesicht gehalten und so blödes Zeug rann ihr übers Gesicht. Iiiiii, Scheiße, das sollte Sophie nicht sagen, tat sie aber. Scheiße, Ausspucken, brrrr. Lieber bunte Tücher, die Sophie leicht aus der Plastikhülle reißen konnte. Gesicht abwischen. Da, ganz dahinten, Sophie musste weit reinkrabbeln in den Schrank, ganz hinten in der Dose, da glitzerte es aber schön. Silberpapier, feine Bonbons. Aber blöd waren die, doofe, blöde Dinger. Sophie zählte alles auf, was sie kannte, sie schimpfte, drückte, riss – und endlich, jetzt kam es heraus, das feine Bonbon. Erst mal lecken, hm, draufbeißen, Traubenzucker, hm, nee, noch mal beißen, nicht gut, nee – da ging die Tür auf, Frau Jakobsen, von der Stille verstört, stürzte herein, und Sophie hielt ihr hin, was nicht so recht schmecken wollte: »Da, Jakob, Bonbon!«

Frau Jakobsen rannte zum Telefon, die Nummer des Doktors war programmiert, die der Frau Doktor auch. »Lieber Gott, lass den Doktor drangehen. Ach nein, der fährt ja nach Frankfurt, zur Hochzeit!« Frau Jakobsen tippte neu: »Frau Osthaus – Söphchen – Spülmaschinentabs!«

Frau Osthaus würde gleich da sein, sie war in der Staatsbibliothek, Gott sei Dank, und sie ruft auch den Notarzt. Frau Jakobsen tat es leid, dass sie so schlecht von Frau Osthaus gedacht hatte.

Kurze Zeit nach dem Notarzt kam Lili angehetzt. Söphchen spuckte und weinte, doch als sie Lili sah, grinste sie ein wenig und hob ihr die Arme entgegen, und der Arzt sagte, es seien noch keine Bewusstseinstrübungen bei der Kleinen festzustellen, offenbar habe sie wenig von dem Zeug geschluckt, aber sie müsse trotzdem in die Klinik, da bekomme sie Radix ipecahuanae, damit sie erbrechen könne. Glücklicherweise habe man Sophie früh gefunden, man würde ihr eine Infusion anlegen, und dann müsse eigentlich alles wieder in Ordnung kommen.

Frau Jakobsen packte weinend eine kleine Tasche für Söphchen, Lili wickelte ihr Kind in eine Decke, und der Arzt brachte sie zum Schwabinger Krankenhaus.

Sie fuhren durch den strahlenden herbstlichen Morgen, ein Tag war neuerdings schöner als der andere, doch für Lili war die Welt verändert. Sie ging nicht unter, die Welt, Lili sah ja, wie alles um sie herum lebte und sich bewegte. Durch die Scheiben des Notarztwagens glaubte Lili, die Vögel zwitschern zu hören, die dichten Gerüche von welkem Laub und Pilzen wahrzunehmen. Sie hatte ihr Kind auf dem Schoß, von dem sie zärtlich begrüßt worden war und das sie innig liebte. Lili wusste das nun. Sophie, die jetzt in ihren Armen unruhig schlief, würde davonkommen, sie würde leben, obwohl Lili eine schlechte Mutter war. Gewesen war. Doch mit dem heutigen Tag wurde alles anders, jedes Mal, wenn Sophie die Augen öffnete und Lili mit ihrem breiten Lächeln angrinste, wusste sie, dass sie eine richtige Mutter war. Sie begriff überhaupt nicht mehr, wieso sie noch gestern Charlotte derart überspitzte Vorträge gehalten hatte. Natürlich, die Gefahr des Todes hatte sie erschreckt. Hätte Sophie mehr von den Tabs geschluckt, hätte Frau Jakobsen länger telefoniert – daran durfte sie nicht denken. Lili sah ängstlich auf Sophie. Sophie? Schlief sie, oder – Lilis Herz klopfte wie ein Hammer. Sie küsste Sophie auf die Stirn, auf die Nase, Sophie sollte aufwachen, sie ansehen. Da waren sie beim Krankenhaus angelangt, der Arzt nahm Lili die Kleine ab, und Lili lief hinter ihm her und gelobte, dass sie ihre Tochter und die ganze Familie lieben werde bis in den Tod, vorausgesetzt, die Familie hätte noch Verwendung für sie.

27

Sie fuhren auf der A 9 Richtung Nürnberg. Die Autobahn war an diesem frühen Morgen ziemlich belebt. Laster donnerten, die Fahrer auf der linken Spur setzten die Lichthupe ein. Auch in Jochens Auto war Anspannung zu spüren und eine Art Kampf gegeneinander. Jedenfalls schien es Jochen so. Sein Vater saß neben ihm, obwohl Jochen ihm vorgeschlagen hatte, im Fond zu sitzen, vielleicht noch ein wenig zu schlafen. Er wollte ihn nicht so nahe bei sich sitzen haben, nicht für die Stunden bis Frankfurt. Doch sein Vater behauptete, dass ihm im Fond eines Wagens immer übel werde, und außerdem könne er Jochen in Frankfurt den Weg zum »Hessischen Hof« zeigen, er kenne sich aus. Für Jochen war das keine Hilfe, er würde das Hotel auch alleine finden, doch nun war es, wie es war. Er hatte sich bereit erklärt, beziehungsweise von seiner Mutter sanft erpressen lassen, mit seinen Eltern nach Frankfurt zu fahren, obwohl jedem klar war, dass zwischen seinem Vater und ihm offene Feindschaft bestand. Wenigstens hatte Jochen durchgesetzt, dass man in seinem Volvo fuhr und er nach dem Empfang im »Hessischen Hof« wieder heimfahren könne, während die Eltern einen Tag später den Zug nehmen wollten.

Frau Jakobsen war für den Vormittag eingeplant, wie immer, und am Nachmittag würde Julia die Kinder hüten, wie sie es fast schon selbstverständlich tat. Jochen dachte, dass Julia zu den liebenswertesten Menschen gehörte, denen er begegnet war. Er dachte daran, wie jung sie war. Ob sie Leander je betrügen würde? Er spürte immer noch ihre Hand auf seiner Jeans. Konnte er einer Frau trauen? Konnte eine Frau ihm trauen? Fühlte er sich deshalb einsam? Sehnsüchtig? Er war doch daran gewöhnt, allein zu sein.

»Was denkst du?«, fragte ihn sein Vater plötzlich. »Denkst du an deine Verflossene?«

»Du hältst auf der Stelle den Mund. Sonst setzt Jochen dich bei der nächsten Tankstelle ab!« Jochens Mutter entschuldigte sich bei Jochen, dass sie ihn überredet hatte, mitzukommen. »Wenigstens hätte ich dir nicht zumuten sollen, mit ihm in einem Auto zu fahren!«

Ihr Mann lachte schallend. »Ich finde es immer lustig, wenn du dich aufregst, Katharina! Dann wird deine Stimme so richtig voll und rau. Weißt du was, schrei noch ein bisschen!«

»Vater, du bist wirklich nicht ganz dicht«, sagte Jochen aufgebracht, und zum ersten Mal kam ihm der Gedanke, ob sein Vater tatsächlich gestört sei. Hochneurotisch war er auf jeden Fall, vielleicht war er sogar krank, und man musste versuchen, ihm zu helfen? Doch da begann sein Vater wieder ungerührt mit seinen Tiraden:

»Wenn ich es genau bedenke, ist es schade, dass ich Lili nicht eingeladen habe, mitzukommen. Renommieren kann man ja mit ihr, und geschieden seid ihr noch nicht. Mann, die hätten Augen gemacht in Frankfurt! Wenn ich mir vorstelle, wie ich mit ihr tanzen würde, sie in einem tief ausgeschnittenen Ballkleid.«

Jochen dachte flüchtig, dass sein Vater nicht krank sei, nur gemein, sehr gemein. Zwischen ihnen stand eine Wand, würde immer eine Wand grober Gemeinheiten stehen, gegen die Jochen nicht anrennen konnte. Er zog unvermittelt seine linke Schulter hoch. Plötzlich – hatte sein Arm das

Steuer verrissen, oder war er unachtsam gewesen – brach der Volvo nach rechts aus, schoss über die rechte Spur und überschlug sich. Das Auto war nur noch erfüllt von Jochens Mutter, von ihren Schreien, die nicht aufhörten.

Sie hingen in den Gurten mit den Köpfen nach unten, und Jochen betastete sich überall. Wo war er, wie war er, er überlegte, was für ein Tag war. Montag? Dienstag? Freitag? Die Tage verrannen ineinander. Er erinnerte sich plötzlich daran, dass er den Brief seines Großvaters gelesen hatte, er erinnerte sich an sich selbst, an die verdammte Hochzeit, und er rief seine Mutter. Sie antwortete nicht, Herrgott, sie antwortete nicht. Jochen sah, dass die Tür neben dem Beifahrersitz offen war. Lohnte es sich für ihn, nachzudenken, warum die Tür offen war, wenn die Mutter nicht antwortete? Was war das? Hörte er tatsächlich einen Vogel schreien? Jochen wusste nicht, wo er war und wie es ihm ging, aber er hörte Sirenen. Und er dachte, dass tot sein dasselbe sein musste wie leben. Es war ihm, als hörte er, wie die Zeit verging. Oder es war der Wind, der durch die Autotür hereinrauschte.

Da kamen die Rettungswagen. Jochen und seine Mutter konnten das Auto mit Hilfe der Feuerwehr verlassen. Sie saßen weitgehend unversehrt auf einer Wiese, die noch feucht war von der Nacht, ein Feuerwehrmann hatte ihnen eine Plane gegeben. Jochen saß neben seiner Mutter, er fasste sie nicht bei den Händen, hätte es aber gerne getan. Er sah auf den Arzt, der seinen Vater untersuchte, er wollte alles auf sich nehmen, er war schuld, er hatte seinem Vater nicht den Mund verboten, sondern die Schulter hochgezogen, auf diese Weise das Steuer verrissen. Er sagte es allen, doch der Polizist widersprach. Ein Mercedes habe ihn gerempelt, es gebe Zeugen. Jochen sah seine Mutter an, sie zitterte, sie bekam eine Spritze, und er legte den Arm um sie. Nichts konnte sie trennen, auch der Arzt nicht, der ihm jetzt sagte, dass sein Vater – es handle sich doch um seinen Vater? – tot sei. Genickbruch.

Jetzt nahm seine Mutter Jochens Hand, und er sah sie an in dem sonnenlosen Licht. Ihr gefasstes, in sich gesammeltes Gesicht traf ihn ins Herz, trotzdem sagte er ihr, dass er tot sei. »Vater ist tot. Und ich bin schuld.«

»Du bist nicht schuld, und er ist nicht dein Vater.« Seine Mutter sagte es mit einer Ruhe und Festigkeit, die Jochen an ihr nicht kannte. Er wollte jeden Augenblick festhalten, besitzen, ihr glauben, jedes Wort in seinem Bewusstsein verankern. Er ist nicht dein Vater.

Jochen dachte daran, dass die Erde nur eine von Millionen und Abermillionen Welten ist, er wusste, dass es noch unzählige Sonnen auf der Milchstraße gab und dass jede dieser Sonnen einen eigenen Planeten hatte und dass er nur ein armseliges Individuum war, daran gemessen. Aber er hatte eine derartige Sehnsucht nach seinem künftigen neuen Leben, nach dem, was er alles tun und genießen wollte, dass er seine Mutter in die Arme nahm und an sich drückte, um nicht vor Erleichterung zu heulen.

28

Lili saß an Söphchens Bett, als Jochen hereinkam, und sie fühlte sich wie eine Gefangene, die in ihre Zelle zurückgebracht werden soll. Doch sie würde sich nicht wegbringen lassen. Nicht einen Millimeter würde sie vom Bett ihres Kindes weggehen.

Jochen ging auf die andere Seite des Bettes, zu Söphchen, die ruhig schlief, während eine Infusion langsam in sie eintropfte. Jochen beugte sich behutsam über sie, er murmelte, dass sie seine kleine hässliche zerzauste Kastanie sei, »mein kleiner Apfel, mein Stern, mein Schmetterling«.

Er wandte den Kopf und sah Lili an, die seinen Blick ruhig erwiderte. Jochen dachte, dass Lili ihm niemals fremd gewesen war. Verhasst, aber nicht fremd. Vor Jahren, an dem Tag, an dem er sie zum ersten Mal sah, als sie in seinem Bad am Fenster lehnte, da war sie ihm wie jemand vorgekommen, den man länger nicht mehr gesehen, aber auf den ersten Blick wiedererkannt hat. Das war lange her, und sein Leben wäre einfacher gewesen, wenn sie damals nicht in seinem Bad am Fenster gestanden hätte. Aber so war es nun einmal.

Ich danke Dr. Andreas Hamburger, Psychoanalytiker, München, der mich mit seinem Rat und seiner Arbeit über die ›Entwicklung der Sprache‹ (Verlag W. Kohlhammer) unterstützt hat. Ebenso dankbar bin ich Professor Walter Rambeck, LMU München, und Matthias Wolfschmidt, Berlin, für ihre Informationen aus der Tiermedizin. Gabriele Frey und Alfred Behrens, Berlin, Dank für ihre liebenswürdige Unterstützung und meinen Freunden Christa und Paul Fiedler, Haßfurt, für ihre Gastfreundschaft in der Zeit des Schreibens.